君許諾

2

風文創 256

陸戚月 著

目錄

第二十六章

這日，慕錦毅受人之邀外出了，楚明慧暗暗鬆了口氣，老實說昨日對著他一整天，她都快把自己憋死了，雖明知他不是前世那個人，但總忍不住將兩人重疊在一起，然後心中就升起一陣陣的厭煩。如今見他終於不在眼前晃，她整個人也暫時放鬆了下來。

楚明慧想了想，便喚來慕維，仔細問了一下慕錦毅身邊服侍之人，也好心中有數。

慕維向她躬了躬身子，道：「回世子夫人，世子爺身邊就只有奴才一人伺候，外頭的事多交給侍衛劉通，其餘的不過是打掃及看門的婆子、小廝。」

楚明慧一怔。「沒有丫鬟伺候？」

「回世子夫人，世子爺不喜丫鬟伺候，丫鬟最多不過打掃屋子，並不近身伺候。」

楚明慧皺著眉，心中納悶這輩子的慕錦毅與前世的他竟有如此大的不同，前世的他在自己嫁進來的最初，雖無妾室通房，但貼身婢女倒是有兩個，一個叫湘紅，一個叫湘紫，均是太夫人所賜。前世這兩人可沒少在為妾一事上多番算計，尤其是後來楚明慧被診斷難有孕之後，兩人更歡了，只可惜慕錦毅對這兩人沒有那番心思，直接將兩人嫁出去了。

如今，慕錦毅身邊竟然只得一個慕維伺候？

楚明慧想了半晌也想不出個所以然來，乾脆不管了，這也說明今生的慕錦毅與前世的慕錦毅不同啊！

「我曾聽過，如今這文慶院裡是由世子的奶嬤嬤掌事，怎麼我從未見過這位嬤嬤？」楚明慧又問。

「前不久，周嬤嬤就離府返鄉了，據說是年紀大了思念家中孫兒。」慕維恭敬地回道。

楚明慧眉頭皺得更緊了，這周嬤嬤是誰啊？前世自己與她相處那麼久，知道她是個愛狐假虎威，仗著奶過府中當事的世子，沒少在其他下人面前張揚吆喝，就連對著自己也只是當面的恭敬，如今竟會因思念家中孫兒離府返鄉？別人也許會相信這種說詞，她打死也不信。

只不過，她走了也好，免得礙自己眼，前世看在慕錦毅的面子上對她多方容忍，今生可就不一定了，若是她再敢陽奉陰違，管她有沒有奶過慕錦毅，直接一棒子打出去。夏氏與慕淑穎自己要忍讓幾分，難道對著下人也要忍？

「如今院裡都有些什麼人？」楚明慧又問。

「除了您帶來的幾位姊姊，如今文慶院裡就只有燕容、紀芳、翡翠、染珠及守門的樓婆子、幹雜活的蘇嫂子及幾位三等丫鬟，燕容這四個是二等丫鬟，日常就是打掃裡屋以及看好房門。」慕維簡略地將些主要的下人說了一遍。

楚明慧越聽心裡越是奇怪，這些人基本上都不是前世那批，燕容這四人她甚至連名字都不曾聽過，看來重活一世，許多事都已經有了很大的變化，她不能再事事以前世為參照，否則將來會在這上面摔個大跟斗。

三朝回門那日，楚明慧抑制住心中即將見到親人的激動，依然與之前一般先去向太夫人請安。太夫人和藹地讓她代為問候親家各夫人，楚明慧溫順地低著頭應了聲，便隨著慕錦毅又去向夏氏請安。

夏氏自然又是虛情假意地問候了幾句，然後揮揮手讓他們走了。

楚明慧同樣懶得理會她，這幾日都是慕錦毅陪著她來請安，夏氏就算有什麼不滿也不敢發作出來，估計心裡憋得很吧！

只不過，憋的何止她一人，楚明慧甚至比她還要更憋屈，每次見到夏氏那張虛偽的臉，楚明慧都要在內心勸慰自己好一番才壓得下那些恨意，才不至於失態。只是，她也不敢確定天長日久下去，自己會不會有一日終究忍不住了。

一路上，慕錦毅也不騎馬，而是陪著楚明慧坐在馬車裡，其實楚明慧更希望他騎馬，這樣她就能更放鬆一點。

慕錦毅定定地望著扭著頭假裝研究窗簾布的楚明慧，心中說不出的苦悶。如今兩人這般相處，跟陌生人也沒多少差別了。這兩日，楚明慧總有意無意地避著自己，甚至晚上睡覺時都遠離自己，就算他半夜偷偷擁她入懷，可第二日醒來之時，又發現對方離他遠遠地睡著。

他苦笑，突然對改善兩人未來關係失去了信心，如果一個人連在睡夢中都排斥你的接近，那她心中對你的抗拒到底是有多強烈啊？心理上的排斥或許能在表面上強裝若無其事，可身體上的排斥卻往往更為直接、更為誠實。

「世子爺，世子夫人，晉安侯府到了。」

馬車一停，外面就響起慕維的聲音。

楚明慧如逢大赦，恨不得立即跳下馬車，直奔回家中。

慕錦毅嘆息著瞧了她一眼，率先下了馬車，然後，在馬車外向她伸出右手。

楚明慧定定看了一下那寬厚的大掌，五指修長，掌心卻有些薄繭，想來是長久練武所致。她猶豫了一會兒，才緩緩地將自己的左手搭上去。

肌膚接觸間，對方大掌似是抖了抖，然後反手一翻，死死抓著她的，楚明慧心中一顫，壓下想將手抽回來的衝動，輕輕踏上馬車前的小木凳。

「三小姐、三姑爺回來了。」侯府守門的僕人見到有著慕國公府標誌的馬車，開心地朝著裡面喊了一句，片刻便聽裡面響起幾聲驚喜的叫聲。

楚明慧按下心中激動，默默地跟在慕錦毅身後進了侯府。

夫妻兩人先向侯府長輩們行了禮，慕錦毅便被楚仲熙叫過去，而楚明慧則陪著太夫人與陶氏等人說話。

陶氏紅著眼上上下下打量了女兒一番，見她氣色紅潤，臉上帶著淺淺笑意，想來在國公府中沒有受到什麼委屈，心頭懸著的大石終於落了下來。

楚明慧陪著長輩說了好一會兒話，才被聞聲而來的楚明婧等姊妹扯走了。

「三姊姊，三姊夫對妳好不好？」楚明嫻有點擔心地問。

楚明慧笑笑。「他對我算是挺好的。」

楚明嫻點點頭。「那就好。」

眾姊妹嘻嘻哈哈地打鬧一番，楚明慧問起大姊姊楚明婉與二姊姊楚明涵。

「怎麼不見大姊姊與二姊姊？」楚明慧不禁問道。

「哦，大姊姊懷上了，但是胎有點不穩，大夫讓她靜養，衛郡王府那邊已經派人來告罪了。至於二姊姊，方才安郡王府裡的人來報，據說是她昨夜貪涼，今早一起來就覺得身子不舒服，怕傳了病給我們，是故也不來了。」楚明婧回答道。

「大姊姊有身孕了？真是天大的喜事，府上可有缺什麼藥材？若有缺的話便派人向我說一聲，我讓陶掌櫃去尋。」楚明慧一喜，真誠地道。

陶氏將她名下一間藥材鋪給了楚明慧作嫁妝，陶掌櫃便是鋪裡的掌事，這鋪子原是陶老夫人給陶氏的陪嫁，如今陶氏給了楚明慧，是故楚明慧才有那番缺了藥材去尋她的說法。

「放心吧，大姊姊那兒若真有缺，我自會派人去尋妳。」楚明婧也不和她客氣，直接道。

「三姊姊成親那日，二姊姊也沒來。」楚明芷突然插話。

楚明慧姊妹幾人妳看我，我看妳，都沈默了。

其實姊妹出嫁後想再見個面並不是容易事，所以若是娘家有喜事都不見人出現的話，這當中就有問題了。

楚明慧心中懷疑的自然是那安郡王是不是像前世對待五妹妹楚明芷那般，虐打了楚明涵，以至她無法出來見人。

其他姊妹想的卻無非是楚明涵嫁入高門後瞧不上自己，都不願回來與姊妹相聚了。

尤其是五小姐楚明芷，心中一直對同為庶女的楚明涵嫁入高門當了郡王妃，而自己卻只能嫁個小門小戶感到不平，只不過她最多私下嘀咕幾句，倒也不敢張揚開來，皆因如今兩家都已下了文定，親事是板上釘釘了，再鬧說不定嫡母一怒之下解除婚約，日後怕再不會替自己打算了，更何況這門親事還是她生母趙姨娘選的。

之後楚明慧再不捨，也不得不辭別家人，跟著慕錦毅踏上了回慕國公府的馬車。

「院裡燕容等人，是去是留皆由妳決定，各丫鬟的等級也由妳作主，不必經過我，原本她們也是我為妳挑選的。」一正沈默間，慕錦毅突然開口道。

楚明慧一怔，心知大概是自己昨日打聽院裡下人之事被他知道了，她本也有點猶豫不知要如何安置那四名二等丫鬟，原本國公府世子夫人就只得三名一等丫鬟，四名二等丫鬟，而自己出嫁時母親替她選了翠竹、玉秋做貼身丫鬟，與盈碧一起照顧自己日常起居。她當然希望用自己帶來的人，只不過又擔心燕容四人是慕錦毅要的，怕自己棄了她們引起他的不悅；就算自己心中排斥他，但到底他是自己後半生的依靠，如果可以，她當然希望在國公府中能得到他的支持。

如今聽慕錦毅這樣一說，她不禁放下心來，點點頭道：「盈碧是自小服侍我的，自然要算一等丫鬟，而翠竹、玉秋是出嫁前娘親所賜，若你不介意，我也想把另外一等丫鬟的名額給她們；至於燕容四個，仍做二等丫鬟。」

慕錦毅微微一笑。「我自然不介意，這些都是伺候妳的，當然以妳的意思為主。」

楚明慧被他的笑容弄得渾身不自在，低低「嗯」了一聲便扭過頭去不再看他。

慕錦毅見她這個樣子，心中嘆息。

三朝回門一過，楚明慧才覺得自己真真正正地成了慕國公府的世子夫人，而慕錦毅雖得了七日的假，如今也時不時被太子派來的人請去商議要事，這樣一來，楚明慧每日見他的時候反倒少了些，也讓她暗鬆口氣。

這日，慕錦毅一大早便起床，楚明慧服侍他出了門，才獨自一人去向夏氏請安。

剛行至夏氏房門口，便見夏氏身邊的大丫鬟綠屏站在門外，一見她來了便福了福。「見過世子夫人。」

楚明慧朝她笑笑。「綠屏姊姊不必多禮。」

正欲推門進去，便聽綠屏極快在她耳邊低低說了句。「有人要挑事。」

楚明慧一怔，然後若無其事地推門進去，甫一進門，便見慕淑穎姊妹三人竟然也在。

「大嫂架子果真是大呢，連請個安都拖拖拉拉的，難道妳在晉安侯府也是這般向長輩請安的？」慕淑穎忍了這段時日早就忍不住了，率先發難。

慕淑琪與慕淑怡見氣氛不對，不由得縮了縮身子，暗地向楚明慧送上一個抱歉的眼神。

「是大嫂不是，竟然勞三妹妹教導，都怪大嫂往日在娘家竟沒有一位時時教導自己的妹妹。」楚明慧滿臉誠懇地道。

慕淑穎一滯，臉頓時氣得通紅，正欲罵上幾句，便被夏氏急急制止住了。

楚明慧不再理會她，朝著夏氏行了請安禮。「媳婦給母親請安。」

夏氏滿臉複雜地望著她，心中自然是恨不得上前抓花那張笑盈盈的臉，可她也清楚這位兒媳婦並不是好拿捏的，哪家剛進門的媳婦敢嗆受婆婆寵愛的小姑？身為小姑竟然敢「教導」長嫂，這不是說女兒沒規矩，目無尊長嗎？

「妳三妹妹雖然不應該說那番話，但妳事實上也有錯，哪家媳婦請安要長輩等的？」夏氏當然不會放過替自己與慕淑穎出氣的機會。

一旁的盈碧不服夏氏母女刁難主子，什麼晚了？雖說今日主子伺候世子出門花了些時候，但到這裡時卻並不比平日請安時辰晚，如今這三小姐與國公夫人分明是故意尋理由發作。

盈碧越想越替楚明慧不平，就要上前幾步替主子說幾句話時，楚明慧眉眼間掃到她的動作，不動聲色地輕輕擰了她手背一下，示意她莫要衝動。盈碧雖不忿，但到底不敢違逆主子的意。

「是媳婦的錯，還請母親責罰。」楚明慧仍是恭恭敬敬的樣子。

「既然知錯，那便將《女則》、《女誡》各抄一百遍，明日請安時拿來給我吧！」夏氏刻意刁難。

盈碧越聽越惱，各抄一百遍？還要明日一早就交，就算主子一整夜不休息也抄不完啊！這國公夫人分明有意為難。

楚明慧也不在意，照舊恭敬地道：「媳婦知道了。」

從夏氏房中出來後，盈碧忍不住抱怨道：「小姐，妳幹麼不讓我替妳辯解，這樣就不用抄什麼《女則》、《女誡》了！」

楚明慧嘆道：「傻丫頭，人家若是有意找碴，妳再怎麼辯白也沒用，說不定還讓對方有了處罰得更重的藉口，倒不如痛痛快快認了，料她也不敢罰得太重，畢竟此事明眼人一看便知道是有意刁難。」

「那我們要不要找太夫人作主？」盈碧仍是不平。

楚明慧搖搖頭。「婆婆處罰媳婦平常得很，就算太夫人知道，也不會多說什麼，如今夫人只是不痛不癢地罰我抄書，也算不得太過分，太夫人不會多加干涉的；若我們去告狀，倒落了下乘，讓人覺得我過於嬌氣，不敬婆婆，一點委屈都受不得，還要哭哭啼啼地到處告狀。」

盈碧想了想，覺得主子說的甚為有理，是故雖然仍替主子不平，也不敢再說讓太夫人作主這樣的話了。

「對了，小姐，國公夫人身邊的綠屏姊姊為何要那般提醒妳？」盈碧想起綠屏那句話，好奇地問。

楚明慧搖搖頭。「我也不清楚。」

前世夏氏身邊的大丫鬟並不是綠屏，這綠屏她也從未見過，至於她為何會突然出聲示警，楚明慧自己也想不明白其中的原因。

到了太夫人房裡，楚明慧仍如往日一般向她行了請安禮，又陪著太夫人說了一會兒話，再伺候她用了早膳，便告辭回去了，至於夏氏罰她抄書一事，她隻字未提。

只不過，她不提並不代表太夫人不清楚，作為慕國公府後宅最大的掌權人，後院裡的風吹草動都瞞不過她，本來她也是冷眼旁觀，等著楚明慧求她作主，如今見她若無其事的樣子，對婆婆的刻意刁難一字不提，心中便不由得對她更為滿意。

說到底，太夫人當初應承侯府太夫人說會好好照顧楚明慧，不會讓她受無端的委屈，這番話雖有幾分真心，也不乏不以為然，覺得侯府過於嬌慣姑娘，讓她受不得別人一點委屈；是故太夫人雖然也滿意兩家親事，但對楚明慧仍有一絲說不清、道不明的不滿在內。

如今見她這行為，倒不是嬌氣受不得半點委屈的人，心中那點不滿不由得消散了。

這晚，慕錦毅回到房中，行至房內卻不見楚明慧，心中不由得詫異，這個時辰平日她都在的，如今怎麼不見人？不只不見她，連盈碧等人也見不到。

慕錦毅轉了一圈，出來時剛好見翡翠進來，便出聲問：「夫人呢？」

翡翠朝他施了禮，回道：「回世子爺，夫人在小書房呢！」

這個小書房是慕錦毅專門替楚明慧留著的，想著以後讓她在那裡處理內宅事，如今楚明慧尚未掌中饋，這個時辰竟然待在小書房，慕錦毅不由得十分奇怪。

「夫人在小書房做什麼？」

翡翠猶豫了一下，最終還是老老實實將夏氏罰楚明慧抄書一事告知他。

慕錦毅擰著濃眉，心中暗嘆口氣。這才幾日啊？母親就開始找事了！

他推開小書房的門，見楚明慧伏在桌上疾書，一側的盈碧則邊磨著墨邊擦著她額頭上的汗水，兩人都專心投入，均沒有發現慕錦毅進來。

「磨了這些就先歇息一會兒吧，這些夠用一陣子了。」楚明慧落下最後一筆，側頭望了望盈碧累慌了的樣子，開口道。

「嗯，那等差不多快要用完了奴婢再磨。」盈碧也不推辭了。

「好。」楚明慧點點頭，正欲將寫滿字的紙張放到另一邊，便見慕錦毅正站在屋裡定定地望著她。

楚明慧一怔，也不知對方來了多久，急忙與盈碧上前見禮。

慕錦毅扶起她，柔聲問道：「都抄完了？」

楚明慧搖搖頭。「尚未，還差五十遍《女則》。」

慕錦毅心中一酸，輕輕替她揉著右手手指。「回去歇息吧，不用再抄了，萬事有我在呢！」

楚明慧下意識想抽回手，但抄了一整天書的右手確實痠麻得厲害，被慕錦毅有力的手按摩著倒也十分舒適，一時竟捨不得抽回來了。

「這不行，母親會怪罪的。」楚明慧搖搖頭，她不想再讓夏氏有機會對自己發作，所以這次一定得按時按量完成任務。

慕錦毅望著她，語氣哀求。「妳就信我一次，可好？」

楚明慧被他這種語氣弄得渾身不自在，用力抽回還被對方握著的右手，眼神躲避。「這不是信不信的問題，而是應不應該的問題，我既然認了罰，自然要有始有終。」

慕錦毅低低道：「就這一次，這一次就聽我的，先回去歇息，以後……以後我都不再多言，可好？」

楚明慧還想拒絕，一旁的盈碧忍不住道：「夫人，不如就聽世子爺的吧。」再這樣抄下去，今晚主子都別想睡了，晚上歇息不好，明日起不來誤了時辰不還得受罰嗎？

楚明慧瞪了她一眼。「多嘴。」回過頭來見慕錦毅神情哀求，不由得移開視線。「好。」

慕錦毅一喜，便不禁露出一個淺淺的笑容來。

楚明慧不自在地退後一步，總覺得今生這個慕錦毅實在太出乎她意料了，偶爾自己應了他，他便會像現在這般露出笑容來，明明他並不是個愛笑之人，如今卻好像一點點的小事就能讓他開懷，這種感覺實在詭異極了。

三更時分，慕錦毅睜開眼，側頭望了一眼熟睡中的楚明慧，輕輕掀開錦被，小心避開她的身子下了床。

他隨手拿起搭在架子上的外袍穿起，再小心翼翼推開門。

開門聲驚醒了在外間值夜的燕容，她睜開惺忪的雙眼，見是主子，便小聲地問：「世子可是需要點什麼？奴婢去拿。」

慕錦毅點點頭。「妳隨我到小書房裡去。」

燕容不敢耽擱，跟在慕錦毅身後到了白日楚明慧抄書的小書房。

「磨墨。」慕錦毅言簡意賅地吩咐。

燕容應了聲便站在一旁磨起墨來……

第二十七章

一早，楚明慧醒來時不見身邊人，不由得有點詫異，他這麼早就醒了，而自己竟然還不知道？

正詫異間，就見慕錦毅從外頭走了進來。「醒了？我已命人準備好熱水了。」

楚明慧有點意外，但也未說什麼，點點頭便起身洗漱更衣、梳妝打扮。

等她準備好了之後，正想吩咐盈碧到小書房將昨日抄的字稿拿來，便聽慕錦毅道：「昨日妳抄寫的那些，我已命燕容收拾好了，待會兒便讓她隨我們一起到母親院裡去。」

楚明慧見他都準備妥當了，也不多話，只微微點了點頭。

夫妻兩人便帶著燕容往夏氏院落裡去。

夏氏見他們進來，也不再多說什麼，擺擺手讓兩人起身後，便轉過頭問楚明慧。「都抄好了？拿來我看看。」

楚明慧尚未發話，便見慕錦毅朝後頭的燕容點點頭，讓燕容捧著一疊厚厚的紙放到夏氏身邊的紅木桌上。

夏氏有點奇怪，想不到她倒真的抄滿了兩百遍。

隨手翻了翻，見上面的字跡清秀，明顯出自女子之手，又順手從中間抽出一張來，見這字跡蒼勁有力，揮灑大氣，與之前那字跡完全不同。

夏氏一惱，將這張明顯是他人抄寫的《女則》隨手向楚明慧砸去。「好啊！我就說妳怎麼不聲不響的，原來是弄虛作假來著，妳家人就是如此教妳愚弄長輩的？」

楚明慧一愣，順著那飄揚到地上的紙張望去，見上面的字果然不是她所寫，而且這字跡亦十分熟悉，分明是慕錦毅的字跡！

她想辯解幾句，可什麼也說不出口，她不知道什麼時候慕錦毅竟幫她抄寫了這些，莫非他昨晚一夜沒睡，是故今早自己起來時見不到他？

「母親息怒！昨日明慧之所以來晚了，皆因兒子對她諸多挑釁，誤了她請安的時辰，是故母親處罰她也是應當的；但此事畢竟是因兒子所起，大丈夫敢做敢當，怎能讓女子替自己承擔所有過錯，故昨晚兒子回府後得知此事，就強令她先行歇息，剩下的篇數兒子便自作主張補上了。歸根究柢此事是兒子與明慧有錯在先，自應共同承擔。」慕錦毅躬身懇切地道。

夏氏氣得胸口一起一伏，果真是娶了媳婦忘了娘，如今這媳婦才過門幾日啊？就這樣護上了，以後還得了？

「母親，祖母那邊還等著妳兒媳婦去請安呢，就先讓她退下，稍後再讓妳處置？」慕錦毅又道。

夏氏一聽，更惱了，這算什麼？拿婆婆來壓自己？可到底她也不敢再說什麼，只是惱道：「快走快走，別在這裡礙了我眼。」

楚明慧雖不明白慕錦毅要做什麼，但她更不願意在這裡受氣，說不定夏氏發作時她會忍不住反駁，到時候場面可就不那麼好看了。

這樣一想，楚明慧痛痛快快地施了一禮便帶著燕容走了。

夏氏見她乾脆俐落的動作，不由得更惱了，指著她的背影對慕錦毅道：「你看看她，這是什麼態度？」

慕錦毅暗嘆口氣，鄭重地道：「有些話，本不欲對您說的，但事至今日不得不說了。」

夏氏見他這鄭重其事的樣子，便將怒氣壓下去。「是什麼事？」

「母親，妳道兒子方才為何那般維護楚氏？還不是因為晉安侯府。尤其是楚氏生父吏部侍郎楚大人，如今深得聖眷，明眼人都知他是皇上看中的下任吏部尚書人選。」

「那又怎樣？」

慕錦毅見她不開竅，只得說得更明白些。「如今兒子雖勉強入了皇上與太子的眼，但我慕國公府人丁單薄，朝中也無得力助手；但晉安侯府不同，侯爺行事有魄力，皇上也每有讚譽，楚大人就更不必說，還有侯府世子，如今在朝中也有不少助力，楚氏同胞兄長楚二少爺，更是本朝最年輕的舉子，今年雖未參加春闈，但難保他不會是一個探花郎。再者，晉安侯府的姻親也是不可小覷的，不說岳母出自清流學子敬仰的書香世家陶家，世子夫人出自簡寧伯府，二少夫人亦是禮部凌大人嫡長女；大小姐所嫁的衛郡王府，在太后娘娘跟前甚是得臉；二小姐嫁的安郡王府，如今雖然沒那麼顯赫，但在朝中亦是有幾分根基的；七小姐訂的林家，林公子正是今科的狀元郎，如今入了翰林院，頗得皇上看重，前途也是不可限量。」

夏氏怔了怔，倒沒有深想過這些。

慕錦毅繼續道：「而對比之下，慕國公府便勢弱多了，獨木難成林，如今單靠兒子一人支撐著，將來一旦出了什麼事，恐怕連個求救的對象都無，大概也是考慮到這一層，祖母之前才想替兒子訂下侯府三小姐，也當是給兒子添幾分助力，不至於孤立無援。」

慕錦毅似真似假地說了一番，見夏氏開始冷靜下來思考，再繼續添火說：「再者，母親就算不替兒子著想，也得替三妹妹著想。楚氏如今成了世子夫人，日後便是國公夫人、太夫人，三妹出嫁之後，萬一受了什麼委屈，也得靠楚氏替她出頭啊！雖說母親不會袖手旁觀，但有時候有些事卻並不需要妳這種長輩出面。況且，妳想想，是背後有著晉安侯府這座靠山的楚氏更有威懾力，還是靠外祖一家的妳更具威懾？兒子這話雖難聽了些，但也是出於對三妹妹一片關愛之心，母親也與京城各家貴夫人相處過，自然深知家族背景的重要性。」

見夏氏臉露不悅，慕錦毅急忙轉換語氣。

夏氏沈默了，她自然知道那些貴夫人對娘家勢力的看重，否則當年尚未成為國公夫人的自己又怎會處處受她們冷眼，還不是因為自己出身小門小戶？

慕錦毅見她不作聲，再接再厲。「如今京中早有三妹妹霸道的閒話傳出，這並不是兒子胡說，母親若注意些也能聽到風聲。」見夏氏怒瞪著自己，他急忙擺手解釋。

「你三妹妹又怎麼霸道了，誰這麼惡毒，竟然如此毀姑娘家的名聲！」事關寶貝女兒，夏氏就算再冷靜也受不了了。

慕錦毅嘆道：「母親，妳總是這般，一聽到別人說三妹妹不是便立即反駁，也不管人家說的有理無理，可妳這樣真的是為了三妹妹好嗎？倘若將來您不在了，誰又會再這般包容她？」

「你不是她兄長嗎？難道要眼睜睜看著她任人欺凌？還有楚氏，她入了我家門，難道小姑子有事也袖手旁觀？」夏氏更惱了。

「若是別人欺負她，兒子自不會袖手旁觀，但若不是呢？母親，妳是打算用整個國公府的前程去維護三妹妹嗎？」

夏氏一窒，被堵得說不出話來。

慕錦毅又道：「楚氏出身侯府，家族得力，妳以禮待她，將來三妹妹若有事，她也能真心幫上幾分。否則若她陽奉陰違，苦的還不是三妹妹？而到時妳就算挑也挑不出對方不是，她大可以一句『盡了人事，可惜事與願違』推得乾乾淨淨，這樣的事，妳又不是沒見過。妳若不喜她，面上過得去便得了，其他的乾脆眼不見為淨。」

夏氏不滿了。「你的意思是說我以後還得討好她？」

「自古便是媳婦討好婆婆的，哪有反過來之理，兒子的意思是以後大家處處以禮相待，為了國公府、為了三妹妹，妳就是再不喜她、再看不慣她，讓她離得遠遠的便是了。若是惹惱了她，萬一她向侯府哭訴，要知道，岳父、岳母對她的寵愛可是遠遠越過了大舅子楚家二少爺。一旦侯府認為國公府怠慢了她，兒子的前途大概也沒了。妳別不相信，侯爺與兵部尚書李大人是故交，楚大人又是未來的吏部尚書，兒子是武將，可亦是人臣，行事處處離不開兵部與吏部，得罪了侯府，兒子前途堪憂啊！」慕錦毅半真半假地憂心道。

「這個晉安侯府勢力竟然如此大？」夏氏瞪大雙眼，不敢置信地問。

慕錦毅鄭重地點了點頭。

「楚氏都已經成了你的人，難道侯府還會為了女兒打壓你不成？」夏氏還是有點懷疑。

「母親，倘若將來三妹夫對三妹妹不好，妳是不是還願意看到他們家一步步比自己家還要顯赫？」慕錦毅反問。

他見夏氏不說話，又繼續胡謅。「或者這樣想，侯府覺得咱們家虧待了他家的姑娘，若是將來國公府比他們還要顯貴，他就算想為自家姑娘出頭恐怕都不行了，倒不如一開始就壓住我們。」

夏氏身子一軟，背靠在椅上。「沒想到娶的不是兒媳婦，而是活祖宗。」

見夏氏這態度，慕錦毅語氣一轉，又道：「兒子觀她也不是不講理之人，母親日後只要依禮待她，她也不會主動生事；倒是三妹妹那裡，您得多注意些，不為別的，就當為了給三妹妹日後找個出頭之人。」

夏氏無奈地道：「知道了，母親心中有數，你娶的這個兒媳婦是惹不起的，我日後除非必要，能不見她就不見了。」

慕錦毅暗暗鬆了口氣，對付母親果然還是得從她最在意的前程及三妹妹著手，如今讓她知道明慧背後的勢力，日後她就算要挑事也會顧忌幾分。

其實如夏氏這種出身較低而又一朝得了勢的人，平日行事或多或少會有點囂張跋扈，歸根究柢還是底氣不足，是故得將架子擺足，以顯示自己不同往日。但只要她知道有些人是她惹不起的，她心底處那種卑微感又會冒頭，對某些人也會多少收斂。

慕錦毅前世身為領兵數十萬的一員大將，對於這種人物自然多多少少都會有所瞭解，只是前世他大多將精力放在替太子挽回局面之上，對於後宅那些婆媳、姑嫂爭鬥，他始終堅持著太夫人的教導——男兒志在四方，不應干涉內宅。可是，他卻忽略了，就算前線形勢大好，一旦後方失守，任你再有能力，也只能束手無策，眼睜睜看著大好局面毀於一旦。

重活一世之後，他大概也想到了問題所在，雖說不敢明目張膽涉足後院事，但真真假假地震懾一下夏氏還是可以的。不求她善待楚明慧，但求兩人相安無事地相處。

「如今最重要的倒是三妹妹的婚事，母親若得空，不如留意一下京中適齡男子，也好早些替三妹妹訂下來。」怕夏氏太過於空閒又會想些有的沒的，慕錦毅建議道。

「我如何不知道早些訂下的好，可瞧中了幾家，不是早有了人選，就是八字不合。」提起女兒親事，夏氏更無奈了。

慕錦毅沈默了，夏氏挑選的那幾家他自然知道，不是皇族中人，就是百年世家，這些人家又哪會瞧得上名聲不怎麼好的慕淑穎，那樣拒絕也算是全了慕國公府的臉面，偏夏氏覺得自己女兒樣樣皆是頂尖的，挑起女婿來也眼高得很，非高門大戶、名門貴族家的嫡子不要。

「看來這事不能全交給母親，否則三妹妹的親事不知要耽擱到什麼時候。」慕錦毅暗暗心道。

慕錦毅走後，夏氏大略將他說的那些話對綠屏說了一遍。「妳說毅兒那番話有無道理？」

「奴婢不懂什麼大道理，不過奴婢在家時鄰里有位姊姊，出嫁後受到夫家虐待，還是她娘家嫂嫂出面替她擺平的，否則她大概下半輩子也過得不舒心。」綠屏柔聲道。

夏氏聽了她的話後，若有所思。

楚明慧自然不知道夫君在婆婆面前替自己打上了「惹不得」的標籤，抄書一事過了之後，她就感到夏氏對她的態度有了變化，雖然仍看得出她對自己相當不滿，但如今倒也處處依足了禮，每日晨昏定省，只要自己一行完禮，她立馬擺手讓自己退下，一副不願多見的模樣，只不過，楚明慧也樂得她不待見自己，是故每次亦乾脆俐落地走人。

夏氏見她這般行事，心中雖甚為不滿，但之前被兒子那般洗腦，也認為楚明慧是因為背後勢力強大，是故才一點都不怕自己，夏氏雖心中暗惱，但也不敢如之前那般發作出來。

太夫人冷眼旁觀了這段日子，見夏氏仍是不喜楚明慧，行事卻收斂了許多，也沒有再鬧出之前那種刻意生事處罰楚明慧的事來，而楚明慧每日亦是客氣有禮，讓人挑不出一點錯處，心中也不由得多了幾分讚許。

其實在楚明慧進門之前，她一來憂心對方被侯府寵得過於嬌氣，二來也怕她對夏氏有怨，將來會鬧得國公府後院一團亂，如今見她處處守禮，知道她是個懂規矩的，小小年紀行事亦有幾分大氣寬和，對待曾經當面羞辱過自己的人也能面不改色，實在是不可多得。

楚明慧哪裡知道自己每日在見夏氏之前都要拚命抑制恨意，告誡自己不要跟這種蠢婦一般見識，那種人自有天收，才能勉強做到若無其事的樣子，可在太婆婆眼中卻成了大氣寬和的表現。

而慕錦毅假期一結束，便又重回到往日那種早出晚歸的生活當中。

楚明慧不用再整日對著他，自然十分歡喜，每日裡便與二小姐慕淑琪及四小姐慕淑怡一起或說說話或做些針線活，沒有夏氏時不時挑事，慕淑穎又被困在太夫人院裡學規矩，就算有心來為難她也抽不出身，是故楚明慧的日子過得倒也自在。

「少夫人，慕維給您送了些四海之家新出爐的糕點來。」燕容推開房門進來回道。

「哦，拿進來與兩位妹妹一起嚐嚐。」楚明慧點點頭，吩咐道。

「四海之家的糕點在京城貴夫人圈子中可是十分有名的，只可惜每日都是限量供應，沒想到慕維倒送了些來，託大嫂的福，今日我們姊妹倆倒有口福了。」慕淑琪笑道。

楚明慧笑笑。「妳若喜歡，待會兒帶些回去慢慢吃便行了，我不大愛吃這些。」

「這怎麼行，又吃又拿，旁人見了還不笑話？」慕淑琪搖頭笑道。

「這有什麼，就當是替大嫂解決了，免得浪費。」楚明慧好笑地道。

這晚，慕錦毅從外頭回來，楚明慧雖不願接近他，但為人妻子應該盡的本分還是要做，是故她主動上前替他脫去外袍，又吩咐燕容準備熱水。

慕錦毅有點受寵若驚地望著她，難得對方願意主動接近自己。

他心中一喜，暗道：莫非是今日那盒糕點的緣故？

「四海之家的糕點，雖說每日限量供應，若妳喜歡，我每日都去替妳買些來。」慕錦毅佯咳一聲，有點不自在地道。

「這倒不必麻煩。」楚明慧整理著他的衣服，順口道。

「不麻煩，一點也不麻煩。」慕錦毅急忙道，難得討到妻子的歡心，這點小麻煩也實在算不上是麻煩。

「哦，既然不麻煩你就買些來吧，二妹妹和四妹妹都愛吃，今日那一盒基本上全進了這兩丫頭的肚子裡了。」

慕錦毅一僵，不敢置信地問：「全進了她們肚子裡？妳沒吃？」

「我不愛吃這些。」楚明慧疊好最後一件外袍，隨口道。

慕錦毅臉色一暗，方才還陽光明媚的心情霎時間又烏雲密布了。

原來自己連她喜歡什麼、不喜歡什麼都不清楚，還敢說自己心悅於她？

新婚一個月內，丈夫都得歇在妻子處，楚明慧就算再不願意，但也阻止不了慕錦毅每晚睡在她的身邊，所幸的是對方再無動作，每晚都規規矩矩地躺著，這讓她不由得鬆口氣，對慕錦毅的戒心也慢慢鬆了下來。

慕錦毅時刻關注著她的變化，見她這般慢慢卸下防備心，心中也不知是哭是笑，蘊含著濃濃的苦澀。

兩人這般老老實實地睡在一處，自然瞞不過早知曉人事的翠竹，她明裡暗裡地瞧著這對新婚夫婦的相處，琢磨不透世子對少夫人到底是什麼態度，說他不喜少夫人嘛，每日都會細細地問起她的起居飲食；說他喜歡少夫人嘛，可那乾乾淨淨的床單瞧著又不像那回事。雖說在那事上要節制，但畢竟如今尚在新婚期，這般做法實在讓人費解。

這日，翠竹吞吞吐吐地將心中疑問道出，見楚明慧垂著頭也看不清表情，翠竹想了想，還是開口道。

「少夫人，雖然奴婢說這些可能是過早了些，但世子畢竟是府中的支柱，而府中子嗣又不豐，太夫人如今暫且不說，但終有一日也會向妳提起子嗣一事，何況長子終究還是要嫡出的為好，倒不如趁著如今還未有旁人來分一杯羹，趕緊生下小少爺為好。」

楚明慧沈默了一會兒，才輕聲道了句。「知道了。」

翠竹見她這般模樣，也不知她到底有沒有聽進心裡去，斟酌了半刻，又繼續道：「在侯府時，二夫人也常叮囑奴婢，要奴婢時刻注意妳的身子，千萬不能掉以輕心，何嘗不是也有讓妳早日懷上小少爺的想法。」

「翠竹，妳說的這些我都知道，只是……有些事我不便與妳明說，但妳放心，這輩子我都不會再讓人騎到我頭上來的。」楚明慧堅定地道。

孩子，她是一定要生的，卻不是現在。現在她還無法做到心無芥蒂地替慕錦毅生兒育女，能如現今這般平靜對她已是極限，再多的，恐怕暫且做不到。

前世沒能親眼看著孩兒平安降生是她一輩子最大的遺憾！既然她逃不掉嫁進這個慕國公府，那她的孩子，一定要是這府中最尊貴的，若有人再敢傷害她的孩兒，她不介意當個心狠手辣的人。

「德妃娘娘生辰，朝中有品級的夫人都要進宮恭賀，院裡之事就交給翠竹與盈碧來管理，燕容則隨我去吧。」楚明慧交代道。

若是依照她的心意，她自是更願讓從小伺候她的盈碧一起去的，可是盈碧這丫鬟心直口快，皇宮又是天底下最重規矩的地方，萬一她不小心惹了事，楚明慧也保不住她，所以楚明慧想了又想，最終決定讓二等丫鬟中最為穩重的燕容跟隨她去。

盈碧有點不滿地嘟起嘴巴，只不過她也清楚自家小姐是說一不二的，既然她都已經吩咐下來了，那斷無更改之理，是故也只能在心中發洩不滿。

楚明慧見她這副神情就知道她在想什麼，只是如今也不適合安慰她，只想著日後還是得磨磨她的性子。

翌日，楚明慧跟在太夫人、夏氏及喬氏身後進了宮，這一路上她都垂著頭目不斜視，很快地在太監的帶領下到了德妃接受恭賀的地方。

又等了好一會兒，各家夫人陸陸續續都到了，德妃才款款而來。

接下來眾夫人便依禮跪拜，恭賀德妃娘娘生辰。

上首的德妃含笑讓大家免禮，眾人又是好一番恭維，楚明慧前世今生都沒與德妃有過什麼接觸，況且她雖是世子夫人，但在場品級比她高的大有人在，是故她也只是在人群中跟著眾人動作。

德妃這個生辰宴與以往有所不同，專程挑在離御花園最近的寧華宮舉行。在她接受完誥命夫人的恭賀後，各家夫人、小姐就可自由地在寧華宮處遊玩，每隔十幾丈置有桌椅，桌上備滿了各式茶點，若是累了、餓了便可以稍稍歇息一番。不得不說，這般做法眾人還是甚為滿意的，畢竟誰也受不了枯燥地坐上大半個時辰陪著人說些有的沒的。

楚明慧一心想著或許能與母親再見一面，見德妃如此安排自然如願以償，待德妃說請各位夫人、小姐隨處觀看時，楚明慧低聲稟過太夫人後就出來尋陶氏了。

她剛從大殿處出來，便見陶氏站在梅花樹下對著她微笑。

「娘。」楚明慧一喜，不由得加快腳步，上前挽著陶氏手臂愛嬌地喚了聲。

陶氏看了她一眼。「都已經嫁人了，還這般愛撒嬌。」

楚明慧嬌憨地朝她笑了笑。

母女兩人便尋了處不那麼醒目的地方坐著說話，但畢竟是在皇宮裡，兩人也不敢說別的，只能隨意閒聊。

「好啊，原來妳在這與伯母說悄悄話，難怪我找不到妳呢！」兩人正說話間，身後便響起一個嬌俏的聲音。

兩人回頭一看，原來是方夫人母女，剛才出聲的自然是方青筠了。

相互見了禮後，方青筠拉著楚明慧的手臂對陶氏說：「伯母，把明慧姊姊讓給我吧！」

陶氏「嗤」的一下笑了。「好，讓給妳。」

方青筠樂得朝她行了個大禮，於是拉著楚明慧往另一方向去了。

楚明慧還想著向陶氏告別，沒想到被這急性子姑娘直接扯走了，只得無奈地搔頭笑笑。

「姊姊妳瞧，這些花可真漂亮，我還從未見過這麼漂亮的花呢！」方青筠指著那一大盆開得燦爛的鮮花對楚明慧道。

楚明慧笑笑。「宮裡的東西自然是極好的。」

方青筠點點頭。「那倒也是。」

兩人手拉著手一路觀看，不知不覺便走了大半個寧華宮。

楚明慧擔心越走越遠，便扯扯她的手。「我們回去吧，說不定這會兒德妃娘娘要見大家了。」

方青筠想了想。「也好，反正看得差不多了，咱們這就回去吧！」

兩人又拉著手往回走。

半路上，聽到不遠處響起一個帶著有些討好的女子聲音。「敏姊姊，這花與妳真般配。」

「算妳有眼光。」接著又是一個自得的女聲。

楚明慧與方青筠順著聲音望去，見一個身穿碧綠衫裙的年輕女子討好地對著另一位身著桃紅衣裙的女子笑著。

楚明慧一驚，是她？那個碧綠衫裙的女子竟然是寧雅雲——前世慕錦毅的貴妾。

寧府只是皇商，論理是不夠資格到宮中恭賀德妃生辰的，如今這寧雅雲怎麼會出現在這？

「寧雅雲？這種水性楊花的女子也好意思進宮……」正詫異間，便聽到身側的方青筠不屑地嘀咕了一句。

「妳說什麼？」楚明慧再次一驚，壓低聲音問。

方青筠左右看看，然後拉著她快走了一段距離，再尋個四下無人的地方附在她耳邊低聲道：「妳以後一定要離這個寧雅雲遠一點，她早就不是清白姑娘家了。」

楚明慧強壓下心中震驚，顫著聲音低聲問：「此話怎說？」

方青筠又四處看了看，確定沒有人發現才在她耳邊道：「她與她府上那位年輕的衛管事不清不楚好一段時日了。」頓了頓，她又低聲道：「妳別不信，我可是親眼見過他們衣衫不整地出現在京郊一處樹林中，只不過母親再三叮囑我千萬不要外傳。剛才跟她說話的那個姑娘是德妃娘家姪女，寧家好像與譚家走得挺近的，大概這也是為什麼寧雅雲做為皇商之女能出現在這裡的原因了。」

楚明慧越發震驚，寧家竟然與譚家有來往？慕錦毅可是太子一派的，前世怎麼就納了五皇子那邊的寧家小姐？

這之後，方青筠又拉著她去尋方夫人與陶氏等人，楚明慧一路恍恍惚惚地任她拉著自己，心中卻是好一番驚濤駭浪。

慕錦毅當年到底是出於什麼原因納了寧雅雲？為情？可寧雅雲進府後也未見他對她有過寵愛。還有，寧雅雲現在就已經不清白了，那前世她甫一進府不過一個多月便被診出了身孕，那孩子是誰的？依她所知，慕錦毅絕不是那等輕浮之人，那孩子的來歷就有問題了！

如果不是慕錦毅的，那後來她診出有孕，慕錦毅為何還留著她？

楚明慧越想越頭痛，只覺得前世自己彷彿忽略了好多事，再想想慕錦毅承認將納寧雅雲時好像也想過要解釋什麼，只是那會兒自己先是被慕淑穎指桑罵槐說不會生，接著聽夏氏得意洋洋地說將納寧雅雲的事，然後又見許諾一雙人的丈夫承認了納妾一事，便憤怒得什麼解釋也不願聽，只怒吼著要他滾出去，如今想想，自己實在是蠢笨得可以！

這晚，楚明慧眼神複雜地望著慕錦毅，若不是知道他不曾經歷過前世事，她真的很想問前世他突然納了這個明顯不同派別的皇商之女，到底是出於什麼目的？

可是倘若他真是出於其他原因才納寧雅雲，那前世自己那般傷心失望又為了什麼？而他眼見著自己因此事一日一日地消沈下去，為何還不對自己說明真相？

慕錦毅被她盯得心裡發毛，有點不安地摸摸臉，又仔細看了下衣著，確定沒有什麼不妥，才試探著問：「怎麼了？」

楚明慧移開目光，淡淡地說了句。「沒事。」

慕錦毅見她神情漠然，心中像被針刺了一下，成婚這大半月來，他被楚明慧打擊不少，無論再經歷多少次，楚明慧發自內心的冷漠與排斥都是他最無法承受的痛。

他低著頭，壓下那股苦澀，不停地安慰自己。

這有什麼，雖然她還未能完全接受你，但起碼態度比之前好多了，偶爾也會主動與你說話，只要你再努力些，終有一日能把她那顆冷卻的心捂熱！

第二十八章

「你再喝的話，小心嫂夫人又要對你發作。」慕錦毅看著凌佑祥接連喝了大半壺酒，不禁道。

凌佑祥得意一笑。「怕什麼，如今本少爺自有法子治她，保證能將她變成個柔順的小綿羊。」

慕錦毅心中一動，卻裝作懷疑的樣子斜了他一眼。「哦？」

凌佑祥見他質疑自己的話，不悅了。「難不成我還會騙你？」

慕錦毅也不搭話，拿過酒壺替自己斟上。

凌佑祥急了。「真沒騙你！」

他左右看了看，見沒人注意這邊，才靠近慕錦毅身邊壓低聲音道：「這可是我的絕招，看是你我才說的，就連楚晟彥那小子我也不說。」

慕錦毅側頭望了他一眼，挑眉示意他繼續。

凌佑祥得意洋洋地道：「我家那河東獅，吃軟不吃硬，而且，咳、還受不得人裝癡耍賴，只要裝成喝醉的模樣賴上一番，她立馬柔順得跟隻小綿羊似的，有求必應！」

慕錦毅瞠目結舌地瞪著他，簡直不知要怎麼說他才好。「你堂堂男子漢，居然像個三歲小孩一樣？真是豈有此理。」

凌佑祥不悅地回瞪他一眼。「我也只在媳婦面前這樣，況且只要媳婦高興了，伺候得你舒舒服服的，每日回家都對你笑臉相迎、溫柔以待，面子算什麼東西？能吃嗎？」

慕錦毅張大嘴巴望著他，心中震驚至極。這傢伙真的是那個老古板禮部尚書凌大人的兒子？

他佯咳一聲，若無其事地端起酒杯喝了一口，又對凌佑祥道：「你那副無賴樣，你父親知道嗎？」

凌佑祥搖頭晃腦地道：「自然不知，不過就算他知道了也不敢說什麼，他以為我不知，他自己還幫母親洗腳呢！」

慕錦毅一口氣換不過來，被酒水嗆了幾口。「咳咳咳……」

凌佑祥好心地遞過帕子，一臉同情地道：「你也沒想到吧？我剛知道的時候也被嚇得不輕，虧他還老在別人面前擺著一副正氣凜然、克己守禮的模樣。」片刻又叮囑道：「你可千萬別告訴別人，連你父親、媳婦都不能說，否則我父親知道了還不打斷我的腿！」

要是凌大人知道他的兒子在外頭如此敗壞他的名聲，豈止是要打斷他的腿，只怕是一巴掌將他拍回自家夫人肚子裡的念頭都有了！

慕錦毅咳了好一會兒才緩過氣來。「你放心，我自然知道這種事不宜向旁人提起。」

凌佑祥點點頭，片刻又神神秘秘地湊到他面前道：「你小子都成親這麼久了，楚三妹妹對你怎樣？要不也學著我這招來試試？」

慕錦毅將頭搖得像波浪鼓一般。「不行、不行，實在不行，我可做不來，況且，我們之間的事和你們夫婦不同。」

他與楚明慧之間的隔閡實在太深了，哪是靠裝癡耍賴兩下就能解決，只要對方心結一日未解，他們之間就永不可能做到像凌佑祥夫婦那般。

凌佑祥聳聳肩。「好吧，咱倆情況不同，況且你家那位又不像我家那位的脾性。」別過了凌佑祥，慕錦毅便獨自一人打算返家去。

走了幾步，他停下來思量了一番，又返回方才與凌佑祥喝酒的那間酒樓。

「小二，來壺竹葉青。」

「哎，來了，客官，您要的酒！」店小二客客氣氣地將一小壺竹葉青放在慕錦毅面前。

慕錦毅盯著那壺酒片刻，才將酒杯斟滿，然後伸出兩根手指探入酒杯中，等手指蘸滿了酒水，才抽出來對著脖子處彈了彈。

如此幾次來回，直至他聞到身上那陣濃濃的酒味，才滿意地點點頭，又將酒壺拿過來，對著壺嘴「咕嚕咕嚕」地灌了幾口，這才結帳返家去了。

「少夫人，世子回來了，只是瞧著喝多了。」燕容進來回楚明慧。

楚明慧一怔，正想問是怎麼回事，便見慕錦毅搖搖晃晃地進來，一旁的慕維想扶他又被他推開，口中嘰嘰咕咕的也不知在說些什麼。

楚明慧皺皺眉頭，兩輩子倒還是第一次見他醉成這般模樣。她站起來吩咐燕容準備熱水，又讓玉秋端醒酒湯來，這才迎上前去扶著慕錦毅的手臂。

誰知她雙手剛繞上他的手，慕錦毅便如沒了骨頭似的整個人賴在她身上。

楚明慧被他壓得走路都困難，急忙叫慕維上前來扶過慕錦毅，誰知那慕錦毅扭了幾下身子，避過慕維，雙手一張，死死抱著她的腰，口中篤篤喃喃地說：「不要別人，不要別人！」

楚明慧被他弄得手足無措，又見翠竹、盈碧等人掩著嘴偷笑，不禁又羞又氣，恨不得一巴掌將賴在自己身上的人拍出去。

只是她越是掙扎，對方抱得越緊，而且口中不停地喚著她的名字。「明慧、明慧……」

慕維有心上前幫忙，可慕錦毅卻死活不讓他碰，只繼續抱著楚明慧耍賴。

楚明慧見他越黏越緊，不由得滿臉通紅，簡直是丟臉死了。只是怕不順他的意又不知會引起什麼尷尬事，只得僵著身子任他抱著，右手掙扎著從他的束縛中抽出來，然後動作僵硬地拍拍他的背，口中敷衍著道：「好、好，不要別人。」

待好不容易服侍這祖宗用了醒酒湯，要讓慕維伺候他沐浴更衣時，他又死活不肯了，死死抱著楚明慧腰身，將一顆大頭靠在她頸邊不停地挪動。「不要、不要！不要慕維！」

慕維見今晚接連被主子嫌棄，不由得欲哭無淚，以前不也是自己伺候的，怎今晚就這麼嫌棄了，哪有這樣的！

楚明慧無法，只得紅著臉伺候他沐浴更衣，幸虧慕錦毅也知道適可而止，不敢鬧得太過，乖乖地由著楚明慧替他擦了背，換上了乾淨的衣服。

待躺到了床上，慕錦毅又耍賴起來，硬要抱著楚明慧才肯入睡，楚明慧恨得牙癢癢，恨不得一腳將他踢下床去，但見翠竹「噗哧」一下笑出聲了，今晚憋了一肚子的火終於爆發了，一把將疊得整整齊齊的錦被砸到慕錦毅身上。「讓你抱個夠吧！」

然後，她氣哼哼地往另一處的榻上一躺，扯過榻上的薄被一蓋，閉上眼睛誰也不理。

慕錦毅見她這般模樣，心中暗悔做得太過了，明知她臉皮薄還在那麼多下人面前這樣一鬧，鬧也就罷了，偏還不知收斂，如今可好，把人氣得都分床睡了！

第二日一早，慕錦毅小心翼翼地打量著楚明慧的神色，見她神色淡淡的瞧不出喜怒，只是吩咐丫鬟紀芳與染珠伺候他梳洗，她本人倒是若無其事地坐在梳妝檯前輕柔地梳著如瀑青絲。

在這之前，楚明慧就算再不喜接近慕錦毅，也會盡妻子的本分伺候他梳洗，今日這般明顯是昨晚的怒火還未曾全部消去。

慕錦毅如今倒有種搬石頭砸自己腳的感覺了，暗悔自己不應該聽了凌佑祥那番話就有樣學樣的，明慧與凌少夫人哪能相提並論，凌佑祥夫妻之間可不像自己與明慧那般有那樣深的心結。

慕錦毅任由丫鬟伺候他梳洗過，這才如鬥敗的公雞垂頭喪氣地出門去了。

「世子爺這是怎麼了？怎麼一副無精打采的模樣？」翠竹掀開簾子進來，好笑地問楚明慧。

楚明慧掃了她一眼。「妳倒不如問他，我哪知道他又發什麼瘋。」

翠竹低下頭掩蓋臉上的笑意，片刻才笑著上前替楚明慧綰髮髻。「少夫人也要放低些身段才好，像昨晚那般拿被子砸夫君的事可千萬不能再做了，否則讓人知道了可不得了。」

楚明慧不服氣。「他胡攪蠻纏的，再由著他還不知得鬧到什麼時候。」

翠竹笑笑，將手上的翡翠簪子插到她頭上。「好了。」

楚明慧對著銅鏡左看看、右看看，確定沒什麼不妥才帶著盈碧到太夫人處去。

翠竹望著兩人的背影，好笑地搖搖頭，經過昨晚世子鬧的那齣戲，如今瞧著這對年輕夫婦倒有了幾分生氣，不像之前那般死氣沈沈了。

稍晚，楚明慧用過了午膳，帶著盈碧去尋慕淑琪說話，剛一進門，就聽到裡面傳來慕淑穎的聲音。

「妳到底是怎麼沏的茶，想燙死我啊！」

「可我已經試過了才倒的，溫度剛剛好啊！」慕淑琪小心翼翼地道。

「好啊，妳竟敢讓我喝妳剩下的茶，也不想想自己是什麼身分，一個庶出女也敢爬到我頭上？」慕淑穎見對方竟然敢還嘴，不由得怒火中燒。

「我哪有爬到妳頭上，只、只不過……」慕淑琪小聲地分辯。

慕淑穎見對方回嘴，猛地站起來狠狠的一巴掌甩到她臉上。

「啪」的一下清脆響聲，直把裡面的幾位婢女打愣住了。

慕淑琪捂著被打的左臉，眼淚一下子就流下來了。

慕淑穎見她這副模樣，又要上前再補上一巴掌，剛抬起手便被人抓住了。

「什麼人竟敢擋我？」慕淑穎憤怒地回轉頭來，見抓住她手的人竟然是楚明慧。

想起這段日子一向看對方不順眼的夏氏如今都不再如之前一般挑剔她，慕淑穎怒氣更盛了。「妳算什麼東西，也敢擋我教訓人？」

「那妳又算什麼東西，竟敢教訓姊姊？」楚明慧陰冷地盯著她，一字一句地反問。

「關妳什麼事？我愛教訓誰就教訓誰，放開！」慕淑穎用力想抽回手，可楚明慧卻抓得她死死的。

「大嫂，算了，都是我不好。」慕淑琪輕輕扯著楚明慧的衣角，低聲勸道。

楚明慧擰著眉看見她左臉上那鮮紅的掌印，這慕淑穎出手果真是重得很。

慕淑穎趁著她不注意，再一用力抽回手，又反手一巴掌打在慕淑琪右臉上。「假惺惺！」

楚明慧一見對方如此囂張，不由得怒了，上前一步一巴掌用力地對著慕淑穎甩過去……

只聽一下更為清脆的「啪」的響聲，慕淑穎被打得偏過頭去。

這一下屋裡的人徹底被震住了，簡直不敢相信剛進門不久的世子夫人竟然甩了府中最得寵的三小姐一記耳光。

盈碧也被楚明慧這一巴掌嚇住了，她自小伺候楚明慧，何時見對方如此大動干戈，而且打的還是她的小姑子。

「妳、妳……」慕淑穎捂著臉指著楚明慧，她怎麼也沒想到竟然有人敢打自己，原本這段時間她被拘在太夫人院裡就已經積了一肚子火氣，再加上夏氏對楚明慧態度的轉變也讓她心生不滿，今日見太夫人出門上香去了，便來尋慕淑琪發洩一番，沒料到竟踢到了鐵板！

慕淑穎一張臉火辣辣的痛，見楚明慧打了她不但絲毫不懼，反倒更為狠戾地盯著她，那種殺氣騰騰的眼光像是恨不得將她碎屍萬段似的，她又驚又懼又痛地捂著臉，突然「哇」的一聲大哭，轉身向門外奔去……

慕淑琪瞠目結舌地望著這一幕，心中的震驚絕不亞於任何人。慕淑穎來找碴之前，她就聽了貼身婢女夏荷的回稟，說是見少夫人帶著盈碧姊姊一起往這邊來了，想著這些年一直受慕淑穎的氣，原想喚起這位未來國公夫人的同情心，讓她日後能對自己多番照顧，是故在慕淑穎挑剔時她故意辯解了幾句，以慕淑穎的性子，既然是有意挑事，又怎會不抓住時機！

她原本的計劃就是讓楚明慧親眼目睹到慕淑穎對她的欺壓，進而對她生出幾分同情，也算是替自己在府中尋一方庇護，可沒有想到楚明慧竟然會出手教訓慕淑穎。

慕淑琪有點不安地望著楚明慧。「大、大嫂，如今可怎麼辦？三妹她一定會去向母親告狀的，到時妳可……」

今日一幕雖是她有心設計，卻並不希望將楚明慧拉下水，更不願意見她得罪了嫡母，畢竟做媳婦的得罪婆婆，將來日子可不好過了！

楚明慧平息一下怒氣，安慰地拍拍她的肩。「別擔心，我沒事。盈碧，將上次陶管事送來的消腫去瘀藥膏給二小姐送一盒來。」

楚明慧離開後，慕淑琪低頭望著那盒藥膏，一言不發。

夏荷試探著道：「小姐，不如讓奴婢來幫妳上藥吧！」

慕淑琪搖搖頭。「不必上藥，這些傷還得留著等祖母回來呢！否則，若是我傷得太輕，而三妹妹傷得重了，那大嫂……」

夏荷紅著眼替她理了理頭髮。「三小姐實在是太過分了。」

慕淑琪嘆口氣。「誰叫人家是嫡，而我是庶呢！」

另一廂，翠竹聽聞楚明慧打了慕淑穎一事後，不贊同地道：「少夫人，雖然三小姐動手打親姊是過分了，但妳也不應該出手教訓她啊！畢竟妳才剛進門不久，如今出手打了小姑，就算對方無理在先，但妳這樣也會引起太夫人和國公夫人的不滿。」

楚明慧暗嘆口氣，不由得苦笑，她實在是太高估自己的忍耐力了，那一巴掌，其實不只是替慕淑琪出氣，還是替前世的自己出氣，慕淑穎那囂張的態度，與前世她害了自己小產還毫無悔意是一模一樣，實在讓人氣不過！

如今見她對慕淑琪那態度，便不由得想起前世她對自己的態度，心中怒火一燒，便全然不顧地狠狠甩了她一記耳光，雖知自己這做法肯定會引起閒話，可她也顧不得那麼多了，對著夏氏，她迫於孝道不能不暫且低頭，可對著慕淑穎，她卻不願再那麼委屈自己。

再者，如今離慕淑穎出嫁的日子至少還有兩年，兩年啊，難道自己還要忍她兩年？對夏氏要忍，對慕淑穎也要忍，忍來忍去，她總有一日會受不了。

所以，今日這一巴掌，她明知不該，可卻不悔！如若再來一次，她仍會狠狠地出手教訓對方。

果然不出眾人所料，慕淑穎哭哭啼啼地向太夫人及夏氏告狀了。

夏氏一見寶貝女兒臉上那鮮紅的掌印，心中那熊熊怒火就憋不住了，直喚人去叫楚明慧來，要問問她是什麼身分，竟然出手教訓她的女兒，還說什麼才進門不久就如此目中無人，還是早些休了得好。

太夫人皺著眉聽著慕淑穎的哭訴，雖詫異楚明慧這才剛進門的媳婦竟敢打府中得寵的小姑，但也不願只聽慕淑穎一面之詞，如今又見夏氏這般囂張地叫著要替女兒討回公道，還說什麼休妻之類的話，便厲聲喝止她。「住口！事情尚未弄清楚，妳就呼呼喝喝的，這府中的事何時輪到妳作主了！」

夏氏被她這樣一喝，不由得縮了縮，只是仍是不服地道：「母親，阿穎臉上的傷可是實實在在的！」

太夫人狠狠瞪了她一眼。「是真是假我不會看？」

夏氏吶吶地不敢再說，只是氣鼓鼓地拉著抽泣的慕淑穎坐在一邊。

「太夫人，二小姐來了。」屋外丫鬟來稟。

「她來做什麼？」太夫人皺眉說了句。「讓她進來吧！」

慕淑穎一聽慕淑琪來了，哭聲不由得細了點，一直靜靜站在太夫人身邊的喬氏見她這般反應，心中一動。

「孫女見過祖母、母親、大伯母。」慕淑琪一進來，便低頭跪在地上。

太夫人見她這般樣子，奇怪地問：「妳這是做什麼，站起來說話。」

慕淑琪搖搖頭，不說話，只是低頭哭。

喬氏一見，大概猜測到事情經過了，親自上前扶起她。「妳這孩子，有什麼委屈儘管向祖母說來便是，有什麼好哭的。」

慕淑琪這才擦著眼淚，緩緩地抬起頭來……

「啊！這是誰打的？出手這麼重。哎呦，瞧這張臉，都腫了！」喬氏一見她臉上左右兩邊的傷，不由得驚呼。

慕淑穎一聽，身子往後縮了縮。

太夫人也是一驚。「上來我瞧瞧。」

「這是怎麼回事？怎傷得這麼重！」太夫人一見她的傷，勃然大怒。

慕淑琪怯怯地望了一眼慕淑穎，不敢作聲。

太夫人一見她這個樣子還有什麼不明白的。

「太夫人，世子夫人到了。」丫鬟又來回。

楚明慧平靜地跟在婢女身後進到屋裡來，依禮見過在場的長輩後，一言不發地站在屋子中央。

夏氏一見她這副絲毫不懼的模樣不由得更氣了，直指著她罵道：「我嬌養十幾年的女兒尚且不曾動過她一根手指頭，妳一個新婦竟然敢動手打她？不就是憑著娘家有幾分勢力嘛！」

「住口！再敢多話直接滾出去。」太夫人大怒，方才見了慕淑琪的傷，事情的真相她就是不知十分，但也能推測得到七分了。

「孫媳婦，妳將今日之事向祖母道來，妳放心，祖母絕不會偏袒任何人。」說完，太夫人狠狠瞪了不敢再抽泣的慕淑穎一眼。

於是，楚明慧語氣平淡地將今日的事一一道來。至於打了慕淑穎會有什麼後果，她早就不在意了。

第二十九章

慕錦毅正與幾位同僚道別，便見慕維滿臉焦急地站在不遠處朝他使眼色，他不動聲色地辭過眾人，快走幾步往慕維方向而去。

「世子爺，您快回去吧，少夫人出事了！」

慕錦毅大驚，聽完慕維的話後，直接翻身上馬，往府中飛奔而去。

一回到慕國公府，慕錦毅便急忙回房。

此時，楚明慧正抄著佛經，卻被闖進來的慕錦毅一把扯了起來，只聽他急急地問：「可曾傷到哪裡了？」

楚明慧一怔，不明白他這話的意思。「我哪裡有傷著了，一直好好的。」

慕錦毅聽她這樣一說，不由得鬆了口氣，片刻又焦急地問：「不是說妳與三妹妹動手了嗎？沒有傷著吧？不行，還是找大夫來看看好，有些傷一開始瞧著沒有大礙，日後可是大毛病。」

楚明慧不敢置信地望著他。「你……不怪我打了你親妹妹？」

慕錦毅嘆口氣。「她是什麼性子，妳又是什麼性子，難道我不知道？」再者，他一聽聞說楚明慧與慕淑穎發生了不愉快之事，甚至還動了手，下意識就以為是楚明慧受了傷。

楚明慧神情複雜地望著他，不敢相信他竟然會說出這樣一番話來，前世的慕錦毅在自己與慕淑穎起衝突時，雖不會不分青紅皂白地責怪自己，但也絕對不會如現在這般先擔心自己會不會吃虧受傷。

這一世的他，真的很不同。

在楚明慧再三保證絕對沒有受傷之後，慕錦毅才不再提請大夫之事。

不過楚明慧這一巴掌又為她帶來了抄書的懲罰，雖說是慕淑穎動手在先，但楚明慧打人也是不對的，所以太夫人罰她抄佛經，而慕淑穎則是被徹底禁足，除了每日送東西的婢女，不允許任何人去看她，當然也包括夏氏。

慕錦毅暗嘆口氣，心知前段時間為緩和夏氏與楚明慧關係做的努力大概要付之東流了。

翌日。

「妳說這孫媳婦是個怎樣的人，我這會兒倒有些看不明白她了，說她記仇嘛，可她對著羞辱過她的老二媳婦是畢恭畢敬的；可說她寬厚嘛，對三丫頭可從不手軟。」太夫人納悶地問喬氏。

喬氏笑笑。「畢竟還年輕，哪能就十全十美的，那樣的話不成了妖精？何況姪兒媳婦雖對三姪女不假辭色，但對二姪女與四姪女可都是十分照顧的。媳婦的話可能難聽了些，但三姪女那性子，實在不是容易相處。」

太夫人嘆口氣。「我又何嘗不知這些，要不也不會只是罰她抄佛經了，想著也是要磨磨孫媳婦的性子，畢竟還是衝動了些。」

喬氏頓了頓道：「媳婦倒覺得姪兒媳婦是個果敢有魄力的，如今咱們府上缺的正是這樣的主母，雖說處事還不夠細緻全面，但只要母親好好給予教導，日後必會是個出色的當家主母。」

太夫人細細想了想，點點頭。「是個可教的。」

喬氏見她這樣，又道：「再者，三姪女那性子也得有個人壓一壓才行，府裡弟妹對她有求必應，二弟與大姪兒也不好管教她，這府中她也就對母親您還怕上幾分；可是母親您也不過是命人嚴加教導些規矩，那些教導嬤嬤再嚴格也始終是請來的外人，哪裡就真敢處罰她，只能不痛不癢地訓誡一下，是故三姪女才會有恃無恐的。」

見太夫人並不因她的話生氣，甚至還點點頭表示認同，喬氏又道：「如今來了位不給她面子的大姪兒媳婦，該教訓的絕不手軟，這何嘗不是徹底磨磨三姪女性子的最好方法，讓她在府裡也有個真真正正害怕之人，日後行事也收斂些。」

太夫人點點頭。「妳說的有道理，是該有這麼一個人來管教她。孫媳婦處事公正，身分又夠，是個好人選。」

見太夫人徹底消除了對楚明慧的成見，喬氏不由得鬆了口氣，總算不負大姪兒所託，想起昨晚求自己在太夫人面前替楚明慧說好話的慕錦毅，她暗暗慶幸交好楚明慧這步棋下對了。一個得知妻子得罪了生母與胞妹的男子，回來後首要就是找人消除府裡最高掌權者對妻子的成見，他對其妻的看重可見一斑了。

「母親還是很生氣？」慕錦毅背著手問來人。

「是的，夫人如今對少夫人打了三小姐一事還是十分生氣，奴婢本也想按世子吩咐勸上一勸的，但怕會有反效果。」綠屏低著頭恭敬地回道。

慕錦毅嘆口氣，果然不出所料。

「這幾日暫且不要再替少夫人說話，順著母親的話讓她先消了火氣，然後再找時機。」

「奴婢知道了，世子放心。若無其他吩咐，綠屏就先回去了，怕到時夫人找不著奴婢會懷疑。」綠屏福了福，對慕錦毅道。

在慕錦毅重生之後就深感像夏氏此等耳根子軟、易受人挑撥之人，身邊絕對不能有如前世那種只會一味附和迎合的婢女，是故經過多方挑選，又頗費了些心思才避開太夫人的視線，將綠屏調到夏氏身邊，目的是讓她平日多多勸說夏氏，以免她又做出些被人當槍使的事來。所幸綠屏也是個聰明的，不多久就取得了夏氏的信任，然後又被夏氏提拔為一等丫鬟。

楚明慧老老實實地在屋裡抄佛經，自然不知道慕錦毅四處替她滅火。只是這場懲罰她領得身心舒暢，好歹也算是出了一口氣不是?至於抄書，她就當是練練字。

幾日後，太夫人見了她抄得工工整整的佛經，不由點點頭。「雖說妳也是出於一片維護之心，但身為未來的一府主母，這般動手打人卻是落了下乘，讓妳抄佛經也有讓妳修心養性的意思，妳可明白？」

楚明慧恭恭敬敬地朝她行了禮。「是孫媳婦處事不周，祖母教訓得極是，這些日子孫媳婦抄著佛經，也反思了一番，的確是衝動了些，辜負了祖母平日的教導。」

太夫人點點頭。「妳能這樣想的話說明妳是個聰明人，我年紀大了，這些年掌著府中中饋也有點力不從心，從明日開始，妳跟在妳大伯母與劉嬤嬤身邊好好學著管理府中之事。」

楚明慧一驚，倒想不到太夫人會這麼快就讓自己接觸府中事，只不過她也想早日在府裡培植自己的勢力，日後就算夏氏與慕淑穎要挑事也不至於坐以待斃，是故她也不假惺惺地說些客氣話，乾脆俐落地點頭道：「多謝祖母，孫媳婦一定好好跟著大伯母與劉嬤嬤學習。」

太夫人見她大大方方地接受，不由得又多了幾分讚賞，她最看不慣那種惺惺作態的女子，像楚明慧這種乾脆爽利的態度反倒更對她的脾氣。

之後，楚明慧每日早起伺候了慕錦毅出門，再向長輩們請過安，就跟在喬氏身邊學著管事，其實她前世也做過這些，自然十分清楚，但她見喬氏毫不藏私，細心教導她許多事，心中也有些感激，便更加認真地跟著她學了。

一時間，兩人相處得越發融洽，太夫人看在眼裡自然十分滿意，這兩人，都是她挑選的未來當家主母，如今能好好相處自然是極好的；況且喬氏也曾掌過府中中饋，能力自然是有的，能這般耐心不藏私地教導楚明慧，她心中更是覺得自己當年沒有選錯人，只可惜長子早逝，否則若是她成了國公夫人，自己又何須一把年紀的還要親自管家，早就如旁人一般含飴弄孫去了！

想到這裡，她不禁掃了一眼楚明慧的小腹。「也不知孫媳婦肚子裡是不是已經有了重孫子了。」

長孫都弱冠了，與他同齡的大多數已經為人父，只是他剛成親不久，真要到為人父之時還不知要到什麼時候。

一想到慕錦毅膝下至今無子，太夫人也不由得心急了，當晚便喚翠竹前來仔細問了這段時間楚明慧屋裡事。

聽聞慕錦毅這段時間都是歇在楚明慧處，太夫人便點點頭。不錯，長子還是要嫡出的好！

她又叮囑了翠竹要好生照顧楚明慧，千萬別讓她受涼之類的話，這才讓翠竹回去了。

太夫人這番話的深意翠竹也知道，只是心中卻有點著急了，皆因今日楚明慧的癸水來了，便主動讓人挑了位守本分的丫鬟欲提為通房，往日慕錦毅雖歇在少夫人所在的文慶院，但翠竹知道兩人晚上未曾有過其他動作，如今楚明慧又要提通房，若是世子被迷住了那可怎麼辦？只是無論她怎麼勸，夫人都不聽，只說是盡妻子的本分。

翠竹越想越擔憂，也不知世子如今回來了沒，可接受了那個丫鬟？

她加快腳步回去，剛進了院門，便見盈碧、燕容等人面面相覷地站在正房門外。

「這是怎麼了，怎一個個都站在這裡？不用伺候嗎？」翠竹納悶地問道。

眾人一見她便一下子散開了，只有盈碧拍拍心口迎上前壓低聲音道：「妳不知道，方才世子發了好大脾氣，把少夫人今日選的那通房丫鬟直接轟走了，那神情可嚇人了！大家都嚇了一大跳！」

翠竹有點意外。「世子把人轟走了？」

「可不是，直接轟走了，說打哪兒來的就到哪兒去。」盈碧點點頭。

的。

翠竹臉上露出一絲不易覺察的笑意，如此甚好，這說明世子還是很看重、愛護少夫人的。

「世子如今可在屋裡？」翠竹又問。

盈碧搖搖頭。「不在，發了一頓火之後就走了，如今只有少夫人在裡頭。」

翠竹點點頭，推門進去，便見楚明慧呆呆地坐在榻上，也不知在想什麼。

「少夫人？」翠竹輕喚一聲。

楚明慧回過神來，見是翠竹，便點點頭。「妳回來了，祖母找妳何事？」

翠竹笑笑。「自然是關於抱重孫的事。」

楚明慧苦澀一笑，低下頭一言不發。

「通房之事，既然妳已經盡了本分，旁人也無法再說什麼，如今是世子不願，妳身為妻子的自然不能逆了夫君的意。」以為楚明慧是擔心長輩怪她身子不方便也不替夫君安排伺候之人，翠竹安慰道。

楚明慧搖搖頭，安排通房一事，大概連她自己都有點搞不懂自己的心思，她本就是抱著與慕錦毅相敬如賓的想法嫁過來的，早就決定只做個合格的世子夫人、國公夫人，情情愛愛之類的再不願接觸。

安排通房是妻子應盡的本分，但真的將人帶到慕錦毅跟前時，她又覺得心裡有種莫名其妙的難受感，以致當慕錦毅大發雷霆地將人趕走了，她竟然有鬆口氣的感覺，這種矛盾的想法讓她有點不知所措。

慕錦毅今日從同僚處得了一隻會唸詩的鸚鵡，興沖沖地拿回來打算討楚明慧的歡心，以免她又因為被長輩處罰而心中憋悶，沒想到剛提著鳥籠進了門，便見楚明慧指著一個滿臉嬌羞、垂著腦袋且做婢女打扮的女子，對他說：「妾身近日身子不適，恐無法伺候世子爺，這位是剛提上來的通房，這幾日便由她伺候世子爺吧。」

楚明慧此話一出，慕錦毅那尚未來得及出口的話便生生憋回肚子裡，他瞪大眼睛不敢置信地問：「這是妳決定的？」

楚明慧神情淡然地點點頭。「正是，妾身身子不適宜伺候世子，自然該另尋人服侍，這也是做為妻子應盡的本分。」

慕錦毅後退了一步，手中的鳥籠「叭」的一下掉到地上，裡面的鸚鵡被嚇得滿籠子亂撲騰。

「妳這是真心的？」慕錦毅壓下心中的苦澀，盯著楚明慧的眼睛一字一字地問。

楚明慧避過他的視線，點了點頭。「自然是真心的，人都帶來了，妾身怎麼可能不是真心的。」

慕錦毅眼珠子一動不動地盯著她，滿懷希望能從她的臉上找出些不甘願的表情，可是，事實讓他失望了，楚明慧那平靜的神情告訴他，她是真心想替他尋一位通房丫鬟。

他突然感到全身無力，成親這段日子裡，他一次又一次被對方的態度打擊到，卻從未有一次像今日這般讓他對未來產生了強烈的無力感。

明慧，她心中真是再無自己了！

前世連自己偶爾從外頭沾染到的脂粉味她都會嘟著嘴表示不滿，更別提後來因納妾而鬧翻了，如今她竟然會因為自己不方便而主動替他選了丫鬟來伺候。

慕錦毅靠在桌邊，雙眼一眨不眨地盯著楚明慧，突然大笑幾聲，然後抓起桌上的茶杯用力往地上一砸。「什麼狗屁通房，給我滾！哪兒來的就滾回哪兒去！」

楚明慧被他突然的發作嚇了一跳，那通房丫鬟更是嚇得雙腳發抖，差點站不住癱在地上，幸虧燕容反應快，飛快扯著她的手臂往屋外走。

慕錦毅紅著雙眼盯著楚明慧，一言不發，只是那雙眼中卻閃著點點淚光。

楚明慧被他盯得心中發毛。「你若不喜歡她，我再重新挑選便是了，何苦發那麼大脾氣？」

慕錦毅被她這般一說，頓感自己的所作所為是那般可笑。「是不是、是不是無論我再怎麼做，也無法敲開妳那冰封的心門？」

楚明慧被他滿含絕望的語氣弄得心慌不已，微微側過頭避開他的目光。「我不懂你在說什麼？哪個做妻子的不是要盡好本分的。」

慕錦毅眼中光亮一點一點地黯淡下來。

妻子的本分？若她真是那等只會盡本分的人，前世又怎會鬧成那般模樣？若她真是謹守本分之人，又怎能讓自己執著了兩生？

他定定地望著楚明慧好半晌，才一言不發地轉身離去——

楚明慧望著他離去的背影，一點一點地從扶手邊滑坐到榻上，心中說不出是鬆了口氣，還是憋著口氣。

「少夫人，如今世子既然不願，妳又何必再多想？不如好好養著身子，早些生個小少爺。今日太夫人叫了奴婢去，明裡暗裡問的都是小少爺之事。」翠竹勸慰道。

楚明慧低著頭「嗯」了一聲，再無他話。

此時，一個怪異的聲音引起了她的注意。「春眠不覺曉，處處聞啼鳥。」

「原來這隻鳥還會唸詩。」正打掃地面的盈碧一臉驚喜地道。

楚明慧抬頭循聲望去，只見盈碧提著一只鳥籠，裡面那個紅嘴鸚鵡正張著翅膀怪叫著。

翠竹見狀又勸道：「妳瞧，這還是世子爺專程尋來給妳解悶的，他一頭興沖沖地要討妳開心，可少夫人卻當場潑了他一頭冷水，長期下去，是會冷了他的心。」

楚明慧怔怔地望著那隻還在怪叫的鸚鵡，心中卻是百感交集。曾經他們還是一對琴瑟和鳴的恩愛夫妻時，慕錦毅也時常尋些有趣玩意逗她開心，如今一切卻早已物是人非。

與此同時，慕錦毅憋著滿肚子的心酸回到書房裡，慕維見他興沖沖地去了正房，如今卻像被嚴重打擊到的模樣，心中詫異不已，卻也不敢詢問。

慕錦毅靜靜地待在書房好一會兒，才吩咐慕維。「你將少夫人替我選了通房，但被我大罵一頓，並且還將通房趕走的事傳揚出去。」

慕維一怔，不明白他此舉用意，但見對方不欲多說，只得應了聲便出去辦事了。

慕錦毅苦笑一聲，既然她要做盡職盡責的賢妻，自己也只能推一把，通房他是不願要的，但只怕時間長了，長輩也會怪罪楚明慧，正如前世那般，如今倒不如將所有的責任攬到自己身上。

第二日，世子夫人替世子選了通房，但引起世子強烈不滿，不但通房被直接轟走了，連世子夫人也挨了好一頓罵，此事傳遍了整個慕國公府。

太夫人那處自然也聽到了消息，不由得搖頭長嘆。「孫媳婦倒是盡職盡責，就是毅兒這孩子，怎麼……之前不肯要丫鬟伺候，我還以為他這輩子連娶媳婦都成問題了，沒想到他與孫媳婦相處得倒也挺好，如今孫媳婦盡本分替他選個通房還被發作一通，真是……」

一旁的劉嬤嬤笑著安慰道：「往日世子不肯要丫鬟，您憂心他將來怕是連媳婦都不願接近，如今小倆口過得挺好的，您怎又擔心了？世子既然不願納通房便隨他，以前不也這樣過來了？」

太夫人搖搖頭。「我只是擔心子嗣，他若連個通房丫頭都不願要，那將來可還會願意再納幾房妾室綿延子嗣？若是又不肯，那這子嗣就……如今看來，還是只能靠孫媳婦了啊！」

劉嬤嬤又道：「少夫人年紀尚輕，身子也結實，多生幾個自然不成問題，太夫人若是擔心，不如請幾位有經驗的醫婆子專門調養少夫人身子？」

太夫人想了想，點點頭。「這倒是個好辦法，與其再想靠什麼通房、妾室來綿延子嗣，倒不如先讓孫媳婦把重孫生出來。」

片刻，太夫人又疑惑地道：「妳說毅兒到底是怎麼回事，前些年也沒有這怪癖，身邊也是有幾個伺候的丫鬟，怎這兩、三年就變成這般模樣了？」

劉嬤嬤搖搖頭。「奴婢也想不明白。」

「這孩子那脾氣彆扭得很，問他也不說，只說日後他的身邊再不許有丫鬟，就只留了個慕維。」太夫人嘆口氣，搖頭道。

而慕錦毅自那日離去後就不曾到過楚明慧房裡，每日一早出門辦差，晚上回來便歇在書房。

楚明慧白日要跟著喬氏與劉嬤嬤學著管事，也沒空理他，晚上則是重溫白日學到的各種處事方式，一時半刻也顧不上慕錦毅。

第三十章

這日，楚明慧帶著盈碧經過一處假山，見前方迎面走來一位婀娜多姿的美貌女子。

「世子夫人。」那女子盈盈對著她福了福。

「清姨娘不必客氣。」楚明慧側身只受了她半禮。

那女子正是慕國公的寵妾，府中人稱清姨娘，據說是慕國公外頭的朋友所贈，一進門就得了慕國公的寵愛，如今快十年過去了一樣是寵愛不斷，就連比她晚進門的玉姨娘也越不過她頭上去。

楚明慧知道這個清姨娘可是個不簡單的，否則也不會在府中多年榮寵不衰，夏氏將她視為眼中釘、肉中刺，可卻半點奈何她不得，只能私底下恨得差點咬碎滿口銀牙。

原本她不打算介入慕國公那些妻妾是非當中，夏氏也好，清姨娘也罷，只要不礙著她，任她們爭得死去活來，她也半點不放在心上。

只不過，想想這段時間又對她橫眉豎目的夏氏，楚明慧心中一動，她是長輩自己自然無法直接出手對付，但這位清姨娘可就不同了，以她的手段，自然能讓夏氏吃不了兜著走，這麼多年來夏氏還能在慕國公府後宅中橫行霸道，與清姨娘顧忌她背後那個有為的兒子慕錦毅不無關係。不過清姨娘對夏氏也是有恨的，早些年她腹中胎兒就是在被夏氏罰跪中流掉了，以致這些年她雖寵愛不斷，但至今仍懷不上。

這位清姨娘也是極識時務的，知道自己後半生都得靠著慕國公府，而未來慕國公府掌權者又是夏氏的親生兒子，是故這些年雖多的是機會替自己失去的孩兒討回公道，但終究不敢對夏氏下狠手，只能小打小鬧地讓對方吃些暗虧。

楚明慧相信，只要清姨娘沒了對將來生活的後顧之憂，她就不信清姨娘會不想為兒子報仇！如今她都不時地替夏氏添些堵了，更何況到那個時候。

想到這，楚明慧對清姨娘的態度便又客氣幾分。

清姨娘見這位世子夫人對自己如此禮遇，一時有點受寵若驚，她自知府中不少人瞧不上自己，皆因她原是戲子出身，後來被人買下再轉送給如今的慕國公，這才結束了顛沛流離到處賣唱的生活。所幸的是，慕國公雖在外頭風評不大好，但對自己倒有幾分真心實意，是故她也是真心將慕國公府視為自己後半生的依靠，否則以夏氏當年害她失了孩兒一事，她有的是手段讓對方血債血償。

楚明慧雖有心讓清姨娘去對付夏氏，卻不是現在，夏氏雖對她諸多挑剔，但也只是耍耍嘴皮子，並不曾有其他動作。再者，如今她只想著早點在慕國公府站穩腳跟，徹底將管家權牢牢地抓到手上，否則，若手上無半點勢力，憑什麼指使別人幫你做事？空口說白話的許諾誰不會說，關鍵是你得有讓別人相信你的資本。

楚明慧回到屋裡剛坐下，便聽玉秋稟道：「少夫人，剛侯府那邊有人來報，六小姐的親事訂下了。」

「是哪戶人家？」楚明慧一喜，心中對楚明雅親事遲遲未訂的憂慮被徹底打消了。

「是萬大人家的二公子。」

「萬大人？哪個萬大人？」楚明慧問。

玉秋不好意思地摸摸後腦勺。「來的人倒是說了一串官名，可奴婢見他嘰嘰咕咕的也沒聽清楚，只知道萬大人原是易州一處地方官。」

楚明慧聽她這樣說，倒放下心來，既然是來自易州，想來與外祖那邊脫不了關係，娘親看來也是多番考慮過才訂下這萬家的。

晉安侯府最後一位小姐的親事也訂下了，楚明慧才徹底放下了前世崔騰浩與楚明雅之間的事，如今男已娶、女將嫁，今生再無牽扯到一起的可能，將來崔騰浩是好是歹也與自家沒一星半點兒關係了。直至此，楚明慧才放下了前世爹爹被連累流放一事。

慕錦毅因通房一事發洩了一番後接連幾日都不曾踏進文慶院一步，翠竹等人都有點擔憂楚明慧這次是不是真的惹惱了世子，以致之前每日都會過問少夫人起居用度的世子竟然幾日都不聞不問。

只有慕維知道，自家主子人雖待在書房，可心早就飛往少夫人的文慶院裡了，整日都眼巴巴地等著少夫人上門來請他。

只可惜楚明慧只顧著跟喬氏學管家，頂多每日打發丫鬟來傳達一下妻子對丈夫的關懷之情，堵得慕錦毅有苦說不出。

慕錦毅等了幾日，仍等不到楚明慧的親自問候，不由得洩氣了。

算了算了，不是已經決定這輩子再不與她賭氣，有什麼話都要說得清清楚楚了嗎？如今這樣算什麼回事！

他長嘆一聲，搖頭苦笑。山不就我，唯有我去就山了！

想到這，他闔上擺了半日都尚未翻過一頁的書冊，邁步往文慶院方向去。

「世子爺。」見他進來，翠竹一喜。

這幾日她不是沒有勸過楚明慧主動低頭去向慕錦毅賠個不是，可她不是以「忙」為藉口一推再推，就是吩咐翡翠去問候幾聲，如今見慕錦毅竟然率先過來尋主子，她心頭上一直懸著的大石也終於落了下來。

「妳家少夫人呢？」四處望了望卻不見楚明慧的影子，慕錦毅問道。

「少夫人應唐夫人所邀到念慈庵去了，估計這會兒也應該在回來的路上了。」翠竹微垂著頭回道。

慕錦毅一聽楚明慧出門去了，不由得有些洩氣，好不容易鼓起勇氣來了，竟然撲了個空。他擺擺手讓翠竹出去，便有些憋悶地在榻上坐下，隨手拿過一旁的書冊翻了翻。

又過了小半個時辰，見楚明慧還未歸來，慕錦毅感覺他的耐性都快要用盡了。他猛地站起來，快走幾步往門外走去，邊走邊讓人備馬，決定要親自去接楚明慧。

翠竹等人自然樂見他們夫妻親近，急急奔走著讓人快快準備馬匹。

慕錦毅從下人手中接過轡繩，翻身上馬，雙腿一夾，高大的棗紅馬便疾馳而去……

楚明慧與韓玉敏本是要結伴返回城中，沒想到行至中途遇上了唐永昆。原來唐永昆欲攔韓玉敏去見一位長輩，偏那位長輩所在之處與楚明慧返家的方向相反，楚明慧不欲他們為難，便主動提出不如就此別過，由慕國公府的下人護著歸去便可。

韓玉敏抱歉地朝她笑笑，還是堅持派唐府兩位家丁一起護著她回去，楚明慧不願她擔心，也爽快地點頭謝過，如此兩人便分道揚鑣了。

馬車一路朝著城中方向駛去，楚明慧昨晚幾乎對了一夜的帳冊，今日一大早起來跟著喬氏理了一番府中大廚房本月用度，然後看著喬氏處罰了幾個手腳不乾淨的婆子，接著又受了夏氏一頓指桑罵槐的教訓，好不容易抽出空來赴韓玉敏的約，如今在搖搖晃晃的馬車中便有點睏意了，不由得閉著雙眼將身子歪在盈碧身上打瞌睡。

盈碧也知主子這段時間的確是辛苦了些，昨晚沒有睡好，今早又是忙來忙去，是故也不欲打擾她，輕輕扯過一旁的薄被蓋在楚明慧身上，然後伸出手環住她的腰，以防她摔倒。

「車上的便是慕國公府新娶進門的世子夫人，原晉安侯府那位三小姐？」

楚明慧正昏昏欲睡間，便被這有點囂張的聲音驚醒了。正想問出了什麼事，馬車突然停住了，車上的眾人因慣性往前傾，差點摔倒。

車外的護院見幾個人突然擋住去路，著急間連忙止住行走的馬匹，又聽得車中傳來女子的驚呼，生怕摔到了世子夫人，急急出聲詢問。「世子夫人，可有受傷？」

楚明慧拍拍怦怦亂跳的胸口，扶著盈碧的手復又坐好。「不礙事，外頭發生什麼事了，為何突然停下來？」

「稟世子夫人，路中央突然衝出幾名男子，奴才怕撞到人，這才突然停下。」

楚明慧皺皺眉頭，各府的馬車都有自己府中的標記，一般人這點眼色還是有的，而且方才她分明聽到有人已經認出了這是慕國公府的馬車，為何還有人膽敢來攔路？

「慕國公府世子夫人，本是姑母之前替本少爺選的未來媳婦，可惜被慕錦毅那小子搶先了，雖不知這位侯府三小姐的模樣配不配得上風流倜儻的本少爺，但好歹曾入了姑母的眼，不來親自看一番實在是不甘心。」馬車外又響起那個囂張的男聲。

「大膽狂徒！既知這是慕國公府的馬車，還不快快讓開！」

「慕國公府？哈哈哈，本少爺從未怕過！就連五皇子見了本少爺也得客客氣氣稱聲表兄，如今裡面只不過是區區的國公府世子夫人，就算是太子妃，本少爺也定要瞧上一瞧。」

「此人如此囂張，可知是什麼人？」楚明慧皺眉問。

「應該是德妃娘娘的姪兒，譚家三少爺。」燕容回道。「奴婢之前聽聞譚夫人只帶了小兒子及女兒進京，五皇子既然要稱他為表兄，想來定是這位譚三少了。」

德妃娘家姪兒？那他怎口口聲聲說自己是之前德妃替他選的未來媳婦，這當中是怎麼回事？

楚明慧眉頭越擰越緊，心中一片疑惑。

「住手，竟敢對世子夫人如此無禮。」

她正疑惑間，便覺車子微晃了晃，燕容與盈碧兩人急忙一左一右地扶住她。

「滾開！若不要命了儘管來，本少爺今日定要一睹芳容。」譚誠林叫囂著，身邊的幾位紈袴子弟也大聲助威，譚家下人簇擁著譚誠林就要衝過來掀馬車的簾子。

慕國公府的人當然也不是吃素的，兩三下就擋住了譚家的人。

「本少爺乃德妃娘娘親姪兒，你若傷了本少爺，本少爺讓你慕國公府吃不了兜著走！」

譚誠林許是見久衝不開慕國公府下人的阻擋，氣急得破口大罵。

幾位護院一怔，倒一時沒有想到對方來頭這麼大，這一分神，譚誠林便乘機從幾位高大的護院中間鑽過去，兩三下爬上馬車，就要伸出手去掀車簾子……

眼看車簾就要被掀開時，突然一陣勁風，譚誠林剛碰到車簾的右手便被物品擊中了，只聽他「啊」的一聲慘叫，從馬車上摔了下來，抱著右手在地上呼天搶地、大哭大叫。

跟著他來的幾位紈袴子弟及譚家下人一見，頓時也顧不上其他，急忙圍上來欲扶起他，只是剛靠近譚誠林，就被猛然出現的男子兩三腳踢開了。

霎時，一陣陣的慘叫聲此起彼伏。

車內的楚明慧三人緊緊地靠在一起，又驚又怕又怒，如今聽得外頭巨變，正不安之際，便聽外面響起慕國公府護院們的聲音。「世子爺。」

「少夫人，是世子爺，是世子爺來救我們了！」盈碧大喜，抱著楚明慧又哭又笑。

楚明慧亦放下一直懸著的心，臉上也不由露出一絲劫後重生的笑容。

「明慧！明慧！」慕錦毅幾個箭步上來，一把掀開車簾，又一個跨步踏上來，扯過楚明慧死死抱住。

盈碧與燕容不好意思地別過臉，偷偷移到一方角落裡。

「可曾傷到、碰到哪裡？」不甘願地鬆開在他懷裡掙扎的楚明慧，慕錦毅擔心地問。

楚明慧別過臉，低低地道：「不曾，只是一時被驚到了。」

「那就好。」慕錦毅放下心來，輕柔地撫撫她的額角，柔聲叮囑道：「乖乖在車裡等我，萬事有我在，他們傷不了妳。」

楚明慧有點不自在地點點頭，輕輕「嗯」了一聲。

無論她再怎麼不願承認，方才慕錦毅出現時，心中那股驚慌一下子便消失得無影無蹤了，下意識裡，她知道慕錦毅是絕不會讓那些人傷到她的。

「譚誠林？」慕錦毅冷冷地盯著在地上打滾的譚誠林。

「你、你是誰？膽敢傷本少爺！」譚誠林抱著軟綿綿的右手臂，強忍著痛意問。

慕錦毅冷笑一聲。「憑你這種下三濫的角色也敢動本世子的人。」說完，又一腳踩在對方被石塊擊斷骨頭的右手臂上。

「啊！」譚誠林厲聲慘叫，將幾下骨頭斷裂的聲音徹底掩了過去。

「一個無品無級的小丑也敢對當朝誥命夫人不敬，這便是給你的小小教訓，就算告到御前，本世子亦是占盡了理；若是再有下一次，直接要了你狗命，你瞧本世子做不做得出。」慕錦毅滿臉殺氣地盯著痛得眼淚鼻涕齊流的譚誠林，厲聲警告。

不遠處幾位被踢傷了腳的譚家下人忍著劇痛爬過來，直直朝著慕錦毅叩了幾個響頭。

「慕世子饒命，慕世子饒命！」

「帶著你家主子立馬滾！遲一點再讓你們試試斷了另一條腿的感覺。」

「多謝世子，多謝世子！」

慕錦毅冷眼望著那批人或扶或揹著譚誠林離開，直到再也見不到他們的身影，才轉身返回馬車上。

楚明慧一見他上來，一直繃著的身子便不自覺放鬆下來。「都走了？」

「嗯，都走了，沒事了。」慕錦毅輕輕拍拍她的手背，柔聲道。

「可是，你這樣打傷了德妃的姪兒，萬一他向德妃告狀，會不會給府裡帶來麻煩？」楚明慧不安地問。

「莫怕，就算他告狀我也不怕，何況，德妃也不是那等無腦之人，今日之事分明是對方不敬在先，她若不依不饒，吃虧的可未必是咱們。」慕錦毅柔聲安慰。

「可是，這一來不是明確地得罪了德妃嗎？」

慕錦毅心中苦笑，若說得罪的話早就得罪了，況且自己的妻子在眼前被人欺凌，他若袖手旁觀的話，簡直是枉為男兒了。

「相信我，不會有事的，具體的咱們回到家再說。」

楚明慧輕嘆，也知現在不是談話的場合，只得點點頭。「好，不過你可不許瞞我。」

「自然不會瞞妳。」

慕錦毅原本也是想要找個機會將太子與德妃之間的洶湧鬥爭告訴她，以免楚明慧日後大意疏忽著了別人的道；今生許多事都與前世有了不同，就連前世並不曾入德妃眼的楚明慧如今也入了她的眼，說不定對方將來會利用她來圖謀什麼事。

一回到文慶院正房，楚明慧便急急扯著慕錦毅衣袖問起了這個困擾了她一路的問題。

「那個譚家是怎麼回事，怎麼我方才聽那人說德妃原替他選中了我，這話是何意思？怎和我扯上關係了？」

「莫擔心，妳先坐下來喝杯熱茶壓壓驚，我自會將所有的事一一告知妳。」慕錦毅攬著她在榻上坐下，親自替她倒了杯茶遞到她手中。

楚明慧心神不寧地接過茶杯，木然地喝了一小口。

「德妃之前的確是想著拉攏岳父大人，所以想替她娘家姪兒，就是那個譚誠林聘娶妳，只是中途父親又插了一腳，皇上才替妳我兩人賜婚。至於德妃，她並不像表面看起來對太子殿下那般關切，種種跡象表明，她其實也是覬覦那個位置的。」慕錦毅低聲道。

楚明慧點點頭，這些前世她也知道，太子與五皇子之爭嘛，今生太子的形勢要比前世好得多，以此相對應的自然是五皇子一派勢力弱了。

「德妃能將勢力擴張到今日此等程度，中間離不開皇商寧家的功勞，寧家現任家主是個經商好手，他又搭上了譚家，這才謀了個皇商。」慕錦毅斟酌著慢慢將寧家一些事向楚明慧道出，畢竟前世兩人鬧翻的導火線便是這個寧家。

「寧家？你是說他們其實是德妃一派的錢袋子？」楚明慧詫異。

慕錦毅點點頭。「不錯，寧家的確算是德妃一派的錢袋子，德妃要替五皇子拉攏人，處處離不開錢，所以這個寧家就起了關鍵作用。」

「倘若寧家倒了，對德妃來說豈不是極大損失？」

「可以這樣說，寧家出錢，譚家出權，兩家勾結在一起，才導致如今五皇子逐漸勢大的局面；雖說目前還越不過太子，但終究是個心腹大患，幸虧太子殿下早已有所防備，否則後果不堪設想。」

楚明慧沈默了，老實說，這些皇室的爭鬥她從不曾放在心上，總覺得離她很遠，只不過自從知道寧家原來是靠了譚家才有今日輝煌，她就總有絲說不清、道不明的感覺。

寧雅雲是寧家過世的主母所出嫡女，在寧家眾小姐中算得上是身分最尊貴的了，寧家嫡出的姑娘除了寧雅雲之外，還有一個由繼室所出的三小姐，與元配嫡女寧雅雲相比自是差了一些。只不過在寧家十分尊貴的寧雅雲，在名門貴族雲集的京城可就不值一提了，皇商雖帶了個「皇」字，但畢竟仍是商戶，一個商戶女要嫁入國公府當貴妾，身分其實仍是遠遠不夠的，更何況她早已與他人有染；但是前世她的確當了慕錦毅的貴妾，這當中又牽扯了什麼事，楚明慧至今想不明白。

慕錦毅仔細打量了一下她的神色，見她只是陷入沈思當中，並不是不悅的表現，心中不由輕舒口氣。

「寧家既然如此重要，你們為何不考慮分化他與譚家的關係，這樣一來，德妃那邊不是失了最大助力了嗎？」楚明慧問。

「太子殿下也有考慮過的，只是這兩家彼此之間牽扯太深，一時尋不到突破口，如今殿下已派了專門的人來辦此事，相信很快就會有結果。」

「嗯。」楚明慧低低地應了聲。

慕錦毅抓著她的手，柔聲道：「外頭之事本不應說出來讓妳擔心，畢竟這是男人的事，但如今有些事可能會涉足到了內宅，不提前告知妳，只怕妳將來會因無所防備而吃大虧。」他頓了頓，又道：「只是有些涉及內部機密的事，我卻是不便說的。」

楚明慧搖搖頭。「我明白的，有些事是不該讓旁人知曉的，你我現今為夫妻，但你亦是為人臣子的，我只希望若是將來有些事，或者有些人會影響到府裡，你莫要再瞞我。」

「妳放心，日後必不瞞妳。」慕錦毅望著她的雙眼，堅定地道。

兩人經此一場開誠布公的談話，關係較之前有了很大的改善，至少楚明慧對慕錦毅的抗拒少了，發自內心的關懷卻多了，每日都會親自過問對方的起居，雖無法做到如前世那般恩愛，但至少算得上是相敬如賓了。

慕錦毅雖仍有所遺憾，但亦清楚心急吃不了熱豆腐，凡事得一步一步慢慢來，如今這也是好的開始。

這日皇帝在朝上議過政事，總管太監宣布下朝。慕錦毅正向大將軍陳魯討教著練兵之事，就被龍乾宮的太監叫住了腳步。

「慕世子，皇上宣你到御書房覲見。」

慕錦毅一怔，歉意地別過陳將軍，這才跟著小太監到了御書房。

「臣慕錦毅叩見皇上。」

「免禮。」

慕錦毅行過禮了，看到一旁的德妃，心中了悟，看來是有人告到御前了。

「譚家那位三少爺的手，可是你廢了的？」佑元帝問。
「正是臣所為。」慕錦毅也不辯解，誠實地答道。
佑元帝一怔，倒沒想到對方如此乾脆地認了。
「皇上，臣妾有幾句話想對慕世子說，還請皇上恩准。」德妃嬌聲道。
「准！」
德妃謝了恩，便對慕錦毅道：「慕世子，誠林生性頑劣，但只是孩子心性，又是第一次到京城來，自然喜好四處遊玩，想來那日也是偶遇了尊夫人，一時受了友人挑撥起鬨才做了那等失禮之事，受些教訓也是應當的，本宮在此替他向世子及世子夫人賠禮道歉了。」言畢，對著慕錦毅盈盈一拜。
慕錦毅急忙避過她的禮。「娘娘言重了。」
德妃此等作態既在他意料當中，也在他意料之外，只不過，當日他既敢廢了對方一隻手，自然是有應對方法。
「譚三公子為人如何，臣不便多言，只是臣教訓他，卻並不只因他對拙荊不敬，更因他言語當中辱及皇族中人，臣既然為我大商國臣子，又怎能眼睜睜見人對皇室不敬，是故才動手教訓了他。」
那日回來之後，慕錦毅詳細問了護院事情經過，譚誠林那番就算是太子妃也要見上一見之類的囂張話自然瞞不過他，並且他亦相信，這種話對方是絕對不會向家人，包括德妃說起的。

「什麼？」佑元帝臉色一沈。「他說了什麼辱及皇室之話？」

德妃也是一驚，三姪兒竟然還說了那等不敬的話，怎沒聽嫂嫂提起？若是這樣的話，今日她不但整不了對方，恐怕自己也落不到好。

「譚三公子說，就連五皇子見了他也得客客氣氣稱一聲表兒，如今馬車裡面只是區區的國公府世子夫人，就算是太子妃，他也定要瞧上一瞧。」

「混帳！小小豎子，竟然如此無禮，譚家好教養啊！」佑元帝大怒，一掌拍在御案上，把德妃嚇得「咚」一下跪在地上。

「皇上息怒，臣妾嫂嫂只說姪兒被慕世子所傷，並不曾提起其中內情，臣妾也是關心，生怕姪兒不知輕重得罪了慕國公府，這才想著親自替他向慕世子賠禮道歉，以免傷了兩家和氣。」德妃顧不得那麼多了，直接將譚夫人扯出來擋上一擋，本來她想著以退為進，假借賠禮一事落實慕國公府囂張霸道罪名，就算一時治不了對方，但讓佑元帝對慕錦毅有了看法，日後不愁治不了他。

只可惜這番打算注定是竹籃打水一場空了，她又怎知道譚誠林竟然那樣囂張無腦。

「一個無功名、無爵位的小子，竟然連當朝太子妃都不放在眼內，看來平日是太受他的『表弟』敬重了，以致目中無人。」佑元帝冷冷地道。

德妃大驚，皇帝此話竟指向了皇兒！

「皇兒一向知禮守禮，三姪兒雖身分低微，但到底是親戚一場，往日相見自然多幾分客氣，只是沒料到三姪兒會因此自覺高人一等，還請皇上明察。」

如今這地步，當然得保兒子棄姪子了，孰重孰輕根本不用考慮。

再過幾日，佑元帝接到興州知府彈劾譚家縱容兒子譚誠林欺男霸女、魚肉鄉里、目無國法的摺子，隨摺還附上了萬人書。

佑元帝看罷雷霆大怒，不但將德妃痛斥一頓，還徹底駁回了吏部任命譚家現任家主譚慎銳為四品鴻臚寺卿的摺子，訓斥譚慎銳教子無方，縱子行凶，不免職已是恩典，還妄想升任京官？

可憐譚慎銳謀劃了這麼多年，好不容易現在才靠著五皇子妃的娘家盧家在京城謀了個四品官職，如今不但升官無望，連原來的官職也沒了；原本他就是打著任期已滿進京候職的名頭來的，如今佑元帝一番話徹底將他晾成賦閒人員，讓他恨得狠抽了譚誠林一頓，說他累己累人，害人不淺。

德妃被痛斥一頓，不但惹惱了佑元帝，連一向深居簡出從不理事的太后也頗有微詞，更對她掌六宮事的能力也有所懷疑，最後還晉了原來的敏妃為賢妃，與德妃分管六宮事宜，這樣一來算是分了德妃的權，把德妃氣得接連砸了好幾個古董花瓶。

只是這樣一來，德妃就徹底將恨加諸到慕錦毅身上，認為興州知府若無慕國公府在後頭撐腰，又怎敢上摺子彈劾譚家？

這些事，慕錦毅都一一向楚明慧說明了，楚明慧聽罷亦對那突然冒出來彈劾譚家的興州知府有所懷疑，直問慕錦毅是不是他慫恿的。

慕錦毅笑笑，亦不否認，隨即又道：「若那譚誠林不曾做過那些事，又怎會惹得興州百姓怨聲載道，那萬人書可是貨真價實的，興州知府也容忍對方良久，如今我只不過稍稍露了一下意思，他就迫不及待上摺子了。」

楚明慧碰上了譚誠林之事，慕錦毅下令護送的家丁不得對任何人提起，而唐府那邊他亦叮囑過唐永昆，如今京城只流傳著德妃娘家姪兒衝撞了貴人，被人報復打斷了右手，後來眾人因譚家被彈劾及京城第一才女徐鳳珍被賜給太子為良娣這兩件事吸引了注意力，那些紈袴子弟被打斷手之事瞬間被諸多消息淹沒了。

對於這種局面，楚明慧自然樂見其成，畢竟沒有良家女子願意被人在茶餘飯後議論。

第三十一章

接連幾個月，楚明慧都跟著喬氏學管事，因她前世本就掌過慕國公府的中饋，學起來自然得心應手，每每引得太夫人和喬氏點頭讚賞不已。

夏氏看著楚明慧慢慢接觸府中事宜，雖然暗恨太夫人偏心，但她清楚婆婆決定的事是絕對不容她有任何異議的，更何況她之前接連幾次被太夫人禁足，在府中地位算是一落千丈了，即使沒有人明目張膽怠慢她，但終究比不得以前，之前那些總圍在她身邊阿諛奉承的人已經慢慢轉去文慶院那邊，甚至是喬氏所在的映暉院那裡。

這種局面讓夏氏內心煎熬不已，再加上慕淑穎至今仍被禁足，不允許任何人探望，她雖心疼女兒，可亦束手無策，只得每日趁著楚明慧來請安時明裡暗裡刺上幾句，以發洩因兒媳婦比她在府中更有地位而帶來的不滿。

楚明慧冷眼由著她指桑罵槐，如今她尚未完全掌握府中權力，有些事還不適宜去做，但並不代表她就是任人搓圓捏扁的軟柿子，在她的默許，甚至是縱容之下，府中關於國公夫人與世子夫人不和的話慢慢傳揚開來。

「今日國公夫人又故意針對少夫人了，看來婆媳不和是真的了。」一位正坐在大石塊上歇息的掃地丫鬟神神秘秘地對另一位綠衣丫鬟說。

「我早就清楚了，之前少夫人打了三小姐一記耳光，一向最寵三小姐的夫人又怎會忍得住，還能給少夫人好臉色看才有鬼呢！」綠衣丫頭不以為然。

「那也是，不過在少夫人打了三小姐之前，夫人就抓住了些小事罰了少夫人抄書呢！看來之前府中流傳夫人想替世子爺聘娶梅家表小姐為世子夫人一事是真的，否則少夫人剛進門沒幾日，她怎就罰人抄書呢？還不是因為少夫人不是她自己看中的。」掃地的小丫鬟又道。

「要我說啊，夫人真是沒眼光，現在這位少夫人比那位梅家表小姐好了不止一星半點兒，出身比她高貴，為人又比她和氣，處事又公道，不像那位梅家表小姐，動不動就抽抽噎噎的，好像總是別人欺負了她一般，送去的膳食、服飾還嫌來嫌去的，也不瞧瞧自己的身分，只不過來國公府作客而已，還真的將自己當成未來的世子夫人了！」綠衣丫鬟不屑地道。

「誰讓人家是國公夫人的外甥女呢，自然瞧不起咱們這種做奴才的，眼睛都頂在頭上看人了。」

兩人正小聲地說得興起，哪想到對話卻一字不漏地落入剛巧經過的清姨娘耳中。

「她們說的可是真的？夫人與少夫人不和？」回到屋裡後，清姨娘問婢女梨香。

「奴婢覺得應該是真的，之前也曾聽聞夫人藉故對少夫人發作了，如今加上三小姐被打這齣，兩人之間也融洽不到哪裡去，只不過少夫人為人守禮，從不道夫人半點不是，而且還日日晨昏定省從不落下，這才瞞了一段時間罷了。」梨香思量了一下，回道。

「我之前也曾聽過國公府有意與晉安侯府聯姻，後來不知怎麼就擱置了，直到最後被皇上賜了婚，此事可是真的？」清姨娘又問。

「是真的，奴婢曾聽大夫人院裡的丫頭提過此事，好像是因為夫人得罪了侯府，具體的事奴婢也不清楚。」

清姨娘聽罷沈默了片刻，又問：「妳覺得少夫人為人如何？」

梨香仔細想了想。「奴婢雖不曾與少夫人接觸過，但平日觀她行事，應該是個有分寸的，她雖對夫人不滿，仍依足了禮，讓旁人挑不出半點錯處。只不過，奴婢覺得她亦不是個好欺負的人，瞧她敢打三小姐就知道了；再者，她又得了太夫人的信任，如今還跟著大夫人與劉嬤嬤管事，說不定將來太夫人會將中饋交到她手上。」

清姨娘垂著頭也不知在想著什麼，只是雙手越握越緊，片刻，抬起頭問梨香。「妳說，若我幫少夫人，她會不會保我一生衣食無憂？妳既說她不是個好欺負的，那現在夫人對她諸多挑剔，還總藉故生事刁難她，她就算心中再惱恨，迫於孝道也無法像對三小姐那般對夫人吧？若我出手助她，她會不會……」

「姨娘，她們婆媳之間的事，我們又何必多事呢？」梨香不贊同地搖搖頭。

「可是，我無法忘記我的孩子從身體裡流掉的那種痛苦，若不是她，我何至於如今都無兒無女，後半生沒有任何依靠？」提起夏氏，清姨娘不由得想起自己那個尚未來得及發現就失去了的孩兒，心中的恨又湧上心頭。

梨香沈默了，當年清姨娘失子一事她也是親眼目睹的，可是誰叫她出身低微，太夫人雖然可惜少了一個孫兒，但生母是戲子的孫兒，多一個、少一個並不要緊，是故也只是不痛不癢地罵了夏氏一頓。

梨香原本就是清姨娘在戲院裡的丫鬟，後來一直跟著她來到了慕國公府，目睹了清姨娘一路上的不易，心中對這位身世堪憐卻不失本心的女子甚為憐惜。梨香原是農家女，被父母賣到了戲院，若不是得清姨娘多番照顧，說不定下場比她更為不如。

兩人一路扶持至今，梨香自然知道她對夏氏的痛恨，如今好不容易府中來了位出身高貴、有魄力又與夏氏不和的世子夫人，她再壓得下失子之恨就奇了。

「既然妳都已經決定了，奴婢也不想再多說，只求妳無論如何千萬要顧著自己，別讓自己陷得太深。夫人是世子爺的生母，若是出了什麼事，萬一世子怪罪到少夫人頭上，說不定她會把一切都推給妳，到時，咱們可都落不到一點好處，恐怕連如今這安穩日子都保不住了。」梨香低聲囑咐。

「妳放心，我自有分寸。我不僅想安安穩穩度過餘生，還要把妳風風光光嫁出去呢，哪能這麼輕易就把自己陷進去了，只不過是見不得仇人那般逍遙自在。況且，我也不求少夫人能庇護我，畢竟身分有別，只要她能不干涉我與夏氏之事就好。」清姨娘拍拍梨香的手，溫言道。

「妳能這樣想就好。」

楚明慧縱容下人傳揚那番話，目的就是要讓清姨娘瞭解夏氏如今的處境，只要她清楚夏氏再比不得過去那般，相信她給夏氏添的堵也能多些。雖說如今夏氏在府中地位不比以前，但只要她還是國公夫人且沒有在外頭敗壞慕國公府聲譽，太夫人也不會下狠手發落她，最多如以往那般不痛不癢地禁足。

而且她也清楚，只要傳言控制在一定範圍內，太夫人並不見得會出手干涉，只因她都清楚夏氏對自己不滿，這種婆媳不和的事實掩得了一時，也掩不了一世，如今由著下人們討論幾句，時間久了大家自然膩了，日後也就不會再提，畢竟眾所周知的事，提出來有什麼樂趣可言呢？

基於以上考慮，楚明慧引導傳言流向清姨娘所在的芳園。

之後，楚明慧總會時不時與清姨娘「偶遇」一番，她心知世上絕無這麼多的偶然，但也不放在心上，對方這樣做正正說明她的計劃成功了。

清姨娘也是聰明女子，自然不會大剌剌地表明用意，凡事都要循序漸進，如今她與楚明慧也只不過是點頭致意之情，又怎敢事事明言。

楚明慧清楚她的顧忌，藉著管事之便，不動聲色地改善了慕國公幾位妾室的待遇，其實按照分例來說，慕國公的幾位妾室應該不至於過成現今這般模樣，皆因夏氏從中苛扣了不少。而太夫人對這種小手段也只是睜隻眼、閉隻眼，反正夏氏不掌中饋，能貪的也有限，這點銀兩還不至於讓她出手干涉，是故這些年來，慕國公幾位妾室過得也只是表面光鮮，實際上卻並無多少體己銀兩。

如今楚明慧尋了個理由向太夫人提出應該給長輩們增加月錢，太夫人以為她知道慕國公經常尋慕錦毅要錢之事，誤會慕國公是因為月錢不夠，總歸想著也是孫媳婦的一片孝心，太夫人便點頭應允了。

楚明慧乘機又給慕國公幾位妾室一併漲了月錢，夏氏就算再苛扣也不敢將漲的這部分全部貪去，總有些能歸到幾位妾室手中。

有了漲月錢這一齣，清姨娘來尋楚明慧一事也就變得理所當然了，眾人也只道她是來表示謝意的。

其實清姨娘一時也確定不了自己到底要怎麼做，只是失子之痛伴隨她這麼多年，好不容易見夏氏踢了鐵板，若她再如往日那般容忍，總覺得對不住自己那苦命的孩兒。

至於與楚明慧結盟，她想都未曾想過。自己是什麼身分，對方是什麼身分，她還是分得清楚，更何況夏氏可是楚明慧夫君的生母，論親疏也是與夏氏更為親近，哪裡就會為了平日受的那點委屈而聯合外人來對付婆婆呢！

她這樣刻意接近楚明慧，也只是想搞清楚這位少夫人對夏氏到底是怎樣的想法，只有搞清楚對方的底線，她才能考慮對付夏氏最多能做到什麼程度。

而經過她有意無意的試探和打探，她發現楚明慧雖處處表現對婆婆守禮，但言行當中並無多少敬意，總是冷冷淡淡的，禮雖做足了，當中的敬卻並不見得有，但從旁人角度來看，自然是挑不出半點錯處。

清姨娘清楚，這是位聰明女子，而平日間又見她處事公正，就算是她自己從娘家帶來的人，犯了錯一樣照著國公府的規矩處罰，並不因對方與自己更親近而輕輕放下；對待低等的婆子、丫鬟也一視同仁，該賞的賞，該罰的也照樣罰。再者，她還謹守本分，從不干涉旁人院裡的事。

最關鍵的是對方不但逐漸開始掌了些權力，更得了太夫人的信任，而且未來的當家世子爺也對她極為重視，一位得太夫人支持又得夫君珍視的世子夫人，就算不討婆婆喜歡又如何？況且楚明慧不喜夏氏正合她意，這麼多年她一直容忍著夏氏，還不是因顧忌慕錦毅，如今未來的國公府主母與夏氏不對盤，她只要謹慎一點，還怕什麼將來事！

清姨娘觀察了一段時日，自覺抓住了楚明慧的性格特點與處事方式，認為只要自己不做出過於出格的事，對方不會插手，而她求的正是對方不干涉。這麼多年來，若不是顧忌著太夫人，她早就出手取了夏氏性命，而且還保證能全身而退。

如今太夫人雖仍是掌權者，但畢竟年事已高，這府中大小諸事總有一日會落到楚明慧手中，只要她仍堅持現今這種不插手旁人事的做法，她行事再小心謹慎一點，不愁報不了仇。

清姨娘心中有了定論後，也不再來尋楚明慧。

楚明慧見她這般，心知她大概有了決定，雖不清楚對方打算怎麼做，不過若是她想給夏氏添些堵，自己都不會介入。

楚明慧的打算就是一點一點地讓清姨娘吃定心丸，消除她對將來的顧慮，這種不用自己出手就能讓夏氏吃虧的事，她樂見其成，反正對方再怎麼鬧也扯不到她身上，何樂而不為呢？

對於慕錦毅，既然他願意放下身段與自己相處，她也不介意慢慢放下前世那些恩怨，總歸如今也被綁在一起；再者，她要在國公府站穩腳跟，慕錦毅的支持至關重要，她又何必將這種天大的助力往外推呢？

而夏氏，前世她與自己雖有殺身之仇，今生她若不來犯自己，她也不會弄髒自己的手，但若對方仍是不知好歹，她不介意前世今生的仇一起報，就算最後慕錦毅怨恨，她也顧不了那麼多。至於慕淑穎，反正基本上都撕破臉了，還需要顧忌什麼？該怎麼痛快就怎麼來唄，只要抓穩了理字，她自然不會有絲毫的客氣。

其實楚明慧自己都未曾發現，她對慕淑穎的恨遠遠超過了對夏氏的恨，歸根究柢還是殺子之仇。試想一個本就生無可戀的人突然被人謀害了，與一個滿懷期望孩兒降生的母親突然被人奪去了孩子，夏氏對她的殺身之仇與慕淑穎對她的殺子之仇，正正就是這樣的區別。

卻說夏氏這段日子真的有點不大好過，幾次替慕淑穎求情都被太夫人訓斥一頓，如今那清姨娘又時不時來給她添些堵，每次慕國公來到她房中，總被對方派來的婢女用各種理由拖走，氣得夏氏心口發疼。待親自上門去修理對方，可每次都被對方明裡暗裡地罵潑婦、醜婦，夏氏氣不過要動手，卻偏偏被慕國公撞個正著，結果又被慕國公一頓大罵，然後越發不愛到她房裡去了。

如今慕國公府裡上上下下都清楚國公夫人不但讓太夫人不喜，還遭了國公爺的厭棄，加上之前又有她刻意刁難世子夫人的傳言流出，眾人對她的想法就有點微妙了。

慕國公房裡那些事自然瞞不過太夫人，只是她一向將注意力放在孫子身上，對這個兒子也是採取放任的態度，只要對方不闖禍累及府中，她也懶得干涉；而妻妾爭寵什麼的，除非是出了寵妾滅妻那等事，否則她也不願多看一眼、多問一句。一個讓她極度瞧不上的兒媳婦，一個出身低下的妾室，要爭要鬥各憑本事，她如今半個身子都要埋入土裡了，哪還有那等心思管老兒子的房中事。

真要管，也是管孫兒的，畢竟如今重孫子還沒見影呢！

楚明慧樂得在一旁看夏氏的熱鬧，看著她那有氣無處發的憋屈樣就大感快意。只是她很快就樂極生悲了，只因太夫人又將慕淑穎放出來了，不但如此，還將帶著慕淑穎出門交際的任務交給了她，這讓楚明慧有苦說不出。

只是，若她知道太夫人會有此決定皆因之前她搧了慕淑穎一記耳光而帶來的，恐怕她就更有苦說不出了。原本太夫人就頭疼慕淑穎的親事，即便一再禁足，但她年紀也不小了，總得先挑個人家才是，一直這樣困在家中也不是辦法，終究還是得多出去交際交際，也好早日訂下人家。

只不過慕淑穎的霸道性格又讓她頭疼，生怕她出外又鬧事，於是將慕淑穎放出來的這幾日，見她在楚明慧面前會收斂幾分，太夫人心中一動，決定將這個燙手山芋交到楚明慧手上。也不求她能改變慕淑穎的性子，只求她能壓制住慕淑穎不在外頭得罪人，繼而不給家中招禍。

楚明慧雖十分不願，但太夫人都已經發話了，只得不情不願地點頭答應了。

只是她不願意，慕淑穎比她更不願意，楚明慧那狠狠的一巴掌及殺氣騰騰的狠辣目光的確讓她心生懼意，不敢在楚明慧面前放肆，但她心中對楚明慧的恨卻是前所未有的更深、更濃了，只是迫於對方現今勢大不得不低頭而已。如今太夫人讓楚明慧領著她到外頭與眾夫人、小姐交際，她只覺得滿身不自在，剛想拒絕便見太夫人狠狠瞪了她一眼，只得不甘不願地垂下頭來，再不敢說話。

楚明慧憋屈地領了命，心中真是氣不過，只覺得這慕國公府說不定真與她八字不合。好不容易發一次威搧了對方一記耳光，可轉頭太夫人又將這倒楣差事交到她手上，讓她有苦說不出。

第三十二章

「我要自己一輛車！」慕淑穎堅決道。

楚明慧扶著盈碧的手踏上馬車，剛扶穩就轉頭瞧了她一眼。「我在裡面默數二十下，妳若不上來就自己走著去，我沒那工夫陪妳慢慢耗。」

慕淑穎咬著嘴唇盯著她的身影慢慢隱入馬車內，狠狠跺了一下腳，這才不情不願地上了馬車。

楚明慧掃了她一眼，然後若無其事地繼續小聲吩咐著盈碧。

慕淑穎委屈地坐在另一側，她的貼身婢女秋琴一言不發地坐在一邊，也不敢出聲安慰，就怕她藉故發作在自己身上。

楚明慧看到這一幕，心中暗暗搖頭，連本應最親近的貼身婢女都不敢主動湊上前去勸解她，這慕淑穎平日在府中對待下人到底是差到什麼程度啊？

前日慕國公府收到了徐御史府上送來的帖子，說是即將嫁入太子東宮為良娣的徐家大小姐徐鳳珍邀請各府小姐到府上一聚，就當是出閣前最後一次聚會。

楚明慧本不打算去，可偏偏太夫人讓她帶著慕淑穎一起去徐府，而最名正言順的夏氏倒是想去，只是昨日又被慕國公發作了一頓，現今只嚷嚷著心口痛，一心計劃著要狠狠教訓一頓清姨娘，一時也抽不出身來。

楚明慧無奈，只得自認倒楣地接了這差事，偏偏剛出門慕淑穎又犯大小姐脾氣，嚷著要自己坐一輛車，以此來表達由楚明慧帶著出門的不滿。

楚明慧哪有那個心思理她，愛去不去的，直接兩、三句話打發掉了。

一路上，車內一片安靜，楚明慧無聊地小口小口抿著茶，任由盈碧貼心地揉捏著她有點痠痛的肩膀。

慕淑穎獨自生了一陣悶氣，見沒人搭理她，心中更覺委屈。

偷偷打量了一下那對旁若無人的主僕，慕淑穎恨得死擰著帕子，可經過上一次，她到底對楚明慧還是生出了幾分懼意，對方可不管妳是不是得寵、嫡出還是庶出，惹惱了她照樣一巴掌甩過來，絲毫不講情面，如今太夫人還將自己交給了楚明慧管教，想來日後她對自己更加不會客氣了。

慕淑穎頓感未來日子一片陰暗，往日那眾星捧月般的國公府嫡小姐生活彷彿是上輩子的事了，如今她不僅再無慕國公府最尊貴小姐的威風，甚至還得看別人的臉色來討生活。

她越想越覺委屈，連馬車不知什麼時候停下來了也沒注意，只聽到身邊的秋琴小聲提醒她。「三小姐，徐府到了，少夫人已經下車了。」

「少夫人、少夫人，妳們就只知道少夫人，也不想想誰才是正經主子！」慕淑穎一聽「少夫人」三個字就惱了，想到這段日子在府中地位越發上升、行事越得祖母讚賞的楚明慧，再對比自己過的日子，她只覺得滿腔的不忿。

秋琴被她恨恨的語氣驚得身子縮了縮，不敢再出聲。

馬車外的楚明慧等了半晌都不見慕淑穎下來，便有點不悅地皺眉，再朝盈碧打了個眼色。

盈碧點點頭，朝著裡頭喊了聲。「三小姐，徐府到了，少夫人請妳下車。」

片刻，便見慕淑穎冷著一張臉從馬車上探出來，再扶著婆子的手，踏在小木凳上下了車。

楚明慧皺眉盯著她好一會兒，直看得對方不自在地縮了縮身子，才淡淡地說了句。「走吧。」

徐府這場宴會，雖說是徐大小姐特意約見往日好姊妹而舉辦的，但楚明慧瞧著倒有些像為各家夫人挑女婿、選媳婦準備的。

「三妹妹，若不是剛好遇到穎妹妹，倒不知道原來三妹妹也來了。」楚明涵拉著慕淑穎的手，對著楚明慧溫柔地道。

楚明慧見她到來，只得站起來朝她福了福。「二姊姊。」

楚明涵拉著她的手道：「咱們姊妹好久都未曾見過了，今日可算是難得了。」

「可不是，本想著回門那日還能見著眾姊妹的，卻不承想二姊姊身子不適沒有到場。」

楚明涵身子一僵，片刻又若無其事地道：「都怪姊姊貪涼，這才一時不慎受了寒氣，讓妹妹擔心了。」

楚明慧察覺到她方才的動作，心中便確定了回門那日楚明涵絕對不是身子不適才沒有回侯府。

幾人又坐著說了些客套話，楚明慧雖有心離去，但楚明涵一直拉著她的手問她在慕國公府的生活，只得無奈地坐回原處，挑些不大要緊的事隨便應付了過去。

慕淑穎倒是一反常態，親熱地「涵姊姊、涵姊姊」叫個不停，楚明慧不動聲色地打量了一下她，見她神情倒不是作偽，瞧著是真心結交楚明涵，一時頗為詫異，明明她之前還對楚明涵不屑一顧，怎今日卻這般熱情，難道是因為楚明涵如今貴為郡王妃，再不是那個晉安侯府不起眼的庶女？

可是以慕淑穎高傲的性子，她就算知道對方今時不同往日，也絕做不出主動示好的事來，想來如今這般肯定是楚明涵的手段了。

這兩人，不管前世今生都能混到一塊啊！

想明白了其中關節，楚明慧同樣不動聲色地看了楚明涵一眼，見她雖一如往日那般溫柔地與慕淑穎說著話，但眼中卻無親熱感，反而有幾分冷意。看來，對方另有所圖啊！

「郡王妃，太妃讓妳過去。」正沈思間，便見一位梳著雙丫髻的婢女走來，對著楚明涵福了福身稟告道。

楚明涵身子縮了縮，眼中閃過一絲懼意，若不是楚明慧一直留意著她的神情，恐怕也難以發現。

「好，我這就去。」楚明涵不敢耽擱，起身朝著楚明慧及慕淑穎歉意地笑笑。「兩位妹妹，姊姊有事，就此告辭了，日後有時間再請兩位妹妹到府中一聚。」

楚明慧亦客客氣氣地與她別過，這才看著她帶著婢女離開了。

這下，原地就只剩下相看兩相厭的姑嫂兩人。

慕淑穎暗自撇了下嘴，這才不甘不願地對著楚明慧福了福身。「大嫂，我想到前面看看。」

楚明慧十分乾脆地點頭放行。「妳去吧。」

她坐在原位小半個時辰，覺得返家的時辰差不多到了，這才整整衣裙上的縐褶，正欲叫住不遠處的小丫鬟去尋慕淑穎，便聽身後有人喚她。

「慕世子夫人？」

楚明慧側頭望了一下，見是今日主角有京城第一才女美名的徐家大小姐——未來的太子良娣徐鳳珍。

「徐小姐。」楚明慧客客氣氣地招呼。

徐鳳珍也不搭話，只是定定地望著她。

楚明慧被她望得渾身不自在，試探著喚了聲。「徐小姐？」

徐鳳珍微垂下眼，片刻又直視著她道：「我一直想見見世子夫人，想看看他的妻子是個怎樣的人。」

楚明慧皺皺眉，不大明白對方稍帶著敵意的話。

「徐小姐這話是何意？」

徐鳳珍苦澀一笑。「沒什麼，只是有點羨慕妳而已。」

「徐小姐這話我就更不明白了。」

徐鳳珍微微一嘆，恍若自言自語地道：「妳自然不明白自己到底有多幸運。」言畢，也不搭理楚明慧，逕自走了。

身後的楚明慧望著她的背影百思不得其解，這是做什麼？難道是平日作詩作多了，逮著人就抒發一下閨愁？

向主人家道別後，楚明慧帶著慕淑穎剛要出徐府大門，便聽外頭有婆子道：「慕世子來接世子夫人與國公府三小姐了。」

楚明慧一怔，不由得加快幾步走出去，便見慕錦毅背著手立於徐府大門前的石獅旁，見她出來不由露出一絲淺淺笑意。

楚明慧因他的笑意而愣了一下，腳步便停住了。

慕錦毅見狀眉毛一挑，大步踏了過來，先是低聲對著慕淑穎道：「妳先上車，讓慕維與劉通護送妳回府，我與妳大嫂還有事。」

慕淑穎有些不悅地努著嘴，可到底不敢違逆兄長的意思，只能不甘不願地帶著秋琴跟在慕維身後上了慕國公府的馬車。

楚明慧有些疑惑地問他。「還有什麼事？」

慕錦毅抬手掩嘴輕咳一聲，轉身對著不遠處打了個手勢，不一會兒便見一輛青布馬車駛了過來。

「上車再說。」

楚明慧無奈，只得帶著盈碧跟著他上了馬車。

與此同時，見到這一幕的綠衣姑娘豔羨地說了句。「慕世子對夫人真好。」

「可不是。」她身邊的小姑娘也點頭表示認同。

楚明涵死死盯著那逐漸遠去的青布馬車，片刻才垂下頭掩去眼中的妒恨。

「郡王妃，該上車了。」

「嗯。」楚明涵整理了一下思緒，抬起頭時臉上又是一片雲淡風輕。

此時，楚明慧滿頭霧水地跟著慕錦毅上了馬車，馬車一路朝著京城外駛去。

「這是要到哪兒去？我等會兒還有帳冊要對，祖母等著要看呢！」楚明慧有點擔心地問。

「別擔心，我出來前已經稟報過祖母了，帳冊明日再看也不晚，如今我要帶妳去瞧個好東西。」慕錦毅神秘地微笑道。

楚明慧無法抗拒他的意思，只好安心坐著。

這幾個月來，楚明慧與慕錦毅的相處越發自然，也能克制自己不再想前世事，只一心一意將當下的日子過好，如今這種平平淡淡的相處方式對她來說最是適當不過了。至於通房、妾室，她也不願再多事，既然慕錦毅不願意，而她自己亦不覺得舒服，索性放開了，重活一世幹麼要給自己添堵呢？

如今太夫人已經慢慢開始將府中權力一點一點移交給她，而夏氏忙於與清姨娘爭寵，慕淑穎雖改不了本性，但好歹表面上算是安分了些，這種境況已經比她預料中要好上許多了。

雖然夜深人靜之時偶會憶起前世事，心中仍會有止不住的痛，但只要想想那些畢竟是上一輩子之事，今生她再不可能那般軟弱無能，更不會允許自己過得那般淒涼，她就慢慢平靜下來了。

慕錦毅一直時刻關注著她，自然能察覺她的轉變，心中自是十分雀躍，如今楚明慧再不會抗拒他的靠近，讓他屢被打擊的心終得一絲安慰，雖與他期待的幸福還差得遠，但總是有進步了。

「前方樹下停一下。」慕錦毅掀開馬車窗簾布往外頭看時，發現到了昨日他刻意記下的地方，急忙出聲。

「嘶——」只聽馬匹一聲嘶叫，車子便停了下來。

「等我一會兒，我馬上回來。」慕錦毅柔聲囑咐。

楚明慧點點頭。「好。」

他吩咐下人好生護著少夫人，又回頭望了一眼馬車上的楚明慧，這才快步往不遠處的小樹林裡去。

楚明慧百無聊賴地掀開簾子往外看，一陣陣涼風鑽了進來，讓她心情不由得舒暢了幾分。

四處望了望，見偌大的路上空無一人，楚明慧輕聲對盈碧道：「與我一起到外頭歇會兒，這車上太悶了些。」

盈碧想了想，點點頭。「也好，不過先讓奴婢瞧瞧外頭可有旁人。」

楚明慧叮囑。「好，妳再仔細看看。」

不一會兒，便聽到馬車外隱隱傳來盈碧與護衛的對話聲，片刻便聽她叫。「少夫人，可以出來了。」

楚明慧輕輕掀開車簾，再搭著盈碧的手下了車。

「少夫人，前頭大樹下有塊大石頭，您若覺得累了不如就到那裡歇一會兒？」年輕的護衛恭敬地提議道。

楚明慧望了望他所指的那處，真有塊平滑的大石，便點頭道：「好。」

盈碧扶著她往那處去，一眾護衛離得稍遠些站著，既不妨礙兩人，又能保證她們的安全。

楚明慧微合著眼任由帶著清新氣息的清風輕柔地拂過她的臉，整個人頓感一陣心曠神怡。

正愜意間，便聽到了一陣馬車行駛的聲音，並且越來越清晰。

楚明慧睜開眼，有點可惜地輕嘆一聲，側頭對身邊的盈碧道：「走吧！」

盈碧點點頭。

兩人剛回到車上，便聽那馬車停下的聲音，片刻又聽得年輕女子清脆悅耳的問路聲。

「請問這位大哥，江田鎮可是往前邊走？」

楚明慧一聽這個熟悉的聲音，腦袋便「轟」的一下炸開了，猛地掀開窗簾往聲音響起處一望……

見一個身著湛藍色圓領襖子，下穿淺黃馬面裙，頭上梳著反綰髻的年輕女子，正帶著笑意向護衛問路。

那護衛又說了些什麼楚明慧完全聽不清楚，她眼裡、腦裡全是那名笑盈盈的女子，只見那女子先是朝著護衛福了福，然後轉身對著她身後的馬車道：「夫人，奴婢打聽過了，沒有走錯。」

「轟」的又一下響雷徹底讓楚明慧懵了。

奴婢？她竟然早已賣身為奴！

楚明慧只覺得整個人都懵了，身子一歪，差點從榻上摔了下去，幸得盈碧手快一把扶住了她。「少夫人，妳怎麼了？」

楚明慧臉色蒼白，雙眼無神，口中喃喃低語，盈碧聽不大清楚，急得差點要喊人，楚明慧一把拉住她。「我沒事，不要驚動他們。」

盈碧一臉擔心地扶著她坐好，又替她倒了杯熱茶放在她手上。「少夫人，喝口茶暖暖身子。」

楚明慧木然地接過，再魂不守舍地喝了一口，然後將它遞給盈碧。

那名女子——正是前世端著藥毒死她的胭脂，乃夏氏身邊最得臉的一等大丫鬟。

良家女子出身的胭脂，原來早就已經為人奴婢！那前世她進慕國公府時那番賣身葬父的說詞自然也是假的了，如今都已經為人奴婢了，又談何賣身葬父？進府之前已經是奴才了，又怎會算得上是良家出身？

楚明慧只覺腦中一片混亂，許多她本以為是事實的事正一點一點地脫離她的認知，這樣一個滿口謊言的劊子手，她那番「國公夫人命我送妳上路」的話真的可信嗎？

努力回想了一下這個胭脂前世出現在慕國公府之後的事，恍惚記得她大概是兩年後才進府，那會兒府中新添了批簽過死契的奴婢，胭脂就是其中一個。聽牙婆子說她是個身世堪憐的女子，本是秀才之女，生母早逝，由著生父撫養長大，後來生父死後因家貧無錢安葬，她便自賣為奴，籌了銀兩安葬父親。眾人見她果然識文斷字，也相信了她的說詞。

這胭脂做事勤快，待人寬和，很快便在慕國公府站穩了腳跟，再不久又入了夏氏的眼，被調到夏氏身邊服侍，後來夏氏原來的一等丫鬟出嫁，她便補了這個缺，成了夏氏身邊的一等大丫鬟。

前世楚明慧經常在夏氏院裡見到胭脂，只是那會兒她不待見夏氏，亦不曾想著討好她，對夏氏身邊的丫鬟自然也從不放在心上，是故楚明慧對這胭脂實在說不上瞭解，只知道她很得夏氏信任，在下人當中人緣極好。

她拚命回想了一番也想不起自己與這個胭脂有什麼恩怨，最後的記憶便是她帶著詭異的笑意端著一碗毒藥一步步朝自己走來，然後說出那番「送妳上路」的話來，接著轉身吩咐外頭的婆子死死壓住了自己，她再親手將藥強自灌入自己口中——

前世到了那般境地，親人流放的流放、死的死、失蹤的失蹤，她其實早就有點生無可戀了，卻不曾想過會是那樣的死法，本以為是夏氏下的令，如今想來，夏氏雖處處針對自己，但毒殺兒媳婦這種事還是沒那個膽量做的。

楚明慧垂著頭，雙手死死抓著衣裙，心裡一片混亂。

既然不是夏氏下的命令，那會是誰？誰又會想要了自己的命，或者說自己礙了誰的路？

那時她也不過是空掛著世子夫人的名頭罷了，就連中饋也早就被太夫人收了回去，而慕錦毅那段時間經常不在府中，就算是妻妾爭寵，沒了主角還爭個什麼？再者，無論是對寧雅雲，還是後來的梅芳柔、陳冰月，她從來都是視若無睹的，既不曾針對過她們，就連日常的請安也直接取消了。

連接觸都不曾有過多少的妻與妾，能狠到要下毒手的地步嗎？何況，就算她這個正室死了，她們也永不可能被扶正，大商國不曾有過官員妾室扶正的先例。

楚明慧越想越覺頭痛欲裂，連慕錦毅坐到了她身邊，柔聲對她說話她都沒有留意。

「妳不喜歡嗎？」慕錦毅有點不安地打量著她的神色，見她神色不佳，黯然地將手中開著花的樹枝收了回來。

「什麼？」楚明慧回過神來。

慕錦毅見她這般模樣，猜想對方剛才並不曾聽到自己的話，那點苦澀立馬一掃而空，又帶著討好的笑容將手上的樹枝遞了過來。「妳看這個，一枝生出兩朵花來，是不是很像並蒂蓮？」

楚明慧順著他的手低頭望去，見樹枝躺在他寬厚的大掌中，枝頭上緊緊靠著兩朵大紅的鮮花。

「你方才就是去摘這個？」楚明慧抬頭問。

慕錦毅點點頭，雙眼閃亮地問：「妳可喜歡？」

並蒂鮮花並不多見，況且又是如今這般季節，更是罕見，前日他偶爾發現了這個，便小心翼翼地護著，想過幾日摘回去討楚明慧開心，這其中既有讓對方展顏的心思，但更多的是寄予他對未來生活的美好期望，並蒂並蒂，夫妻一生一世相互扶持到白首，這是多麼動人心弦的美好畫面啊！

楚明慧怔怔地望著那枝並蒂花，內心一片紛雜，成婚這幾個月來，很多事都顛覆了她的認知，今日又突然發現前世自己的死或許並不是她所認為的那般，這帶給她的震撼與打擊並不是那樣快就可以平復的。

如今見這並蒂花，她只覺得滿口苦澀，輕輕地將它拿到手上，再對著慕錦毅點點頭。

「喜歡，自然是喜歡的。」

怎麼可能不喜歡，能夠相守一世的並蒂，生死兩相依，又怎會不喜歡？

慕錦毅聽了她的話，只覺自己重生以來所做的一切都值了，她喜歡，她仍然喜歡，這是不是說明她對將來也是有期待的？

想到這個可能，他的笑容越來越大，越來越燦爛！

楚明慧望著他明媚的笑臉，心中百感交集。

一生一世一雙人，一枝雙花到盡頭，試問世間哪位女子能拒絕得了，即使經歷過前世那種創傷，她也仍然嚮往這般美好的生活；只是，她的嚮往也僅僅是每位女子心中對美滿的幻想而已，再不敢奢望那些美滿會在她身上實現。

慕錦毅又哪會知道她內心的糾結，他整個人都沈浸在濃濃的喜悅當中，只要楚明慧一日未對將來絕望，他就多一分挽回她的希望；再堅硬的冰經過陽光照射後也終有融化的一日，更何況楚明慧並不是那等硬心腸的人，他相信只要再多努力，終有一日能捂熱她冷卻的心。

馬車一路載著他們到了京城外一處山莊，慕錦毅拉著楚明慧的手小心翼翼地往一個山洞裡去。

「這裡是什麼地方？」越往裡走便越清晰地聽到流水聲音。

慕錦毅也不回答，只是笑著拉著她往前走，直到一方池水出現在她眼前。

「來，妳掬一把看看。」慕錦毅神秘地道。

楚明慧彎下腰，雙手掬起一把水。「呀，是暖的！」

「嗯，這是活泉，水是溫的，太醫說過用來泡澡對身子有好處，妳平日事多，總忙來忙去，更要多放鬆一下才好，這處我已經買了下來，打算再改造一番，日後妳來也方便些。」

楚明慧怔怔地望著他，不得不說，今生的慕錦毅比前世的他對自己更用心，有些連她自己都沒有考慮到的事他都先替她想到了。

「好。」她低低應了聲，然後捧起一把水細細地洗了洗手。

兩人在山莊裡遊覽了一番，才相攜著返回城中。

「世子爺！」到了慕國公府大門，慕錦毅剛下車，正欲扶著楚明慧下來，便見慕國公身邊的小廝長喜急匆匆地向他走來，然後低低地伏在他耳邊說了一番話。

慕錦毅臉色大變，匆匆吩咐盈碧伺候少夫人回府，又叮囑了楚明慧一番，才急急跟著長喜走了。

第三十三章

楚明慧見他急匆匆地離去，猜想可能是有要事，只得吩咐跟隨慕錦毅離去的隨從好生照顧世子，便帶著盈碧回到了文慶院。

這晚，慕錦毅沒有回來，只有他的隨從來回稟，說是西郊大營出了事，世子被急調過去了，大約要過幾日才回來，讓太夫人及世子夫人不必擔心。

楚明慧聽罷也暫時放下心來，外頭之事她本幫不上忙，更何況是兵營的事，她就更不懂了。

她正要回自己房裡去時，便見那隨從急急喚住了她。「世子夫人！」

楚明慧不解地回頭望了望他，只見對方上前幾步朝她行了禮，才低聲道：「世子讓奴才給少夫人帶句話，說『相信他，一切等他回來再細說』。」

楚明慧百思不得其解，只得點點頭。「我知道了。」

慕錦毅這番話讓她心中一直七上八下的，不知怎地總覺得有點心神不寧，若他只是被急調去西郊，為何會讓人帶這番話給她？他的差事自己不懂，又怎會相信不相信的……

這晚，她翻來覆去地想不明白，最後還是迷迷糊糊地睡著了。

第二日，楚明慧在太夫人院裡遇到了慕國公，她雖感意外，但仍依禮向他請安，慕國公帶著有點討好的笑容道：「兒媳婦不必多禮，不必多禮。」

楚明慧有點疑惑地望了他一眼，不明白這種討好的笑容是怎麼回事，微微抬眼向太夫人望去，見她也是皺著眉頭一臉不解，只得垂下頭低聲道：「這是兒媳的本分。」

慕國公乾笑幾聲，訕訕地摸了摸鼻子。

太夫人皺眉望著一大早就不大對勁的兒子。「你可是有話要說？」

慕國公急急擺手。「沒有沒有，兒子沒話說。啊，對了對了，我想起來了，還有事要做，這便先回去了。」

言畢，他匆匆地向太夫人行了禮後，急急走了，那背影瞧著頗有幾分落荒而逃的感覺。

楚明慧又陪著太夫人用了早膳，這才坐在理事的大廳裡聽著下人們回報府中大小事。

一直忙到了晚膳的時辰，不但慕錦毅仍未歸來，連傳話的下人也沒有來了。

楚明慧心中的不安又多了幾分。

一連三日，慕錦毅都未曾回來，慕國公府眾人不免有點坐立不安了，慕錦毅可是這府中的支柱，若他出了什麼事，這慕國公府的榮耀也大概要到頭了。

這日，楚明慧正陪著太夫人說話，便聽得外頭丫鬟來稟。「太夫人，晉安侯府親家老爺派了人來，說是有關於世子的消息！」

太夫人大喜。「快快有請。」

楚明慧亦有點緊張地拽緊絹帕，再怎麼樣，慕錦毅都是她後半生依靠，她也是不希望他出事。

片刻，一個小廝打扮的年輕男子便走了進來，楚明慧認得他是兄長的貼身小廝楚忠。

楚忠進來便向在場的太夫人等人行了禮，這才開口道：「我家老爺讓奴才給太夫人等帶話，說是西郊大營那邊出了些急事，雖是緊急了些，但並不是太嚴重之事，慕世子到了之後基本上已控制住了，早則今日，遲則明日便能歸來，讓太夫人不必擔心。」

「這就好、這就好！」太夫人連連慶幸。

楚明慧一顆總吊著的心也放了下來。

楚忠謝過了太夫人的賞賜，又婉拒了眾人的挽留，這才告辭離去。

楚明慧辭過了太夫人，正想回文慶院去，中途便被夏氏截住了。

「那些賤人的月錢是妳讓太夫人漲的？」

楚明慧皺眉望了她一眼，先是依禮向她福了福，這才緩緩道：「是媳婦向祖母提出的。」

夏氏惡狠狠地盯著她。「妳是不是覺得毅兒只得妳一個，日子太輕鬆了，這才想著幫那些賤人來礙我的眼？妳放心，很快妳便能知道這些妾室的厲害了。妳不知道吧？一個月後，毅兒將納寧府二姑娘為貴妾，我倒要看看妳到時還怎麼囂張！」

楚明慧怔住，被這番熟悉的話弄得有點分不清前世今生了，寧府二姑娘將被納進門為貴妾？寧雅雲？

夏氏見她怔怔的樣子，只覺還不夠解氣，又道：「如今妳不就仗著毅兒只得妳一個才如此囂張的嗎？待寧二姑娘進了門，日後生了兒子，我看妳還要怎麼得意！」

楚明慧怔怔地望著她那張帶著惡意笑容的臉，神思恍惚。

夏氏見她這副平靜的樣子，一點也沒有她意想當中的震驚與傷心，不由得有些洩氣，虛張聲勢地又嚷嚷了幾句，才憋悶地走了。

楚明慧愣愣地望著她的背影，站在原地一動不動。

「一個月後寧府二姑娘將進門！」

「毅兒將納寧府二姑娘為貴妾！」

「寧姨娘懷有身孕兩個月了！」

前世關於貴妾寧雅雲的那些話又一句一句地蹦了出來，楚明慧只覺得暈暈沈沈的，眼前一會兒是自己悲憤地指控慕錦毅違背誓言，一會兒又是幾日前慕錦毅讓人帶來的話，她只覺得天旋地轉一般，拚命抓著一方假石才穩住了身子。

平復思緒後，楚明慧又深吸口氣，這才慢慢往文慶院方向走去。

一定要冷靜，一定要清醒，不能再意氣用事，不能再被那些突發的情緒擾亂心智，妳不能在同一個地方摔倒！

一路上，她拚命勸慰著自己，將那些負面情緒壓下去，告訴自己千萬不能失去理智。

剛踏進房門，她就大聲吩咐燕容準備冷水，燕容雖不解，但仍是端了一盆冷水進來。

楚明慧將雙手放入盆子裡，等到雙手被冷水全部沾濕，才抽出來敷在臉上，如此數次，直到她覺得自己完全冷靜了下來，這才讓燕容將水端下去。

燕容有點擔心地望了望她，張嘴欲說些什麼，最終只能一言不發地又將盆子端了出去。

楚明慧靜靜地坐在榻上，慢慢將關於寧雅雲之事一點點釐清。

寧家是德妃一派的錢袋子，靠著譚家當上了皇商，與譚家關係密切，而慕錦毅前不久又得罪了譚家，論理寧家應該與譚家同聲相應才是，不可能會想將最尊貴的女兒嫁進慕國公府。如今寧雅雲要進門，那只有一個可能，就是寧家與譚家鬧翻了，急於尋找更大的靠山，而能對付德妃及五皇子的最大靠山非當今太子莫屬了。

只是，寧家要轉投太子，必定要有一定籌碼才行，這個籌碼還必須是太子十分需要的，這點楚明慧作為內宅女子自然想不明白。但是，寧家若要將寧雅雲嫁給慕錦毅，無非想著鞏固與太子一派的關係，聯姻就是最好的辦法了；寧家身分太低，嫁太子是不大可能，但嫁給太子的左膀右臂慕錦毅還是可以的，只不過，貴妾？實在是過於高了些，其中肯定還發生什麼事。

楚明慧靜靜想了小半個時辰，也想不明白這個貴妾是怎麼來的，就算寧家籌碼大些，想將女兒許為貴妾，但慕錦毅也完全有充分理由拒絕，國公府世子納個商戶女為貴妾這實在是過了！

寧家急於攀關係這般打算是有可能，但慕錦毅又怎會同意？莫非是寧家籌碼太大，太子心動了，這才要求慕錦毅納的？

一想到這個可能，楚明慧便有點坐立不安了。

分化寧、譚兩家是太子一直致力在做的，如今眼看就要成事了，讓心腹納個貴妾又有什麼了不得？對這些天潢貴胄來說，什麼也比不過他的大業。

楚明慧越想越不安，恨不得慕錦毅立馬出現在面前，將所有的真相告知自己，也好過她一個人胡思亂想，百思不得其解。

又想到前幾日慕錦毅讓人帶回來的那句話，楚明慧只得按下心中焦躁。

前世這貴妾一事可是在自己小產之後才出現的，如今怎提前了？楚明慧穩了穩心神，一時又想到這一齣來，於是又理了理前世事的時間脈絡，確定前世這個時候並沒有寧雅雲這齣，她心中又開始不安了，一面拚命壓制自己不許再想前世的事，一面又安慰自己要聽慕錦毅這一回，萬事等他回來再說。

「少夫人，國公爺讓您去一趟。」翠竹猶豫了一下，還是將方才小廝的話傳達給楚明慧。

楚明慧一怔。「國公爺？」

「是的，國公爺讓妳到世子內書房去一趟，他有話要對妳說。」

楚明慧疑惑了，這個公公雖說對自己態度尚可，但從未提出過這種見面的要求，一時有點拿不定主意了。

「這、這合規矩嗎？」

翠竹猶豫了一下，才道：「畢竟他是長輩，既然發話了也不能回絕不是嗎？倒不如去看看，奴婢陪您一起去。」

楚明慧想了想，點點頭道：「這樣也好。」

兩人一路跟著小廝到了慕錦毅的內書房，剛進院門就見慕國公身邊的隨侍長福守在書房門外，見她來了便上前行禮。「少夫人。」

楚明慧客氣地說了幾句，這才問：「父親可在裡面？」

長福點點頭。「國公爺在裡面，少夫人進去便可。」

楚明慧點點頭，輕輕推門往裡走去，身後的翠竹正欲跟著進去，便被長福攔住了。「國公爺吩咐過，除了少夫人不許任何人進去。」

翠竹有些為難地望向楚明慧，楚明慧對她點點頭，示意她放心，便直接進去了……

「父親。」一進門，楚明慧便見慕國公坐在案前。

慕國公見她進來，有點訕訕地笑笑。「不必多禮。」

「不知父親喚兒媳來可是有事要吩咐？」

慕國公有點心虛地避過她的視線。「不是什麼吩咐，只是關於毅兒納寧家姑娘一事，妳莫要怪他，這事是我先應了寧家的。」

楚明慧一怔，倒未曾想過他也會插了一腳。「兒媳不是很明白父親的意思，怎會是您與寧家商定的？寧家一介商人，寧小姐當國公府貴妾，到底也是不那麼適合。」

慕國公嘟囔了句。「我當然知道不適合，可有什麼辦法。」

見楚明慧目光灼灼地望著他，他不由得更心虛了，結結巴巴地道：「當中還發生了些事，毅兒並不樂意的，只……只是我先應了別人，他也沒法，妳莫要怪他。」

「還請父親明言，否則兒媳又怎能安心？兒媳與夫君本是一體，若有事隱瞞，彼此有了心結，日後又怎能一心一意相互扶持？再者，您要是不說，以夫君的性子也不會明言的，到時兒媳一知半解的豈不是更加誤會了？」楚明慧邊說邊偷偷打量對方神情，見他有所猶豫，又繼續道——

「更何況，您既知夫君並不樂意，如今又迫於形勢應了下來，他心裡必定不好受，總這樣憋著對身子也不好，若兒媳曉得當中緣故，也能勸慰幾分，只可惜……」

慕國公最大的弱點便是兒子慕錦毅了，聽楚明慧這樣一說，深感有理，兒子那性子，從不愛對人解釋，任你怎樣誤會，他也如鋸嘴葫蘆一般，絕倒不出半個解釋的字。

總歸這事是自己惹回來的，就算明言後會引起兒媳婦的不悅甚至是鄙視也顧不得了，總不能讓兒子替自己承受啊！

「咳！」佯咳一聲，慕國公裝作若無其事的模樣道：「這事說來也怪我識人不慎，不小心中了那老小子的詭計，當然也怪我眼皮子淺……」他越說越小聲，臉上浮起一絲羞愧的紅色。

楚明慧沒心思去安慰他，只繼續盯著他問：「後來呢？又發生了什麼事，怎麼與寧家扯到一起了？」

慕國公故作冷靜地道：「也沒什麼，就是我受了溫老二那老小子的慫恿，投了些錢到他所說的那家私鹽商隊，沒想到被人發現了，幸得寧家家主有幾分手段，幫我抹了證據，我見他人瞧著挺不錯的，他又提了親事。呃，畢竟剛幫了我，我也不好不給他這個臉面，所以就答應了，總歸也不過一個妾室，還是商戶女，無論怎樣也越不過妳去。」

楚明慧不敢置信地望著他。「父親，官員販私鹽可是大罪啊，前些年皇上剛發落了一批參與的官員，輕則罷官流放，重則滿門抄斬，您怎……」

當今佑元帝對販私鹽可謂深惡痛絕，尤其是參與的官員，一旦發現絕不輕饒，必定從重、從嚴處罰，是故大商國內大小官員再怎麼貪墨也不敢涉足那處。

如今慕國公竟然敢投錢進私鹽商隊？楚明慧簡直不知要說什麼才好！

她實在沒想到慕錦毅納寧雅雲的真相竟是如此，難怪前世慕錦毅不肯告知她實情了，以他對慕國公的感情，他實在不大可能在妻子面前說生父的不是。再想到前世有段時候慕國公也是有點討好加心虛地待自己，又想想如今他的態度，這當中的原因自不必說了。

慕國公被她看得更為心虛，加上他自己也覺得這行事有點像賣兒子一般，心中就更加羞愧了。

「你們放心，我、我日後必定安分守紀的，再不敢做那種事了，以後就老老實實待在府中帶孫子。」

楚明慧無奈地看著他，有點哭笑不得，對方這態度竟然讓她有一種在教訓兒子的詭異感，又聽他那句「帶孫子」的話，一時更為無奈了，她不知好好地怎又扯到孫子的事上去了，現在在說的應該是他的兒子才對吧？

「若沒有其他事，兒媳便先回去了。」她暗嘆口氣，對著慕國公微福道。

「妳忙去吧！」慕國公如釋重負，急急揮手讓她回去。

楚明慧回到房裡細細想了下慕國公那番話，總覺得事實也許沒那麼簡單，只是她也百思不得其解，只能盼著慕錦毅早些回來。

正思量間，她便見玉秋帶著一臉笑意進來。「少夫人，世子回來了。」

楚明慧一喜，急急起身迎上前去，才剛走了幾步便見慕錦毅大步朝她走了過來。

「明慧，事情並不是妳想的那般，我沒有……」

楚明慧打斷他的話。「先去梳洗，等一會兒再說。」

慕錦毅仔細打量了一下她的神情，見她並不像他以為的那樣怒極，一時也猜不著她到底有沒有誤會。

前世譚家也是設局引誘慕國公，只是沒想到後來寧家會與他們翻臉，將所有證據收了個乾乾淨淨，並以此來向慕國公府示好。

今生慕錦毅一早便派了長喜到慕國公身邊，讓他時刻留意慕國公身邊的人，以防他又被人利用，只是沒想到有些事該來的還是會來，重活一遭他並不見得比前世聰明許多，旁人也不會死板地沿用前世的方法，也會根據今生的情況變化另行謀劃。

慕錦毅倒是防了那些突然出現在慕國公身邊的人，可對手也不是蠢笨的，一條路行不通，自然會換另外的路，可不就瞄上了一直與慕國公有些交情的順邑侯府溫二老爺。

就算慕錦毅搗了幾支私鹽商隊，在佑元帝高壓整治之下還是未能將私鹽交易行為徹底掃清，憑他幾次小範圍打擊又能有多大作用？沒了這家還有那家。

幸而譚家這次行事到底是急了些，計劃並不全面，加上太子這邊刻意挑撥，寧家又與他們翻臉了，一股腦兒將慕國公參與的證據全收了去，以此來向慕國公府示好。

「給我說說吧，貴妾是怎麼回事？」一見慕錦毅梳洗完畢，楚明慧便問。

慕錦毅一怔。「什麼貴妾？」

「母親說了，一個月後你將納寧家二小姐為貴妾。」
「不是的，我沒有要納寧家小姐！」一聽楚明慧口中提到寧家二小姐，慕錦毅便急了。
他就知道父親會這樣，明明叮囑過他不要將那日之事對任何人說起，可他偏偏還是告訴了母親。前世也是這般，原本這事他是想著自己親口告訴明慧，誰知尚未回府便被太子急召了過去，只得匆匆交代父親莫要對人提起，等他回來再說，沒想到……
這次他雖被打了個措手不及，但對方的目的他早已知曉，也有了應對方法，然而有些事不便讓慕國公牽涉其中，只得先讓他回府，自己留在那裡與寧家交涉，而先行回府的慕國公自然不知道他交涉的結果，還以為慕錦毅仍會遵從他的決定納了寧家姑娘，是故才惹出這樣的誤會。
而他也怕萬一父親將這誤會告訴了母親，母親再故意用來打擊楚明慧，之後的事又如前世發展那般，只得先命人回來給楚明慧帶話，讓她相信自己，萬事等他回來再說！
知道慕錦毅不會納寧雅雲之後，楚明慧暗暗鬆了口氣。
「那發生了什麼事？寧家怎麼會有父親參與販私鹽的證據？」
「妳都知道了？」慕錦毅一怔。
「父親都告訴我了，包括他應了寧家親事的原因。」
慕錦毅沈默了，他雖有心將事情真相告知楚明慧，但這事的導火線是自己父親，若不是因為父親，也不會生出那麼多事來；但這些話他實在說不出口，無論怎樣，對方都是對他最好的親人，他又怎忍心在妻子面前說他的不是，丟他的臉面呢？再者，府裡瞧不上父親且怨他行事無度的人已經夠多了，他實不願看到有朝一日自己的枕邊人也對生父懷有怨念。

如今慕國公早將自己闖下的禍告訴楚明慧，慕錦毅竟有點鬆口氣的感覺。

「其實這事是譚家設計的，大概是上回譚誠林一事惹惱了他們，加之如今德妃又被皇上訓斥，譚家進京謀官一事也成了泡影，狗急跳牆了才設計了這齣。

「至於寧家，因為一些事和譚家鬧翻了，急於找靠山才暗中幫了父親，想的也是透過國公府投靠太子，而寧家小姐自然是要推出來鞏固關係的。」

「寧家富貴，太子一定樂意對方投誠吧？」楚明慧問。

慕錦毅點點頭。

「所以若寧家提出欲將女兒嫁你為妾，太子也是樂見的吧？」楚明慧又問。

慕錦毅頓了一下，仍是點點頭，下一刻又急急道：「不會有納妾的，寧家再不敢起這等心思了。」

楚明慧疑惑地望望他。

「寧家小姐不潔，我直接將此事道出，寧宗耀如今只怕我誤會他存心羞辱國公府，哪還敢提這種事，就連父親那些證據也全部交給了我，只盼著我能消氣。」

原本就是高攀了，還將不潔的女兒送進去，這是活生生打臉啊，求人還給對方送綠帽子，哪個男人忍得下這等奇恥大辱；寧宗耀如今急得像熱鍋上的螞蟻一般，與譚家翻臉，又得罪了國公府，等於斷了投靠太子的路，原本他還留著一手證據以防將來慕錦毅怨恨寧家趁人之危要他納了女兒，如今全給了慕錦毅，只求對方饒恕他不察之罪。

楚明慧心中有絲異樣感，他怎知寧雅雲不潔？那前世的他納貴妾時知否？看如今他這般拒了寧家，前世應該是不知吧。

慕錦毅被她盯得心中沒譜，期期艾艾地道：「當……當然，我是想著晾一晾他，他手中有不少籌碼，若現在不先壓一壓他，日後他也必不會安分。」

前世他就知道這個寧宗耀不安分，就連當初父親那些證據也留了一手，若不是寧雅雲為保命出賣了她父親，慕錦毅也想不到對方竟還有那麼多後招。

想到前世他為了拿到證據而與寧雅雲做了交易，允她暫留國公府當貴妾，繼而讓楚明慧誤會了那孽種是自己的，他就恨不得一掌劈了那寧宗耀！

「若你不是事前知道寧小姐不潔，你是否會同意納了她？」楚明慧猛地抬頭盯著他一字一字地問。

慕錦毅一怔，沈默片刻才低聲道：「會。」

楚明慧頓覺渾身無力，不是早知道答案了，何必多此一舉！

「納一個有名無實的貴妾，不但能免了一場禍事，還能替太子添助力，我……實在想不出拒絕的理由。」知她想起前世事，慕錦毅低低解釋道。

見楚明慧面無表情，他又有點不安地道：「何況，寧宗耀只能讓我納了他女兒，納回來的事他也管不著，他要的只是表面上這層關係，其他的他也知道強求不得。」

還有一層關係，前世太子被五皇子逼得方寸大亂，也不會允許他因這種小事而讓送上門的幫手不快！只是這些他不會對任何人說，做決定的是他自己，無論再迫不得已，做了便是做了，再多的解釋也只會讓人覺得你無擔當，在掩飾錯處。

楚明慧嘆息一聲，心中百感交集，有名無實的貴妾？想來前世他也是抱著這樣的打算納了寧雅雲吧，只是他來不及對自己解釋便被趕出房門了。

其實再想想，就算他當時解釋了，她又會真的相信嗎？那個時候的她渾身帶刺，哪裡聽得下這種解釋！後來寧雅雲懷有身孕，當時的她只會認定慕錦毅背叛了自己吧？

慕錦毅見她一言不發，不由得有點擔心，方才楚明慧問了那句話，他便知她是想到前世自己納寧雅雲一事；其實他倒是可以說出一堆不得不納的理由，只是對於那些過往，他不想再多言，再多的解釋也抹去不了傷害，何必多此一舉呢？

楚明慧低著頭反省了好半晌，才抬頭微微笑著問他。「可向祖母請過安了？她老人家也掛心了好幾日。」

慕錦毅有點意外她轉了話題，但見她不再胡思亂想，心裡也頓感寬慰。「已經向她請過安了，雙親那裡也去過了。」

楚明慧點點頭，又問：「可用過晚膳了？我命人擺膳？」

慕錦毅又搖搖頭。「太子殿下留過飯了，妳不必再忙。」

「嗯。」

兩人靜靜坐了一會兒，慕錦毅時不時偷偷打量一下她的神色，一時也猜不出對方的心意，心中不禁忐忑不安起來。

楚明慧如今只覺得疲憊不堪，困擾她兩世的貴妾事件原來是這般真相。

這晚兩人靜靜躺在床上，慕錦毅小心翼翼地伸手握住她，感覺她的手微微顫抖了一下，但總算沒有推拒。

慕錦毅又一點一點地靠近她的身邊，見對方沒有什麼反應，才得寸進尺地貼近。

直到感覺楚明慧溫軟的身子與自己的相貼，他才停下來，怔怔地望著她臉上吹彈可破的肌膚，那雙杏眼緊緊閉著，長長的睫毛正微微顫抖，洩漏了她其實並未入睡的真相。

錦被下他握著的纖手也緊繃著，慕錦毅嘆息一聲，輕輕摟過她，再愛憐地親了親她的額角。「睡吧。」

屋裡的燭光微微跳動，楚明慧原本僵直的身子慢慢地放鬆了下來，眼皮越來越沈，最終進入了夢鄉。

感覺楚明慧的呼吸逐漸平穩了下來，慕錦毅才睜開眼睛，定定地望著她沈睡的容顏，一隻大手輕柔地撫著她光滑的臉，心中柔情無限，如今兩人的關係比起之前又是一大進步，雖不知是什麼引起她這番轉變，但對他來說終究是好事，也許總有一日他們會回到最初那般恩愛。

時刻關注著小夫妻倆的翠竹自然也察覺到楚明慧對慕錦毅態度的變化，見這兩人相處越來越自然，越來越融洽，她心中也倍感安慰。

第三十四章

「妳是說毅兒這段時間一直未再與孫媳婦行房？」太夫人震驚地盯著劉嬤嬤，不敢置信地問。

劉嬤嬤點點頭。「奴婢不敢瞞您，一直給少夫人調理身子的齊大嫂子發現的。」

太夫人沈默了片刻才道：「妳說毅兒到底怎麼了，明明自成婚以來幾乎每晚都歇在孫媳婦處，他年輕且還是新婚，怎就……」頓了頓，她又有點擔憂地問：「是不是他身子有什麼不妥當？前些年突然不要丫鬟伺候，如今又與孫媳婦那般，莫非真的有什麼不妥？」

劉嬤嬤也有點遲疑地道：「應該不會吧，世子身子一向極好，除了上回受涼病了一場，奴婢未曾再見他身子有何不妥，那方面照理應該也沒事才對。」

「可是，往後他再這樣，這……這重孫子到底要什麼時候才抱得上啊！上回孫媳婦給他納通房反被罵了一頓，如今若我替他抬個姨娘，想來就算他表面上應了，暗地裡也不會碰的吧！」太夫人憂心忡忡。

劉嬤嬤也不敢再搭話，這事關係到府中子嗣，她一個下人也不好多說什麼，也就身為親祖母的太夫人敢說，若是旁人這樣懷疑，太夫人可會急著跟人家辯解呢！

「妳說他會不會不喜歡孫媳婦？」太夫人又問，緊接著又搖搖頭反駁。「不會不會，若是不喜歡就不會時常歇在那處了。」

片刻，她長嘆一聲。「這孩子怎就那麼讓人愁呢？以前替他親事愁，成親了還替他的子嗣愁，這愁來愁去的到底什麼時候才是盡頭啊！」

劉嬤嬤笑著道：「常言道，兒女是父母的債，想來換成孫兒與祖父母也差不多，世子爺向來孝順您，您再多疼些也沒什麼。」

想到孫兒對自己的孝順，太夫人微露出一絲笑意，只是一轉念想到他如今膝下仍空虛，她就憂慮不已，只想著孫兒是不是真的有什麼不妥，否則前些年怎麼好端端的人就不讓丫鬟近身了呢？如今放著個如花似玉的新婚妻子還能碰都不碰，難不成當真不妥了？

當事人慕錦毅哪知道他的親祖母已經開始懷疑他做為男人的能力了。

這段日子他算得上是春風得意，楚明慧態度的轉變讓他心情十分舒暢，只覺得周圍的一切都是那麼美好，連在模擬對戰當中兵士失手傷了他也毫不在意，擺擺手反倒笑呵呵地安慰闖了禍的年輕兵士。「不礙事，哪個從軍的沒受過傷，況且如今是在對戰當中，哪有那麼多的顧忌，戰場上就需要你這種勇往直前的將士。」

皮膚黝黑的小夥子被他這番話說得熱淚盈眶。「多謝將軍，屬下日後必定奮力殺敵！」

「世子，還是先處理一下傷口吧！」劉通皺眉望著慕錦毅被刺傷的右肩膀，建議道。

慕錦毅側頭望了一下受傷的肩膀，見隱隱有血跡滲出來，雖說這點傷他並不放在心上，可到底也不能放任不理，是故點點頭。「好。」

劉通命軍醫細細地替他處理了傷口，所幸那士兵及時收手，是故傷得並不重，只是劃了一道不算深的口子。

慕錦毅對這種小傷絲毫不在意，依然繼續領兵衝衝殺殺。

演練結束後，他又勉勵了一番眾將士，覺得也差不多該回府了，想到家中的楚明慧，心中一暖，便撩起外袍大步往外踏出去。

「劉通，回府！」

慕錦毅騎著高大的棗紅馬剛進了城，正欲往慕國公府方向去，便聽身後有人叫他。「錦毅兄！」

扭頭一看，見凌佑祥正站在一間商鋪外笑咪咪地望著他，見他望過來便用力揮了揮手。

慕錦毅無奈，只得調轉馬頭。「你怎在這裡？」

凌佑祥笑嘻嘻地道：「聽聞這附近有家店的三鮮包子做得不錯，特來嚐嚐。」

慕錦毅翻身下馬，將轡繩交給劉通。「你怎對吃這麼講究了？」

凌佑祥引著他在旁邊一家茶館坐下，邊替他倒茶邊道：「兒子想吃了唄！」

慕錦毅一怔。「兒子？你哪來的兒子？」

凌佑祥得意一笑。「自然在媳婦肚子裡。」

慕錦毅又是一怔。「嫂夫人有身孕了？那可真要恭喜了！」

凌佑祥亦不客氣地拱拱手道：「你小子得準備洗三禮、滿月禮、周歲禮、見面禮了。」

慕錦毅沒好氣地瞪他一眼。「兒子都還沒出來就算計起各種禮了。」

凌佑祥笑呵呵的也不惱。「現在就得替他存娶媳婦的銀兩啊！」

「你又怎知是兒子，萬一是個女兒呢？」慕錦毅潑冷水。

「女兒？也挺好的啊，那就當存嫁妝。」凌佑祥也不在意。「反正以後也總會有兒子的。」

慕錦毅望著他喜氣洋洋的臉，想到前世自己那個無緣的孩子，不由得有點黯然，若是那孩子生了下來，前世自己與明慧也不會落到那種境地吧？

凌佑祥見他這般神情，想想他如今尚無子嗣，便安慰道：「你也莫要遺憾，反正你成親才沒多久，兒子、女兒什麼的總會有的。」

慕錦毅收起那點黯然，笑道：「那是自然，你比我成親還要久，可到現在才有消息，我晚一點也沒什麼。」

凌佑祥見他拿自己來對比，沒好氣地瞪了他一眼，然後拿起茶杯喝了一口。

「喝茶有什麼意思，不如拿酒來！」慕錦毅笑道。

凌佑祥正想附和，便見一直跟在慕錦毅身後的劉通勸道：「世子爺，你剛受了傷，實在不宜喝酒。」

慕錦毅擺擺手。「那點小傷不算什麼。」

「你受傷了？那這酒還是不要喝了。」凌佑祥見狀，亦勸道。

慕錦毅無奈，只得妥協。

凌佑祥心思一動，四周看了看，見沒人注意這裡，又示意劉通退後一些，然後湊到慕錦毅身邊壓低聲音道：「你和楚三妹妹相處得怎樣了？我有一法子，保證讓你能享受美人恩。」

「我再相信你的話就倒立一個時辰。」慕錦毅見鬼似地瞪著他道。

「你先聽我說說嘛！女子都是嘴硬心軟的，再說難得你如今受了傷……」見慕錦毅不悅地掃了他一眼，凌佑祥轉換語氣。

「好好好，你先別這樣，我又不是幸災樂禍，我是說，如今你受了傷，正好施施苦肉計裝裝可憐，保證有效！」

慕錦毅瞥了他一眼。「男子漢大丈夫，怎能那樣沒皮沒臉的，還裝可憐？荒唐！」

「嘖嘖嘖，你瞧你這副死模樣，比我父親還要古板，你再這般死要面子，就等著一輩子與媳婦相敬如『冰』吧！」凌佑祥鄙視地掃了他一眼，嗤道。

慕錦毅雖從不曾在他面前說過與楚明慧相處之事，但他在凌佑祥面前的言行舉止間偶爾也透露出幾分唏噓來，凌佑祥是個人精，再時不時裝作不經意地刺探一番，自然清楚他的遺憾。

慕錦毅一滯，默不作聲地灌了杯茶，然後轉頭就走。

身後的凌佑祥故作無奈地搖搖頭。「死要面子活受罪，活該！」

慕錦毅腳步一頓，然後若無其事地牽過劉通遞過來的韁繩，直往慕國公府方向奔去——

「少夫人，世子回來了。」屋外的小丫鬟來稟。

楚明慧放下手上的帳冊，然後伸手揉揉太陽穴，再吩咐丫鬟準備熱水。

「少夫人，方才劉護衛說，世子爺右肩受了傷，讓您仔細點別碰著了。」盈碧推門進來稟道。

楚明慧一驚，急忙迎了出去。「傷得重不重？」
「奴婢不清楚。」盈碧搖頭。
正欲再問，便見慕錦毅走了進來。
「傷到哪裡了，要不要緊？」楚明慧小心翼翼地抓著他的手，擔心地問。
慕錦毅正想安慰她說不要緊，腦中便響起凌佑祥的話——「女子都是嘴硬心軟的」，他心思一動，雖然明慧對他仍帶有心結，但她也是個心腸軟的人，說不定——
慕錦毅也不搭話，只是神情痛苦地捂著右邊肩膀，楚明慧見他這般模樣，嚇得連連要吩咐人去請大夫。
「不、不要緊的，在營裡大夫已經敷過藥了，妳不必再忙。」慕錦毅有氣無力地出聲阻止道。
楚明慧見原本生龍活虎的一個人如今連說句話都要喘上一喘，急得差點掉下淚來，本要讓燕容去請大夫，可慕錦毅卻拉著她死活不同意。
楚明慧沒有辦法，只得扶著他進屋，再小心翼翼地伺候他靠坐在榻上。
翠竹等人欲上前幫忙，可慕錦毅卻微閃著避開她們，楚明慧擔心他碰著傷口，只得親自接過熱毛巾替他擦臉，又輕柔地擦了一遍他那雙大手。
待擦洗完畢後，她便吩咐翠竹將水端了下去。
「傷到哪裡了？讓我瞧瞧。」
慕錦毅目光一閃，不動聲色地掃了四周一眼，見如今房裡只有他與楚明慧兩人，便哼哼著抬起左手指指右邊肩膀。「右肩。」

楚明慧小心翼翼地脫下他半邊外袍，然後是裡衣，直到那包著白布條的右肩露了出來。

「可還疼？傷得重不重？」楚明慧皺眉望著那滲著一點紅色的白布，擔心地問。

慕錦毅偷偷瞧了一下她的神情，悶哼地道：「不疼……」

楚明慧看他這副明明疼卻不願承認的模樣，有點惱怒地嗔道：「都這麼大的人了，怎麼還這般不小心？再說，明明傷口痛卻又死要面子，有什麼好忍耐的。」

慕錦毅打量了一下她的神色，見她臉上帶著點心疼的表情，心中一喜，沒想到這苦肉計還真有效！

他又哼哼著道：「真不疼。」

楚明慧沒好氣地瞪了他一眼。「既然不疼，那就讓慕維伺候你沐浴更衣。」

慕錦毅可憐兮兮地望著她，眼中滿是哀求。「慕維手勁太重。」

「不是說不疼嗎？」楚明慧又瞪了他一眼。

慕錦毅委屈地垂下頭，不敢搭話，只是偶爾抬頭偷偷地瞄她一眼，然後又像生怕她發現一般快速地垂下頭去。

楚明慧看著他這副模樣，不知為何將他與雙胞胎弟弟們聯想到一塊兒了，小六每次做錯事就是這樣一副委屈的表情，含著一泡淚垂著腦袋瓜子，偶爾還抬頭偷偷瞄一下大人，倘若有人上前安慰他，他眼中那泡淚立馬就落下來，還會可憐兮兮地望著你，然後撲到你懷裡撒嬌賣乖。如今小六突然變成了人高馬大的慕錦毅……

楚明慧打了個冷顫，用力將這個詭異的畫面拍出腦海中，故作鎮靜地點點頭。「那我喚燕容她們伺候。」

慕錦毅猛地抬起頭，望了她一眼後又低下頭，偶爾還悶哼兩聲，以示傷口疼得很。

楚明慧長嘆口氣，有種自己在哄小六、小七的感覺。她無奈地坐到他身邊，柔聲道：「那你老實一點，沐浴更衣後就讓慕維替你換藥。」

慕錦毅快速抬頭望了她一眼，咕噥地道：「慕維手勁重。」

楚明慧瞪了他好一會兒，直瞪得慕錦毅心虛地別過了頭，這才恨恨地道：「還是將軍呢！這副模樣誰還敢相信，若讓人見著了還不笑死。」

慕錦毅暗想，這副模樣自然不會讓別人看到，也不可能讓別人見到！只是心底深處一時有個小人跳出來鄙視他丟盡了臉，一時又有個小人豎起大拇指誇他做得好。

慕錦毅佯咳一聲，小小聲地反駁道：「不是將軍，是夫君。」

楚明慧臉上一紅，將臉別到另一邊，待覺得臉上的熱度褪了下去，這才裝作若無其事的樣子指揮道：「到耳房裡去，燕容她們已經準備好熱水了。」

「哦。」慕錦毅聽話地進了耳房，乖乖站著讓楚明慧替他卸了衣裳，再坐到浴桶裡——

楚明慧一臉鎮靜地替他擦著背，如果忽略她紅通通的臉蛋的話……

慕錦毅喜孜孜、飄飄然地坐在浴桶裡，任身後那雙柔若無骨的小手擦洗著後背，感覺那小手從脖子一路往後腰處擦去，然後又從後腰處擦回脖子，如此來回了好幾遍。

慕錦毅提醒。「前面也要擦。」

楚明慧恨恨地瞪著他的後背，恨不得瞪出個孔來，片刻又聽對方得寸進尺地道：「後面都快要擦掉一層皮了，前面還沒洗過呢，還是先擦擦前面吧。」

「好，世子爺，慕將軍！」楚明慧面無表情地轉到他的面前，目光緊緊盯著不遠處的屏風，就是死活不看浴桶裡的人。

慕錦毅戲謔地望著她越來越紅的臉蛋，臉上的笑意越來越濃，待見那隻小手粗略地抹了兩下他的胸膛就要縮回去，他一把抓住想逃走的手，委屈地道：「還沒洗乾淨呢！」

楚明慧僵著身子，用力抽回右手，眼神飄忽地掃了一下他光溜溜的上身，佯咳一聲，淡淡然地道：「哦。」

然後她又胡亂地抹了兩下，這才鎮定地站起身整整衣裙。「下面的你繼續，反正你傷的只是右肩，用左手也是可以的。」

慕錦毅見她明明羞得要死卻故作淡然的模樣深感好笑，忍不住又想逗逗她，便抓起楚明慧扔在浴桶裡的浴布，裝模作樣地在腿上擦了兩下，便倒吸一口氣。

「怎麼了，可是傷口疼？」楚明慧這下顧不得害羞了，急忙關切地問道。

慕錦毅齜牙咧嘴地道：「不、不疼。」

楚明慧沒好氣地瞪了他一眼，一把搶過浴布，草草替他擦洗了一遍，又忍著羞意替他擦淨身上的水珠，正要轉身去拿搭在屏風上的衣袍，突然腳下一滑，眼看就要摔倒了——

慕錦毅急得一步上前抱住她。「小心！」

楚明慧下意識地抓緊他，這才逃過了一劫，暗道了句「好險」，便發覺自己整個人撲進了一個光溜溜的懷中。

「轟」的一下，她整張臉全都脹紅了，慌慌張張一把推開慕錦毅，連忙轉過身去。

慕錦毅見她這般模樣便忍不住「哈哈」一下笑出聲來，順手扯過屏風上的衣裳披在身上，正欲再調笑一番，卻見楚明慧猛地轉過身來，右手指著他的肩膀。「你、你不是說傷口很疼的嗎？」

慕錦毅暗叫一聲「糟糕」，方才只顧著救她，連傷都忘記裝了！

他正想著要如何救場，一時忘了反應，待察覺時對方已經恨恨地扯開他肩上的衣裳，又撥開白布盯著那道不深的傷口道：「我倒不知堂堂的慕將軍竟然如此怕疼，不但如此，還裝模作樣騙人同情！」

慕錦毅訕訕地摸摸鼻子，呵呵乾笑幾聲。

楚明慧只恨不得狠狠捶他幾拳出出氣，這裝模作樣的無賴！

她氣呼呼地出了耳房，便見翠竹拿著一疊白布及一瓶藥推門進來。「少夫人，奴婢把藥拿來了。」

「不要緊的，反正死不了。」楚明慧賭氣地道。

翠竹詫異地望著她，不知她這火氣打哪兒來，明明方才還一副憂心忡忡的模樣，正想開口詢問，便見慕錦毅穿著妥當地從耳房裡出來。

「世子爺。」翠竹連忙向他行禮。

慕錦毅咳了一聲。「咳，不必多禮，把藥放下便出去吧！」

翠竹將藥放在桌上，再疑惑地望了一眼這對夫妻，這才福了福身，輕輕推門出去了。

慕錦毅有點不好意思地坐在楚明慧身邊，對方一見他挨了過來便站起來往另一處坐著。

慕錦毅訕訕地道：「那個、那個……」他結巴了半天也不知要說什麼，待瞄到桌上的藥瓶，如蒙大赦地道：「幫我換藥吧，我左手沒辦法處理。」

楚明慧冷著臉望了他一眼，突然朝外面喚了聲。「燕容！」

「哎。」外頭燕容應了聲，便推門進來了。

「幫妳家世子爺換藥。」

燕容望了望面無表情的世子夫人，又看向表情略顯尷尬的世子爺，只得疑惑地應了聲，便拿過藥替慕錦毅換上。

慕錦毅自知理虧，也不敢再生事，乖乖地讓燕容幫自己換好藥。

接下來，楚明慧都冷著一張俏臉，慕錦毅涎著臉又是求饒又是認錯，可對方始終不冷不熱，任他怎麼做都沒絲毫反應。

接連碰了幾次壁後，慕錦毅只得灰溜溜地坐到床角，偶爾偷偷打量一下對方臉色，見她始終冷冷淡淡的樣子，待要伸手去抱她，可楚明慧卻避過了他的觸碰，最後他只好訕訕地躺下，暗暗罵自己自作自受，誰叫你裝可憐騙人，這下媳婦都沒得抱，真可憐了！

第二日，楚明慧一早起來，發現枕邊人早就不見人影了，便問盈碧。「世子呢？」

「世子到練功房去了。」

楚明慧皺著眉，雖說他傷得不重，但畢竟也是傷著了，這樣不歇息幾日就練武真的好嗎？

「怎不勸勸他，他這才受了傷，萬一傷口裂開了可怎麼辦？」

「燕容她們勸過了，還有慕維也跟著勸了好一會兒，可世子就是不聽，梳洗完之後直接就到練功房，如今都快一個時辰了，還沒回來。」

楚明慧有點擔心地道：「我去瞧瞧。」

練功房內，慕維急出一頭的汗，不停地勸著雙手倒立在地的主子。「世子爺，你肩膀上的傷還沒好呢，怎能這樣倒立著，萬一傷口又裂開了可怎生是好！」

慕錦毅閉著眼不理他，心中只默默地唾棄自己：活該！你又相信凌佑祥那小子的話！

與此同時，遠在他處的凌佑祥打了個噴嚏，揉揉鼻子又將整張臉貼在凌大少夫人的肚子上，等待著裡面的兒子跟他打招呼。

楚明慧剛推開練功房門，便見空曠的房中倒立著一個人，定睛一看，發現那人竟然是慕錦毅，不由得惱道：「你這是做什麼，嫌傷不夠重？明知傷在肩膀上還倒立，不要命了？」

慕維見她進來，如蒙大赦，好了，救星來了！

慕錦毅被她這般嬌斥，只得無奈地停了下來，剛在地上坐穩，便覺右肩一陣刺痛，忍不住皺緊了眉頭。

楚明慧一直留意他的神情，見他這般便猜到大概是碰著傷口了，氣惱地上前扶起他。

「你還真想試試受重傷的滋味啊？」

慕錦毅訕笑幾聲，也不敢反駁，任由她扶著自己回房。

讓慕維伺候他沐浴更衣後，楚明慧便轉頭翻起帳冊，沒多久，只聽染珠來回道：「少夫人，剛劉護衛來要唐大人那日落在內書房的雪梅圖，說是世子讓他來取的。」

楚明慧放下帳冊。「可知那畫放在何處？」

「奴婢不知，世子的內書房從不讓旁人進去，只有慕維隔一陣子去打掃一下，其餘人未經允許都不敢進去。」

楚明慧皺皺眉，朝著耳房裡問了聲。「唐大人那雪梅圖你放哪裡了？」

「應該是落在書房的桌上，可是劉通來要了？妳去拿給他吧！」裡頭傳來慕錦毅的聲音。

楚明慧無奈地搖搖頭，只得起來往內書房走去——

慕錦毅擦乾淨身上的水珠，又換上了乾淨的衣裳，出來只見盈碧整理著桌面，便問：「少夫人呢？」

「回世子，少夫人到內書房拿唐大人的雪梅圖了。」

慕錦毅點點頭，正欲在椅上坐下，突然像想起了什麼，內書房……畫冊？

猛地，他大步推門而出，直往內書房方向急奔而去——

第三十五章

慕錦毅急匆匆地直奔內書房而去，一路上的下人見他步伐匆匆的模樣都不禁詫異地望了他一眼。

他顧不得旁人的目光，只想著再快一點，快一點……希望明慧沒有發現，一切都還來得及！

幾個箭步來到內書房門前，他用力一把推開書房的門，便見楚明慧神色莫名地坐在書案前。

「明慧？」慕錦毅不安地輕輕喚了一聲。

見對方一言不發，連動也不曾動一下，他心裡就更加不安了，一絲害怕慢慢從心底深處升起。

「明……明慧。」他微顫著聲音又喚了一聲。

楚明慧緩緩地抬起頭，將目光對準他。

慕錦毅被她不帶絲毫感情的目光盯得手足冰冷，一股不祥的預感洶湧而來。他微微舔了一下發乾的嘴唇，強扯出一絲笑容問：「怎麼了？沒找著那雪梅圖嗎？」

楚明慧定定地望了他半晌，才幽幽地問：「慕錦毅，你不累嗎？裝了那麼久，謀了那麼久，不累嗎？」

慕錦毅勉強笑道：「在胡思亂想什麼啊，既然找不著就算了，許是我記錯了，那畫並不是放在這裡。」

說罷，他就要上前來扶起椅上的楚明慧，剛碰到她的手臂，便聽「啪啪」幾下東西掉落在地上的聲音，他下意識地朝著響聲處望去，原來是一卷畫軸，見那畫軸直接掉落在他腳邊，然後順著滾落的力道攤開一處來……

那赫然是他的落款！

慕錦毅大驚失色，急急蹲下將畫軸捲好，便聽頭上傳來楚明慧有點飄忽的聲音。「一雙人，到白首，不相離，問君記憶否？」

慕錦毅只覺晴天霹靂，那點或許未被發現的慶幸立馬煙消雲散了。這番話，是前世楚明慧發現他與梅芳柔躺在一處時，心如死灰的質問。

慕錦毅一下便軟倒在地，張口欲解釋，卻發現此時此刻再多的解釋也沒有絲毫作用。還能怎麼解釋？說他沒有重活一世？是對方誤會了，這些描繪了前世恩愛的畫作都是他的憑空臆想？

他呆呆地坐在地上望著神色難辨的楚明慧，一絲陽光從她側後方射來，照得她整個人更加陰晴不定。

慕錦毅恍若等著被宣判的罪犯，提心弔膽地等著對方的判決。他從不敢深想若有朝一日楚明慧發覺他其實就是前世那個辜負過她的慕錦毅會怎樣……

慕錦毅只覺渾身冰冷，不敢再深想。

「難怪，難怪！」

難怪今生有許多事、許多人都與前世有那麼多的不同，她原以為是自己重活一世帶來的變化，是故雖然不解，但也從未放在心上，今時今日才知道，原來重活一遭的並不止她一個！

如今看看慕錦毅的態度，想來他一早就發現了自己是重活過來的楚明慧吧，難怪之前他對自己那般態度。

楚明慧苦澀一笑，虧得他不是自己前世仇人，否則以自己這種得過且過、懶得思慮的脾性，估計早就不知丟了幾條命。

倘若她一早就發現慕錦毅重生的秘密，她就算是一頭撞死也絕不會嫁進來，只是如今米已成炊，再多的話多說也無益。

那些怨，那些恨，那些不甘，經過這段時日的相處及所見所聞所思，雖未完全消除，但亦沒有最初那般濃烈，每個人都有自己的不得已，她其實強求不得！

只是，若當作什麼事也沒有發生與他相處下去，她自問暫時無法做到。前世那麼深的怨，縱使當中彼此都有過錯，但傷了便是傷了，哪能輕輕抹去，破鏡即使重圓了，可裂縫依然存在，又怎可能完好如初？

其實她本不應一時好奇翻看這些畫卷，若不曾發現當中的秘密，她也能如這段日子與他平平淡淡地相處，互相扶持著度過餘生。

如今那塊遮羞布被狠狠地扯了下來，曾經那些傷痛血淋淋地擺在明面上，她感覺自己正處於十字路口上，那般的徬徨無助！

應該要怎樣面對這個曾給了自己無限美好與希望，卻又親手打破了的人？橫眉冷對，徹底決裂？她是否能理直氣壯，或者裝作若無其事，平淡以待？只是心中不斷翻滾的思緒提醒了她，她並不是那樣平靜。

慕錦毅遲遲不見對方有所反應，忐忑不安地以手試探著抓住她的，見楚明慧仍是一動不動的，不由得多了幾分膽氣。

「明慧……」他又試探著喚了聲。

楚明慧怔怔地望著他，片刻才一點一點地掰開他抓住自己的手，低聲道：「雪梅圖我找著了，就在桌上，你吩咐劉通拿去吧，我還有事，先回去了。」言畢，也不看他，直接出了房門。

慕錦毅望著她在視線中消失的背影，心中的恐慌與不安越來越大，越來越濃。若是對方和自己大吵大鬧，他尚有幾分希望，但她這樣安安靜靜的，反倒更讓他驚慌。前世她最初還會與自己吵、與自己鬧，那是因為她尚未完全失望，後來她再也不鬧，早已是心如死灰，徹底放棄了！

他不敢深想，倘若她永不再對他有任何一絲期望，這漫長的後半生他要怎樣挽回？當初尚不清楚他也是重活過來的人都那樣排斥，如今……

慕錦毅越想越慌，越想越怕，只恨自己為何還要保留著這些畫，人都已經在自己身邊了，再留著這些又有什麼用！

翠竹近日覺得很無力，明明少夫人與世子前段時間相處得好好的，偶爾還會湊到一塊兒說些體己話，她正暗暗心喜，誰知沒幾日又打回剛成親那會兒的模樣了。

每日看著這對小夫妻默默不語地各忙各活，彼此間半點交流都沒有，尤其是少夫人，完完全全當世子不存在似的，一心一意忙活著。每每看到世子偷偷打量少夫人，一副欲言又止、生怕對方惱了的神情，她就覺得甚為不忍。

「少夫人，世子就算是惹惱了妳，可看在他一副誠心認錯的模樣也就饒了他吧，夫妻之間吵吵鬧鬧的確能增進感情，可若不適可而止，萬一冷了對方的心就得不償失了。」這日，翠竹瞧著慕錦毅不在，便出聲勸楚明慧。

見楚明慧沒什麼反應，她又道：「奴婢見過不少男子，可像世子這般對妻子那樣上心的實在不多。天氣涼了、冷了都要囑咐奴婢記得替妳添衣，知道妳每逢小日子就疼得厲害，便到處替妳求醫問藥，聽聞泡溫泉對身子有好處就派人處處打探。」

楚明慧一怔。「那藥方是他尋來的？」

「可不就是世子尋來的！」

楚明慧沈默了，她自然知道今生的慕錦毅對她甚是上心，但也沒想到會用心到那等地步。

片刻又聽翠竹低聲道：「上回妳打了三小姐，也是世子到處替妳滅火。奴婢親耳聽到了，夫人房裡的綠屏姑娘，原是世子的人，難怪她明裡暗裡都幫著咱們。」

「綠屏？」楚明慧甚為意外。

「奴婢只是覺得，能對妻子用心到這等地步，世子也算是極為難得的人了，少夫人平日吵吵鬧鬧一番也好，但別總這般冷冰冰的，讓人瞧著寒心啊！」翠竹誠摯地勸道。

楚明慧滿心複雜，她如何不知冷待最傷人，可如今她並不是想冷待，只是不知道要怎麼面對他。

翠竹見她一言不發地低著頭，也不再勸，做為下人她知道進退，雖楚明慧待她甚好，但該守的規矩還是要守的，勸出這番話也是不忍見這對夫妻日後逐漸離心。

慕錦毅連日來也不好過，他既盼著楚明慧能主動和他說說話，但又怕她主動挑起話題，他怕到時她所說的是他承受不起的！

這種矛盾的心情一直伴隨著他，讓他心情越發煩躁。

兩人一直這般僵持著，慕錦毅依然每日歇在文慶院，楚明慧沒有表現出任何不滿，但也沒前段時間那麼伺候周到。

翠竹等人見他們的關係絲毫沒有改善，皆是心焦不已。

與此同時，另一件事在國公府內引起眾人關注，因慕淑穎的親事一拖再拖，太夫人終於忍無可忍了，夏氏的眼高手低、不自量力讓她怒火中燒，覺得如果再將慕淑穎的親事交給她，不知猴年馬月才嫁得出去。

太夫人當機立斷，勒令夏氏不必再插手慕淑穎的親事，她會親自出馬，替慕淑穎挑個合適人家。

夏氏有再多不滿也不敢發作，只能回到房裡大哭一場，如今不但婆婆不待見她，夫君也煩她，長子自小與她不親，小兒子只會伸手要錢，一直貼心的女兒如今卻不諒解她，兒媳婦更不必說了，那是個惹不起的活祖宗。

她越想越傷心，如果當初長子娶的是外甥女，自己怎會在這府中沒半個貼心人？

太夫人行事果然十分有魄力，三兩下就替慕淑穎挑好了人家，對方家世雖比不上慕國公府，但也是官宦之家，她選的是對方幼子，比慕淑穎長一歲，雖無功名在身，但人品學識卻是不差，加上在家中得寵，配慕淑穎最是合適不過。

慕淑穎一聽對方只是四品官之子，而且還沒功名，便死活不願意，氣得太夫人一杖打在她身上，並放話。「要麼嫁人，要麼去家廟終老！」

夏氏雖也不願意，但太夫人此話一出，她就嚇得連連點頭。「嫁，當然要嫁！」

慕淑穎鬧了一場，不但親事照常，還受了太夫人一枴杖，又羞又急又怒，怒氣攻心之下竟然病倒了！

楚明慧因慕淑穎的親事也忙得不可開交，不但要勸慰太夫人，還要準備兩家議親之事，加上慕淑穎這一病，她要請大夫又要防著她鬧出事來。

這樣一忙活，與慕錦毅那些事倒也沒時間想了。

這日，楚明慧正吩咐婢女好生照顧太夫人，便聽小丫鬟來稟。「少夫人，安郡王妃來了。」

她一怔，實沒有料到對方竟然不請而來，只不過終究姊妹一場，如果拒於門外難免引人閒話。

「請她到廳裡一坐，我片刻便到。」

「安郡王妃說她是來探望生病的三小姐，就不打擾妳了。」小丫鬟怯生生地道。

楚明慧皺眉。「既然如此，便領她到三小姐那裡去吧。」

楚明涵什麼時候走的，楚明慧也沒留意，當她忙活完之後才想起不請自來的楚明涵，招來小丫鬟一問才知道她到慕淑穎處坐了半個時辰便走。

楚明慧思來想去也不明白她今日來的目的是什麼，又問了在慕淑穎處伺候的小丫鬟，可對方說那兩人關了房門在裡面說話，也不讓丫鬟們伺候。

既然弄不清她的來意，楚明慧只能暫且放下。

轉眼便迎來晉安侯府四小姐楚明嫻大婚，前幾日，楚明慧在慕錦毅護送下往侯府去給楚明嫻添妝。

兩人一路無話，慕錦毅幾次想挑起話題都被她淡淡的表情刺激到，只得暗嘆一聲憋悶地坐在一旁。

如今這種相處與剛成婚那會子相差無幾，慕錦毅只覺得前段時間他做的努力全打了水漂兒，兜兜轉轉又回到了起點。或者可以說現在的情況比當初更讓他束手無策，當初雖時常被打擊到，但好歹還清楚努力的方向，如今他除了等，等楚明慧對他的宣判外，別無他法！

楚明慧其實並不比他好過多少，雖讓各種雜事一時分去了注意力，但閒下來時也時常會想到兩人之間的糾結。

翠竹勸她的那番話，她其實都聽進去了，也知道如今這個重生的慕錦毅的確對她甚好，倘若她再這般冷冷淡淡地待他，相信會越來越多人替他不平了。

若她再聰明一點，識時務一點，那就應該假裝若無其事般繼續當她盡職盡責、賢慧大度的世子夫人，緊緊地抓牢慕錦毅這個國公府裡最有勢力的人！

轉眼間，一行人抵達了侯府，楚明慧先到楚明嫻那裡添了嫁妝，又與眾姊妹說了一會兒話，即將臨盆的大小姐楚明婉自然沒法來，但也命人送了禮，至於楚明涵，仍是又病了無法到場。

楚明婧撇撇嘴，不滿地道：「每次姊妹們聚一起，就她總是病了無法來，一次這樣，兩次這樣，也不知真病假病，我瞧著是當了郡王妃不願與我們一起了，怕掉身分。」

楚明慧這次也分不清她是真病、假病了，明明幾日前還到慕國公府探望慕淑穎的，怎麼今日就病了？

其實這次楚明涵本是打算來的，可偏偏前日因公外出的安郡王回來了，她難得自由的日子又宣告結束，白日要應付陰狠的郡王太妃，夜裡還要承受安郡王在床上對她的暴虐！

外表老實憨厚的安郡王，在床上是個不折不扣的變態狂、暴力狂。楚明涵如今都不敢看自己身上的肌膚，那一道道好了又傷、傷了又好的痕跡讓她目不忍睹。

眾人皆說晉安侯夫人小王氏待庶女極好，尤其是對安郡王妃這個庶女，不但慈愛照顧有加，還給她挑了個出身高貴、忠厚老實的夫君。如今她已經成了京城庶女們的羨慕對象，庶女出身的郡王妃，夫君又無子女，整個京城也挑不出幾個來！

每每楚明涵在享受著眾人豔羨的目光時，心中就像有把刀一點一點地割著她，金玉其外，敗絮其中，說的大概就是她如今的模樣吧！旁人只看到她表面光鮮，哪知道她背後承受了怎樣的痛苦。

她每被虐待一次，心中的恨就添一分，她恨嫡母偽善，面慈心狠，將她送入虎口；她恨侯府眾姊妹，憑什麼她就得那般受苦，而她們就能尊享榮華，一世無憂！

昨晚安郡王又喝得醉醺醺地回來，她一見那高壯的身影就雙腳發抖，強扯出笑意迎了上去，沒料討好的話還沒出口就被對方扛了起來直接往那張紅木雕花大床上扔，然後便是一整夜沒完沒了的折騰。

她以為自己這次大概是捱不下去了，可當清晨一縷陽光照進來時，她掙扎著撐開眼皮，發現自己還活著，只是尚未等她慶幸劫後餘生，便見郡王太妃身邊的婢女面無表情地進來提醒。「郡王妃，該泡澡了。」

此乃郡王太妃專為晚上伺候安郡王的女人準備的藥浴，對傷口極有好處，楚明涵覺得自己能夜夜承受那等虐待，這藥浴功不可沒。

可是就算知道郡王太妃並不是出於關愛才讓她泡藥浴，但她也不會拒絕，身子是自己的，她還要好好地活著，活著將那些人一個個拉下地獄裡陪她！

卻說楚明慧與眾姊妹敘舊過後，便去尋陶氏說說體己話。

陶氏數月未見女兒也甚為想念，見她來了就拉著她的手問長問短，深怕女兒在國公府受了委屈，雖知女婿待女兒極好，但那府中還有一對不省心的母女呢！

楚明慧自然挑些好話來說，陶氏雖清楚她報喜不報憂，但見她氣色尚好，也知道她過得還算不錯。

只是想起方才翠竹稟報的話，陶氏不由得有點擔憂，思來想去了一番，終是忍不住開口道：「妳與女婿之間到底出了什麼事，妳為何對他極為冷淡？」

楚明慧被她問得一愣，片刻才醒悟大概是翠竹找娘親來勸她了，道理她是懂的，只是一時不知如何面對，怎麼她身邊之人一個個都替慕錦毅不平了？

「也沒什麼事，只是有些事一時想不明白，不知怎麼面對他而已。」

陶氏嘆道：「妳想不明白就那樣對人，可見是個身在福中不知福的，說得難聽點就是矯情，女婿那般被妳冷待都還對妳噓寒問暖，也不找別人來給妳添堵，妳還求什麼呢？既然想不明白，為何不開誠布公說個清清楚楚，一個人鑽牛角尖只會越想越不明白，倒不如乾脆爽快點。」她頓了一會兒又道：「原本兩家親事是取消了，可一道聖旨又牽到了一塊兒，我與妳爹爹擔心之前議親時與國公夫人那點不痛快會給妳日後帶來麻煩，妳爹爹還特地為這事尋了女婿，原想著希望他對妳多幾分憐惜，沒料到他卻說了那番話。」

片刻，陶氏便將那日慕錦毅對楚仲熙說的那番話複述了一遍。「娘雖覺得他這話誇張了點，但到底是對妳的一片愛護。」

楚明慧怔怔地想著那句「她若傷她一分，我自傷己十分」，又想到前不久她裝作玩笑般問他。「倘若將來我死在你母親手下，你會不會為我報仇？」

當時慕錦毅卻只是沈默，一言不發。

那一刻，她承認自己極為失望，那時她尚未發現胭脂的事，只認定夏氏便是前世害她性命之人，大概前世自己死後他一樣當他的孝順兒子，再續娶一房，然後父慈子孝，兒孫滿堂，至於自己這個早死的原配，也許夜半無人時或許他能想起幾分。

如今聽娘親這樣說，她突然很想問問慕錦毅前世她死後的事。

陶氏見她不說話，又勸道：「如今妳既掌了事，那國公三小姐又訂了親事，一切也逐漸上了軌道，只有好生伺候夫君，早日生下孩兒才是正道，其他的又何必計較那麼多，世間不如意之事十常八九，若事事計較還不把人累死？」

看著楚明慧低著頭，雙手絞在一起，陶氏撫著她的額角道：「妳大姊姊一直是府上最出色的姑娘，只是她享受了多大的讚譽，就承受了多大的壓力，娘親只希望妳做個平平凡凡的女子，不必多出色。像四丫頭就挺好的，性子豁達，凡事不計較，也看得開，這樣的人無論在哪種情況下都會過得比旁人自在。」

陶氏開解了她片刻，見楚明慧像是反思的模樣，便又挑了些雙胞胎的趣事說與她聽。

提到那對弟弟，楚明慧不禁露出幾絲笑容。「說起來怎麼不見他們？」

陶氏笑道：「這個時辰大概纏著妳爹在後花園陪他們玩呢！」

楚明慧按捺不住。「我們也去看看吧。」

母女倆相攜著到了後花園，遠遠便看見一個穿著紅衣服的兩歲幼童正掰著小胖指頭含含糊糊地不知數著什麼，他的跟前蹲著一位年輕男子，正認真地聽著他說話，時不時還點點頭附和幾聲。

男子的背上還趴著一個不安分的胖娃娃，穿著打扮與紅衣小童相差無幾，就連相貌也有幾分相似，只可惜性子卻明顯相差甚遠。只見那胖娃娃一會兒調皮地扯扯男子的耳朵，一會兒又拉拉他的頭髮，而男子只是偶爾反手輕輕拍拍他的胖屁股，惹得胖娃娃「格格」地笑個不停。

這個年輕男子正是慕錦毅！

「他將來定會是一位好父親。」陶氏看著這一幕，微笑著點點頭對楚明慧道。

楚明慧望著前方一臉耐心、好脾氣地逗弄著孩子的慕錦毅，眼中不由升起一層霧氣，假如她的孩兒能活著，也定會如小六、小七這兩個弟弟一樣活潑可愛吧！

只是，看到慕錦毅這副溫和耐心的模樣，她就不禁想著對方前世是不是也這樣對待其他女人為他生的孩子？

一想到這，她就覺得整個人都不自在起來了。

「小六你又調皮了？」陶氏故意板著臉瞪著慕錦毅背上的胖娃娃。

小六一見娘親來了，也顧不上慕錦毅，格格地笑著直往陶氏這邊跑來。

陶氏一見寶貝兒子蹦蹦跳跳地朝自己來，急道：「小心別摔著了。」

話音剛落，小六已經撲到她身邊，抱著她雙腿使勁地撒嬌賣乖。

陶氏又好氣又好笑，彎下身子捏捏他的胖臉蛋。「調皮！」

而另一側，慕錦毅抱起小七也朝這邊走來。

到了陶氏跟前，他先將小七放下，然後朝陶氏作揖。「岳母。」

陶氏對他笑道：「難為你有此等耐心陪著他們鬧，怎不見你岳父？」

慕錦毅恭敬地道：「岳父大人有客，先離開了。」

陶氏笑了笑，楚仲熙將一對兒子扔給慕錦毅，自己跑去見客，分明是將他看成極親之人了，否則真要論起來，慕錦毅也是客！

三人又陪著雙胞胎玩耍了一會兒，陶氏見天色不早了，便催促楚明慧兩人回家去。

臨別時，雙胞胎一左一右地抱著慕錦毅的腿，死活不放人，陶氏哄勸了老半天都搞不定，最後還是慕錦毅彎下身子一手一個抱起他們，柔聲許諾日後得了閒一定來陪他們，還簽下了好多不平等條款，這才與楚明慧順利脫了身。

回國公府的路上，楚明慧終是忍不住開口道：「看你對小六、小七那麼有耐心，前世一定沒少陪著兒子們吧！」

慕錦毅一怔，這還是事發之後楚明慧第一次主動和他說話，並且還明確提到了前世，待反應過來對方說了什麼，已見她轉過頭去不再看他。

他低嘆一聲。「明慧，無論前世今生，我都不是多有耐心的人。」

他不是有耐心的人，他那丁點兒耐心早就全部給了她！

楚明慧一怔，低著頭也不說話，她自然知道他不是多有耐性的人，只是今生他對自己卻有著出乎意料的耐心，耐心到讓她習以為常了。

「前世，我沒有自己的孩兒，也不可能會有自己的孩兒。」慕錦毅又突然道。

她都已經死了，他又怎可能會再有自己的孩兒！

楚明慧愣愣地望著他，一時忘記反應了，若他前世沒有孩兒，那慕國公府的將來怎麼辦？

慕錦毅苦澀一笑。「前世我是個不折不扣的失敗者，無論是對妳，還是對祖母，我都徹底辜負了。我沒有自己的孩兒，妳去世後不到一年，我也喪了命。」

楚明慧吃了一驚，下意識地就想問他前世是怎麼死的，只是那話卻彷彿被堵在了喉嚨一般，怎麼也吐不出來。

慕錦毅又道：「前世種種，我不願多說，皆因再多的解釋也無法改變曾經的事實，若……若妳無法忘懷那些傷害……」

若她無法忘懷那些傷害，他該如何？慕錦毅也不知道該如何，若是她永遠忘不了那些傷害，永不再原諒他，他該如何，又能如何？

楚明慧嘆息一聲，輕聲道：「我不敢說自己完全忘記了，但如今你我已是夫妻，夫妻一體，一榮俱榮，一損俱損，至少目前，我不曾想著離了你生活；如今乍然知道原來你亦是有著前世那些記憶，我只是一時無法接受，一時不知要如何面對你。」

慕錦毅怔怔地望著她，她能說出這番話，是不是說明她不再恨自己了？

「妳、妳不恨我了嗎？」前世那樣深的怨，那樣濃的恨，都不在意了嗎？

「恨？我不知道，雖說那些事不能全怪你，但是……我只能說現在對你的恨沒有最初那般濃烈。」

慕錦毅張口，最終什麼話也沒有說。不那麼恨，說明也有進步了啊！

楚明慧搖搖頭。「算了，既然都已經是上輩子的事了，我們就不用再多說，只是無論再多的不得已，錯過便是錯過了，如今我們既又被綁在一起，以往種種便讓它過去吧。日後，我自一心一意做我的世子夫人，至於其他的，我也不願多想。」

慕錦毅感到苦澀，到底還是走到了這個地步啊！破鏡重圓？真是好大的妄想！不那麼恨了，已經算是她最大的妥協，對無法改變現狀的妥協。想想自己居然還想過那些琴瑟和鳴的日子，真是……癡心妄想！

算了，如今這樣也好，凡事不能一蹴而就，她沒有那麼恨已經是極大恩賜，其他的，日後再慢慢改變吧！

第三十六章

馬車一路行到了慕國公府，兩人回到文慶院。

慕錦毅自從得了對方的話後，便像條尾巴一樣跟著楚明慧進進出出。

楚明慧被他這般黏人的行為弄得極為無奈，突然停下了腳步，而慕錦毅一時不察，差點撞了上來。

「你到底要怎樣？差事都辦完了？」

慕錦毅摸摸鼻子，訕笑著道：「沒怎樣，就是不想離妳太遠。」

楚明慧被他的厚臉皮整得哭笑不得，回頭見盈碧等人捂著嘴偷笑，更沒好氣地瞪了他一眼。「你臉面還要不要？這般沒皮沒臉的！」

「臉面？算什麼東西，能吃嗎？」慕錦毅下意識地反駁，片刻又納悶，這話怎麼聽來有點熟悉？

楚明慧被噎了一下，不敢置信地緊緊瞪著他，這是那個正經、恭謹有禮的慕錦毅？重活了一世怎變成這般模樣了？

慕錦毅打了個哈哈，訕訕地轉身回了內室，邊走邊暗嘆，以後還是離凌佑祥遠點吧！

不過夫妻兩人經過這一次的坦白，關係又有了變化，雖看似不再冷冰冰的，但還是沒有之前那般融洽。翠竹無法理解，這對小夫妻一會兒冷、一會兒熱的，讓人看了都揪心，只希望經過這次會一直好下去，少夫人也能盡快懷上孩子。

想到孩子，翠竹暗暗下定決心得抓緊時間了，畢竟世子年紀已經不算小，與他同齡的男子有些已經有了好幾個孩子，偏他膝下至今還空虛。

「少夫人，三小姐來了。」這日，楚明慧正坐在房裡做著繡活，便聽染珠來稟。

楚明慧納悶地放下做了一半的小肚兜，慕淑穎來找她？果真太陽打西邊出來了！

「請她進來吧。」

慕淑穎一進來，也不坐下，直截了當地道明來意。「我不想嫁到程家去，妳替我回了這門親事。」

「這個我可作不了主，妳若不願意便自己去跟祖母說。」楚明慧也懶得理她了，重新繡起給雙胞胎的小肚兜。

「都說長嫂如母，妳既是我大嫂，難道不應該替我解決這些麻煩？」慕淑穎不滿地道。

楚明慧嗤笑一聲。「長嫂如母？妳便是以這種頤指氣使的態度對待妳母親？再者，程家這門親事是麻煩？妳也太過於目中無人了吧！」

「妳！我不管，反正妳要替我回絕了這門親事，程家，我是絕對不嫁的！」慕淑穎一跺腳，乾脆耍賴。

楚明慧冷冷掃了她一眼。「妳若知道長嫂如母，便老老實實回妳房間裡去。程家，妳嫁與不嫁，和我沒半點關係，這親事是祖母訂下的，妳憑什麼認為我會為了妳去違背一向對我信任有加的祖母？」

「妳！」慕淑穎氣結，終不敢在這裡放肆，只得恨恨地跺了跺腳。「若不是妳，梅表姊就會是我大嫂，她才不會如妳這般待我。」言畢，她氣呼呼地走了。

楚明慧愣了一下，梅表姊？梅芳柔？

想到那個如弱柳扶風般的梅芳柔，她就再也沒了做繡活的心思。

怎麼就忘了這個梅芳柔──夏氏的外甥女，她心目中的兒媳婦人選。正如慕淑穎方才所說的，如果沒有她，大概夏氏會想方設法替慕錦毅聘娶了這個梅芳柔吧！

一想到梅芳柔，就不由想起她與慕錦毅衣衫不整共處一室的場面。她嘆息一聲，命燕容將做了一半的小肚兜收好，心情不暢地回了內屋，靜靜躺在榻上。

此時，慕淑穎氣呼呼地回到房裡，將桌上擺放的茶壺、茶杯全砸個稀巴爛。

什麼長嫂如母，那個人又怎可能會替自己出頭？也就涵姊姊相信她會對自己好，若是換了一個人，也許還能幫幫自己，這個楚明慧？還是算了！

「三小姐，有您的信件。」秋琴提心弔膽地在門外回稟。

「哪來的信件？」

「梅家表小姐的。」

「梅表姊？拿進來。」慕淑穎有點意外，自梅芳柔歸家後，這還是她第一次來信。

她翻開一看，不由得喜上眉梢。「梅表姊要來？真是太好了。」

與此同時，在通往京城的官道上，梅芳柔忐忑不安地揪緊衣裙。

自己這樣不請自來，姨母她們可會怪罪？不，姨母一向待自己甚好，一定不會怪罪的，穎表妹與自己情同姊妹，想來也不會不歡迎，就是不知太夫人與表哥……

想起上一回被太夫人強行送回了老家，父親與繼母的臉色就不大好看了，原本他們也是以為自己會成為慕國公府的世子夫人，這才一直對自己和顏悅色，沒想到自己竟突然被送了回去；而更讓他們失望的是過了不久京城就傳來慕國公府世子迎娶晉安侯府小姐為世子夫人的消息，這一下，繼母待她就更不好了，日日都指桑罵槐，若不是自己機靈，偷偷偽造了姨母請她上京的信件，說不定現在就被繼母送給那位七老八十的商戶當小妾了。

這次上京，她已經沒有退路了，若是不能留在國公府，她這一輩子就徹底完了，想當初，姨母明明是答應了自己，要讓自己做她的兒媳婦，現在這個地步，她也不敢妄想世子夫人的位置，只求能在國公府安身立命，總好過被繼母賣給不三不四之人。

楚明慧聽聞慕淑穎讓人好生整理客房，一時也想不到有什麼客人要來，問了喬氏，喬氏也是一頭霧水，兩人想了想，猜想大概是與慕淑穎交好的小姊妹要來吧，反正既未曾向長輩們報備過，想來也不是什麼了不得的人物，就當平時的客人一般對待便行了。

慕淑穎只顧著興奮，也沒想過將梅芳柔要來的事告知長輩，皆因她以為梅芳柔也給夏氏寫了信，而夏氏自然會告知太夫人；再加上她原對這些人情往來的禮節不大清楚，自然也沒有想太多，這樣一來，整個慕國公府除了慕淑穎，根本沒幾個人知道那位曾被太夫人強行送返家鄉的梅家表小姐又要來了！

任梅芳柔再忐忑不安，馬車都已經到了慕國公府側門前，守門的小廝見是許久未見的梅家表小姐，一時有點詫異，只是他也清楚眼前這位可是國公夫人的親外甥女，因而不敢怠慢，急急命人回去稟報。

楚明慧正與劉嬤嬤等人商議慕淑穎與程家公子訂親之事，便聽到丫鬟來稟，說梅家表小姐來了。她尚未來得及反應，便見劉嬤嬤擰緊了眉頭。「嬤嬤，這是怎麼了？」

劉嬤嬤勉強笑了笑，到底也不敢私下議論主子們的事，只得道：「沒事，只是想著這梅小姐來得突然，府中事前並無收到她要來的消息。」

楚明慧想了想。「前些日子三妹妹命人整理客房，我想許是替這位梅小姐準備的。」

「既然如此，怎麼老奴從未聽到風聲？」劉嬤嬤詫異。

楚明慧搖搖頭。「我也未曾聽過消息，只是聯想起三妹妹前幾日行事才這般猜想的。」

饒是兩人再不解，梅芳柔如今也到了門口，終究是親戚一場，這樣拒之門外實在不大好看，況且，楚明慧亦想著會一會今生的梅芳柔。

梅芳柔的到來，讓慕國公府幾位主子心中有點微妙。太夫人一直不喜這個矯揉造作的女子，而喬氏也看不慣她的做派，尤其上回太夫人都那樣強硬地將她送了回去，她居然還敢不請自來？喬氏很是佩服她的厚臉皮。

而慕錦毅雖然對梅芳柔此人沒有什麼好感，也不會因她而引起情緒的波動，但如今楚明慧成了他的妻子，而這個梅芳柔前世又是他其中一名妾室，好不容易他與楚明慧的關係有了好轉，這個梅芳柔一來……他就不禁有點擔心了。

楚明慧平靜地以招呼親戚的態度對待慕錦毅前世的這個妾室，說起來，她自是清楚慕錦毅對梅芳柔沒有那等心思，否則前世梅芳柔在慕國公府住了那麼久，要有什麼的早就有了。

雖說太夫人不會允許慕錦毅娶這樣一位沒背景、沒助力的妻子，但納個妾室什麼的還是會睜隻眼、閉隻眼的，否則前世梅芳柔怎可能進了慕國公府的門？

慕錦毅一直提心弔膽，生怕楚明慧又突然想起前世梅芳柔的事，對他又添幾分恨意。

但梅芳柔來了幾日，楚明慧都神情淡然也看不出什麼不悅的情緒，他又更不安了。

如今她這樣的態度，是不是代表她已經完全不在意了？不在意那個梅芳柔曾是自己的妾室，不在意那一晚……

「那個……」

這晚，慕錦毅實在忍不住了，打算問楚明慧關於梅芳柔不請自來之事，但一見對方淡然的表情，又什麼也不敢說了。納梅芳柔，是他上輩子做過最愚蠢的一件事，若要問他為什麼會突然納了這個他一直不怎麼喜歡的女子，慕錦毅只能掩面懊悔；他努力回想一番事情的經過，似乎是因寧雅雲進了門，且不久便被診出有孕，原本待他極為冷淡的楚明慧就更加不待見他了，平日甚至將貼身服侍他的事推給了一直力爭上游的婢女湘紅與湘紫。

慕錦毅還想等楚明慧不再這般冷冰冰地待他後，他就將寧氏的事全部告訴她；至於孩子，她不能再生也沒關係，日後從胞弟那裡過繼一個便是，祖母就算是一時惱了，但總歸也是她的曾孫子，時間長了自然也能看開。

他想得相當美好，卻錯估了楚明慧執拗的性子，兩人就這樣僵持著，直到那日他對湘紅發脾氣，楚明慧冷冷淡淡地說了句。「若不喜歡她伺候，儘管去找別的更好的，府裡還住著溫柔的梅小姐呢！」

慕錦毅被她這番話刺紅了眼，大發了一頓脾氣，然後氣呼呼地出門了。
次日，他到夏氏院裡請安，見楚明慧在，連那做作的梅家表妹也在，當時也不知為何就提起子嗣一事，夏氏想將梅芳柔抬為妾室，慕錦毅下意識就望向楚明慧，只等對方反對，沒想到楚明慧面無表情地說了句「但憑母親作主」；他一下便惱了，只氣自己一片真心付之流水，也氣惱地扔了句「納吧，愛納便納吧！」說完，又氣呼呼地出門尋唐永昆喝酒去了。
喝了一整日的酒，又聽了唐永昆嘟嘟囔囔地說什麼女子太好強了、不好捂之類的話，想到成婚最初那些恩愛纏綿，慕錦毅便覺得男子漢大丈夫，稍微低一次頭也沒什麼，決定還是將什麼寧雅雲、梅芳柔早日打發了，好好與妻子過日子，再尋個婦科聖手，瞧瞧能不能調養好楚明慧的身子，就算將來還是生不了孩子，好歹也能陪著他白頭到老啊！
沒想到他剛進了家門，就見梅芳柔梳著已婚婦女的髮髻含羞帶怯地朝他行禮，他一驚，頓感大事不妙，便瞧到楚明慧冷冰冰地望了他一眼，然後「砰」的一聲關緊房門。
「世子，梅姨娘向你行禮問安呢！」直到一旁的婆子提醒他，他才回過神來。
梅姨娘？什麼梅姨娘？
原來夏氏打鐵趁熱，瞧著他出了門，立馬讓梅芳柔向楚明慧行了妾室禮，再簡簡單單地擺了個小宴，正式定下了名分。
回想事情起因，慕錦毅一巴掌拍到腦門上，活該！誰讓你賭氣！
楚明慧莫名其妙地望了一眼這個突然拍自己腦門一巴掌的男人。「怎麼了？無緣無故幹麼拍自己？」

慕錦毅訕訕笑了兩聲，湊到她身邊道：「就是想起了自己做過的蠢事。」

「什麼蠢事？」

慕錦毅小心翼翼地打量了一下她的臉色，試探著道：「是前世的，關於那個梅家表小姐的。」

「哦，前世那個梅姨娘怎麼了？」

慕錦毅心中一跳，提心弔膽、磕磕絆絆地道：「不、不是什麼梅姨娘，就是……那個我不該賭氣……」

楚明慧似笑非笑地望著他，看得他越發緊張了，話也說得更加不索利了。「都怪我，是我不好！不……不過，這次不會了，不不不，以後都不會了，再也不賭氣！」

「哦。」楚明慧淡淡地應了聲，低下頭繼續忙活她的事了。

慕錦毅忐忑不安了半晌都不見她有什麼反應，想與她說些體己話，卻怕她會突然發作；只是若這般安安靜靜地坐著，又怕她會胡思亂想，一時便有點猶豫不決了。

楚明慧若無其事地繡好了給小六的肚兜，本來接著要繡給小七的，這時翠竹來提醒。「世子爺，少夫人，時辰不早了，該歇息了。」

她這才放下尚未完工的繡活，起身朝內屋走去。

慕錦毅跟在她身後，欲言又止，最後兩人是一夜無話。

翌日。

夏氏憐惜地撫著梅芳柔的青絲，任她伏在自己懷裡抽噎，方才聽了她的哭訴，知道姊夫及續娶的妻室要將她送給一個年老的商人為妾，夏氏只恨得咬牙切齒；可任她再怎麼憐惜這個失了母親庇護的外甥女，也想不出什麼有效的方法，如今慕國公府裡早就沒她多少話權了，這次梅芳柔不請自來，還是她在太夫人跟前討好賣乖了大半日才消了她的不滿。

「原本也不敢來打擾姨母，只是，除了您這裡，阿柔不知還有誰能替我作主！」梅芳柔抬起頭，抹著眼淚抽抽噎噎地道。

「妳那繼母的確可惡了些，待我明日書信一封，好生教訓她一頓！」夏氏氣惱道。

梅芳柔一驚，書信教訓？若是自己成功留在慕國公府倒也還好，若是留不下來，將來回到家中豈不是更受罪？繼母可是睚眥必報的性子，她奈何不了姨母，可對自己卻不會手軟的！

想到這裡，她便道：「姨母快別這樣，否則阿柔日後回了家，也不知……」這種欲言又止的態度成功激起夏氏更深的憐惜心。

「還回什麼家，若是回去了，也不知她還要怎麼作踐妳呢！倒不如就先留在這府中，姨母替妳在京城擇一人家，日後離得近了，有什麼事姨母也能替妳作主。」

梅芳柔怔住了，替她擇一人家？難道她不希望自己當她的兒媳婦了嗎？以她的家世，能嫁到什麼好人家？寧為富人妾，不為窮人妻，她寧願給高門貴族當妾，也不想嫁到小門小戶當正妻！況且就算是當妾，有個既是姨母又是婆婆的長輩，日子不是過得更舒心一點？

梅芳柔一時分不清夏氏的想法，這幾日瞧著夏氏與剛進門的世子夫人並不親近，她覺得自己嫁進來當妾的前景又光明了些。

「阿柔不願嫁人，只希望一輩子留在姨母身邊孝順您，這輩子，就只有您待阿柔最好。」

夏氏嘆息著拍拍她的手。「哪有女兒家不嫁人的。」

梅芳柔不說話，只是低低垂著頭，雙手將絹帕絞來絞去。

夏氏見她這般模樣，心中一動。「莫非妳早有了意中人？」她自己當年也是私下與慕國公看對了眼，是故對這些小兒女之事並不大重規矩。

梅芳柔紅著臉，嬌羞地別過一邊。

「可是在家中相中的？」夏氏問。

梅芳柔搖搖頭，繼續紅著臉不搭話。

「那是在京城瞧上的？」夏氏繼續問。

梅芳柔臉上紅暈更盛了，只是咬著嘴唇不回答。

夏氏見她這個反應，知道自己猜對了。只是，外甥女在京城都是住在自己府中，平日自己也甚少帶她出門，她又能看中什麼人？

突然，兒子慕錦毅的臉從她腦海中浮現，夏氏嚇了一跳，莫非她瞧中的是兒子？之前她想著將外甥女許配給兒子，是故積極替外甥女製造機會，見她也相當配合，只以為她是一向柔順聽話，這才照吩咐做的，倒一時未曾想過她自己也是有意思的。

只是，如今兒子早已娶妻，外甥女已經沒機會了，難道要她作妾？這樣一來，自己日後又有何面目見九泉之下的親姊姊！

「毅兒媳婦不是好相處的。」夏氏突然冒出這樣一句話。

梅芳柔一驚，這話是什麼意思，難道姨母不想讓自己嫁給表哥？她都已經不敢妄想正室位置了，難道連妾室都不允許？世子夫人不好相處那又怎樣，現在的國公夫人還是寵愛自己的姨母啊！

梅芳柔眼中淚光點點，一臉哀戚地望著夏氏，一副心碎欲絕的模樣。

夏氏不忍，勸慰道：「妳的心思姨母也明白，只是，毅兒娶的這個妻子，真的不是容易相處的，姨母如今都不大敢惹她，上次妳穎表妹惹惱了她，還被她打了一巴掌，可太夫人照樣是護著她。如今她又掌了府中大半的事，更加不將我這個婆婆放在眼裡了，更何況是妳？」

梅芳柔低泣。「阿柔也不敢妄想，只希望這輩子能守在姨母身邊，偶爾、偶爾也能見他一面……」

夏氏定定地望著她，有點不敢置信。「妳這是何苦呢！當年妳母親去世時，我答應過她會好好照顧妳，又怎忍心讓妳與人為妾。」

梅芳柔低聲道：「與其嫁不喜之人為妻，阿柔寧願……」

夏氏長嘆。「既然妳心意已定，姨母也無話可說，只是毅兒……還有太夫人那邊，都是問題。」

梅芳柔低著頭，暗道：只要妳支持，那些都不會是問題！

縱使慕淑穎再不樂意，她與程家的親事仍訂了下來，楚明慧忙進忙出的同時，時不時還能偶遇梅芳柔，比如現在。

「表嫂。」梅芳柔向她行了個標準的禮。

楚明慧皺眉盯著她。「表姑娘若是無事，還請讓一讓，這裡進進出出的下人較多，萬一衝撞了表姑娘就不好了。」

梅芳柔暗惱，若不是尋不得時機單獨會一會這位世子夫人，她又何苦在這人來人往的路上「偶遇」她！

「我只是見妳一直很忙，怕妳累著了，想著能否搭把手，表嫂是……」

「多謝表姑娘了，只是來者是客，不敢煩勞表姑娘，再者如今這些都是我的分內之事，不敢叫累；表姑娘若是覺得悶了，便去多陪陪三妹妹吧，終究妳們倆是表姊妹，一向又極為親近，如今她親事已訂，不久便要出嫁，妳多與她聊聊也是好的。」楚明慧不耐煩招呼她，直截了當打斷她的話，然後朝著不遠處的小丫鬟招招手。「伺候表小姐到三小姐屋裡去，順便讓廚房準備些點心帶過去，好生伺候著！」

小丫鬟點點頭，朝梅芳柔福了福。「表小姐，這邊請。」

梅芳柔不曾想到對方如此不給她面子，直接就打發她了，不由滿臉通紅，但到底人在屋簷下，只得委屈地福了福身子，跟在小丫鬟身後走了。

第三十七章

梅芳柔到了慕淑穎門外，就見她正朝著丫鬟秋琴發脾氣，把幾疋大紅的綾羅綢緞扔得滿地都是，而秋琴被她罵得瑟瑟發抖，也不敢還嘴。

她在外面聽了好一會兒，才弄清楚表妹發脾氣的原因，原來是嫌這些布料不好，配不上她國公府小姐的身分。

其實哪裡是布料不好，裡面每一疋都是極為難得的珍品，只不過是慕淑穎自己不滿意這門親事，自然事事瞧不順眼，配不上她的不是這些布疋，而是程家。

梅芳柔看著滿地的珠寶頭面、綾羅綢緞，只覺得十分扎眼，這些隨便一件就夠普通人家吃穿用度幾年的物品，居然還被嫌棄至此。慕淑穎出身高貴，什麼都瞧不上眼，而自己是小門小戶之女，就得為了謀個妾室位置多番費心，她暗暗怨恨上天何等不公好一會兒，才裝著若無其事的樣子笑著問：「穎表妹，這是怎麼了，誰惹惱妳直接打發出去便是了，何苦氣著自己呢！」

慕淑穎見她進來，餘怒未消地招呼了句。「梅表姊。」

梅芳柔轉頭吩咐秋琴好生收拾地上的東西，這才拉著慕淑穎的手進了裡屋。

「妳若不滿意這門親事，讓姨母去同太夫人回了便是，何苦氣成這樣？」梅芳柔拉著她在榻上坐下，輕聲勸道。

「母親什麼也不敢說，祖母瞪她一眼，她就嚇得腿軟了，哪還敢替我說話。」慕淑穎氣憤不平。

梅芳柔眼珠一轉，裝作不經意地道：「既然姨母在太夫人面前說不上話，那妳為何不尋個能說得了話的人？我來了這些日子，瞧著大表嫂在太夫人跟前頗為得臉，她又是妳親大嫂，為何不去尋她替妳說情？」

一聽她提起楚明慧，慕淑穎氣不打一處來。「我何曾沒有尋過她，可她偏不肯，這算什麼大嫂，連這點小事都不願替人出頭！」

梅芳柔心思一動，蛾眉輕蹙，憂心忡忡地道：「表嫂是這等人嗎？如今妳尚且未嫁，她就不願替妳出頭了，萬一將來妳在夫家受了委屈，她……」邊說邊偷偷打量慕淑穎的表情，見她臉色越來越暗，心中一喜，點到即止的效果比直白明說還要好些。

慕淑穎死死揪住帕子，心中一片驚怒，她如何想不到這層，前段時間楚明涵也這般勸過她，還說什麼「長嫂如母」，楚明慧身為慕國公府未來的當家主母，又是她的親嫂子，自然該凡事替她出頭才是。

如今只不過讓她回絕了這門親事，她都萬般推卻，萬一將來她嫁到程家受了委屈，她又怎可能替自己出頭？

梅芳柔見她臉色越來越差，心中暗喜，裝出一副同情的模樣道：「穎表妹，真是……要不妳還是服軟吧，好歹她也是世子夫人，未來還是國公夫人。」

「休想！她憑什麼讓我服軟？哪有小姑子向嫂嫂服軟的！」慕淑穎大怒，一掌拍在榻邊扶手上。

梅芳柔垂下頭掩飾臉上笑意，就知道她會是這個反應！

楚明慧自不知梅芳柔暗裡在慕淑穎處算計她。

這日，她陪著太夫人上香，恰巧遇到了凌夫人，凌夫人與她說了幾句話，聽聞慕國公府太夫人也在，便提出要拜見太夫人。

楚明慧又領著她見了太夫人，太夫人自然和顏悅色，客氣周到，三人一時相談甚歡。

因太夫人要去寺中聽師父講經，楚明慧便繼續陪著凌夫人閒聊著。

「聽聞伯母替佑寧哥選好了未來嫂子，不知選的是哪家？」楚明慧問。

凌夫人笑笑。「那姑娘妳也認得，就是方家的三姑娘，閨名青筠。」

楚明慧一怔。「青筠妹妹？」

「可不就是她！」

方青筠性情直爽，凌佑寧脾氣溫和，兩人湊一對倒也極相配。想到直率的方青筠，楚明慧不禁替她慶幸，凌伯母慈愛，凌大嫂子寬厚，青筠妹妹嫁進去倒也能過得十分舒坦。

「恭喜伯母了，青筠妹妹是個難得的好姑娘。」楚明慧真誠地祝賀。

凌夫人客氣了一番，這才道：「妳府裡庶出的二姑娘可訂了親事？若是沒有，我這倒有個人選，就是不知妳意下如何？」

楚明慧一愣，一時反應不過來這個庶出的二姑娘是誰，待聽了凌夫人的話才恍然大悟，原來是指慕錦毅的庶妹慕淑琪。

想到慕淑琪這段時間常來陪著她說話，偶爾還幫著她做些小玩意給那對雙胞胎弟弟，加上又憐惜她的處境，楚明慧倒是想替她尋一樁好婚事，只是她畢竟父母尚在，說親什麼的也輪不到她這個做嫂嫂的。

如今聽凌夫人這番話，她倒是心思一動，橫豎太夫人也在，若是個好人家，不如就先回了太夫人，讓太夫人出面，這樣一來夏氏也無話可說。

「二妹妹尚未訂親，如今府上只訂下了三妹妹的親事，不知伯母說的是哪家公子？」

「我說的這個是淳親王府庶出的三公子，雖是庶出，但一直養在王妃跟前，與世子相處得也極好。妳家二姑娘我曾見過幾次，看得出是個懂事的人，而且也不像眼皮子淺的，不知妳意下如何？」

「伯母一番好意明慧記在心上了，老實說，府中未嫁的三位妹妹，這個二妹妹是最懂事的，就是怕王妃那邊會嫌棄她的出身。」楚明慧有點擔心。她自然希望慕淑琪能有個好歸宿，只是淳親王府門第太高了些，她雖然出身慕國公府，但到底是庶出。

「這個妳不必擔心，王妃本也想替三公子擇一家門第稍低點的嫡女，但這位三公子說小門小戶的怕不懂規矩，還要勞累王妃辛苦教導，倒不如挑個大戶人家出身的庶女，好歹見識也廣些。」凌夫人道。

「既如此，等會我便將此事告知祖母，若祖母也無異議，還要煩勞伯母從中牽線。」

「這是自然，我也只是想提前與妳說一下。」凌夫人點點頭。

太夫人出來後，楚明慧便將此事詳細稟告給她。

「好啊，這倒是門極好的親事，若是能成，倒也了卻我一樁心事。」太夫人大喜。

慕淑穎自然配不上淳親王世子，但慕淑琪配個親王府的庶子倒是可以的。

「既然祖母沒有意見，那孫媳婦便命人去跟凌伯母說一聲，勞她奔波一番。」

太夫人笑道：「妳代祖母好生謝謝她，若是親事成了，祖母給她封個大大的紅包。」

凌夫人得到了准信，自然也樂意走這一趟。淳親王妃聽了她的話，提出想見見慕淑琪的想法，這才好定奪，凌夫人便又將她的意思轉達給慕國公府太夫人。

太夫人點點頭。「見一見也好，畢竟結親是一輩子之事，如此也慎重一點，只是由誰帶著二丫頭去呢？」

論身分，本應是夏氏帶去最適合，只可惜如今太夫人連慕淑穎的親事都不允許她插手了，加上這次的對象是親王妃，她又怎敢再冒險！

凌夫人笑道：「這有什麼，讓明慧帶著她去不就行了，王妃的意思也是這樣，讓王府二小姐邀請幾家小姐到他們府上遊玩，這樣一來也不會顯得過於刻意。」

淳親王府二小姐是庶女，邀請同為庶女的慕淑琪過府最正常不過，而楚明慧作為長嫂帶著小姑同去也不為過，於是事情就定下了。

慕淑琪的生母江姨娘得知太夫人有意將女兒許給淳親王府的三公子，不禁又驚又喜，尤其是慕淑琪，她原以為自己早就被祖母忘到九霄雲外了，沒想到她居然會替自己謀了這樣一樁好親事。

江姨娘提醒她。「這門親事想來是少夫人的功勞。」

「大嫂？」慕淑琪一怔。

「妳想想，國公府與凌尚書府素無來往，凌夫人怎會無緣無故牽這樣的線，要知道，凌家大小姐可是少夫人的親嫂子，想來凌夫人也是看在少夫人的面子才會提了這門親事，否則京城名門庶女多的是，她怎會挑了妳？」

慕淑琪細想一下，亦點頭認同。「想來也是，女兒與各府小姐並無深交，往日出門都甚少，又怎會入得了凌夫人的眼。」

「妳也不必妄自菲薄，凌夫人既挑了妳，自然清楚姨娘的阿琪是個好姑娘，否則她又怎敢向王妃提？」江姨娘慈愛地撫著她的髮絲。

「還是妳有遠見，曉得親近少夫人，若是與以往一般繼續站在夫人這邊，想來今日也無這等親事了。」

慕淑琪伏在她懷中，低聲道：「女兒曉得的，若是將來有機會，自然會報答大嫂這番照拂之恩。」

之後，淳親王妃見過慕淑琪，覺得她談吐舉止都合規矩，而且性情頗為溫和，加上又出自慕國公府，想想也覺得與庶子甚為般配，於是便同意了。

二小姐慕淑琪將嫁入淳親王府的消息如長了翅膀一般傳遍了整個慕國公府。夏氏得知後心中極為不舒服，庶女嫁入高門，嫡女卻低嫁，她覺得婆婆實在是偏心得過分，難道在她眼中庶出的反而比嫡出的更尊貴？憑什麼慕淑琪這樣一個庶女可以嫁入王府，而自己的女兒就得嫁個四品官之子！

「當初我想將阿穎說給淳親王世子，她說阿穎配不上人家，如今又將一個賤種嫁到王府，簡直是欺人太甚！」夏氏一掌拍在桌上，大怒。

「夫人息怒，二小姐嫁的可是庶子，將來王府分了家，一樣得出去單過；程家如今雖只是四品，但四公子是嫡出，又一向得程大人與程夫人寵愛，將來就算是分了家，也必定差不到哪裡去。」綠屏柔聲安慰。

「我自然知道她嫁的是庶子，只是為何偏偏是我提過的那家，若是其他家倒也罷了！」夏氏氣不過。

綠屏嘆口氣，一個庶女而已，左右不過添副嫁妝，嫁得好自然是家族助力，嫁得不好也是她的命，有什麼好計較的呢！

而另一邊，慕淑穎氣得將房裡所有的瓷器砸了個稀巴爛，她不管什麼庶子不庶子，只知道慕淑琪是嫁入高門，而她這個嫡出的小姐反而是低嫁。

「憑什麼她一個庶出女可以嫁到王府，我就得嫁個四品官的兒子！」慕淑穎氣紅了眼，她不敢想像若有一日慕淑琪比她更尊貴，那該怎麼辦？一直以來對方都是卑微的，自己也從不將她放在眼內，如今訂下這門親事，就算她嫁的是庶子，可到底也是王府中人啊！

梅芳柔因她瘋狂似的大發雷霆而嚇得一顆心怦怦亂跳，見慕淑穎這般不忿，又想到自己無意中聽到的事，便出聲道：「我聽聞與王府這門親事和表嫂有點關係，只是也不知真或假。」

慕淑穎大怒。「我就知道是她，她就是瞧不得我好過，明知我瞧不上她們，還偏將她們捧得高高的，也不想想對方配不配！」

「表嫂一向與她們親近，為她們出面也是有的。」梅芳柔意有所指。

「為她們出面？怎麼不見她替我出面？明明我才是大哥的同胞妹妹！」慕淑穎更為惱怒。

「事到如今，也只能這樣了，誰讓她現在是世子夫人呢！」梅芳柔嘆息。

慕淑穎心情不暢地在花園裡亂逛，秋琴遠遠地跟在她身後，既不敢離得太遠，也不敢走得太近，就怕她會突然發作。

不知不覺走到了府中的碧水湖旁，慕淑穎百般煩躁地隨手扯著一旁伸出的枝枒，庶姊慕淑琪將嫁入淳親王府之事實在讓她氣不過，尤其是聽聞這門親事還是楚明慧牽的線，她不止一次地想，倘若她的長嫂不是楚明慧該有多好啊！

楚明慧帶著燕容往慕淑琪院裡去，如今淳親王府已經派了媒人上門，兩家算是正式訂下了親事，身為掌事的世子夫人，她身上的擔子更重了。

走著走著，她突然感到一陣不舒服，定睛一看，見此處赫然是前世她被慕淑穎推倒小產的花園西角碧水湖。自嫁進慕國公府之後，她刻意不再走這一段路，就怕自己想起前世失去孩兒之事，今日只顧著與燕容說事，倒是一時不察走到這邊來了，這條路其實是通往慕淑琪處最近的路，大概燕容瞧著她急匆匆的模樣，便引著她走了近路。

「喵嗚！」突然冒出的貓叫聲著著實實嚇了楚明慧一跳，這聲音聽著倒有點像小孩子的叫聲。

楚明慧心怦怦直跳，讓她難受不已，她不禁捂住心口，另一手則扶著身邊的小假山。

「少夫人，妳怎麼了？可是身子不適？」燕容一驚，急忙上前扶著她，關切地問。

「沒事，大概是有點累著了，我歇一會兒就好。」楚明慧擺擺手，示意她不必驚慌。

「對了，方才讓妳拿給二妹妹看的幾方布料，妳可帶了樣板過來？待會兒讓二妹妹自己挑選。」

燕容點點頭，隨手往袖裡一探。「拿來了，正是……啊！」

「怎麼了？」楚明慧被她的驚呼嚇了一跳。

「少夫人恕罪，那幾方布料不見了。」燕容哭喪著臉。

「怎會不見了？出門之前還好好的。」楚明慧皺眉問。

「許是方才被樹枝刮一下而掉了，奴婢回去找一找？」

「快去快回！」

燕容應了一聲，急急往回走去尋丟失的那幾方布料。

楚明慧留在原地，打量了一下四周，待發現她現在站的這處正是前世她被推倒之地，心裡一陣陣的抽痛。

那是她上輩子唯一的孩子啊！若是他能平平安安地生下來，自己對這人世也能多一分期待。慕淑穎，她怎能那般惡毒，自己對她一再退讓，反而讓對方得寸進尺……

還有楚明涵，有這樣的姊姊嗎？說什麼「無子可休妻」，若不是盈碧親耳聽到這番話，她打死也不敢相信，一向溫柔可親的二姊姊會這般對她！無子可休妻，她是盼著慕錦毅休了自己？

前世楚明涵的夫君爭氣，人人都捧著她，她又怎能做出覬覦妹夫這種下作事來！

她的孩兒，唯一的孩兒，就這樣失去了——

楚明慧感覺呼吸困難，每每到了此處她都像被挖心一般痛，這個地方，是她的噩夢所在，是她的怨恨之源！

她一手抓住小假山探出來的石塊，一手捂著胸口大口地喘氣，卻不察她的身後，一個身影一點一點地靠近她，那身影慢慢伸出雙手，對著她的後背緩緩地探去——

「三小姐！」

楚明慧正被那些失子之恨糾纏著，突然被身後燕容的驚呼聲嚇得回過神來，她下意識地回過頭，便見慕淑穎欲用手推倒自己，而燕容正扯著慕淑穎的一方衣袖要制止她。

那一瞬，一幅幅畫面飛速地從她眼前閃過——

獨自在碧水湖邊散步的自己，突然伸出的雙手，「撲通」的落水聲，在湖水中抱著肚子無聲呼叫、痛苦掙扎的自己……

那些恨意一下湧上心頭，楚明慧猛地伸出雙手抓住慕淑穎，然後用力一蹬，死死扯著她往碧水湖裡倒去——

只聽「撲通」的一聲響，兩人雙雙跌落碧水湖中！

慕淑穎死命掙扎，但楚明慧緊緊反剪著她雙手，硬拖著她往湖底沈去。

湖裡的水草漂過來，有些纏住楚明慧的腳，可她顧不得這些，現在她腦中只有一個想法：殺了她，殺了這個前世害死她孩兒的凶手！

她咬著牙，拚盡全力扯著慕淑穎往湖水深處沈下去，就算是拚上自己的性命，也絕對要讓她付出代價！

楚明慧紅著眼，眼中全是刻骨的仇恨，直到湖底那一塊圓滑的大石塊出現在她的視線當中。她死死扣著慕淑穎雙手，突然用力踢著雙腿，兩人直直往那大石撞去——

「噗」的一下悶響，慕淑穎直接撞上了大石，而她身後的楚明慧又撞上了她後背，她痛得欲張口大叫，那湖水便灌進她嘴裡。

然後又是一下、兩下，楚明慧完全失去了理智，腦中全是前世她沈在湖中無助地掙扎，周圍的湖水一點點變成紅色，那是她的孩兒……

這塊石頭，正是前世她落水時撞上的那塊，因果報應，今生也勢必讓慕淑穎嚐一嚐當中的滋味！

這個地方，今生她不曾踏足，可前世失子之後，她無數次一個人靜悄悄地來到這裡，整個人泡進湖水中，任身體一點點下沈，她只能透過這種方式，一點點感受那個未來得及出生便失去的孩兒。

慕淑穎被楚明慧推著撞上大石，感到一陣陣劇痛，她覺得自己大概要死在這湖水中了，她現在極為後悔，後悔一時鬼迷心竅想著只要楚明慧死了，就能讓母親挑一個對自己好、會替自己出頭的大嫂，以後她仍是慕國公府最尊貴的嫡小姐！

現在，她只覺得身後那個人絕對是魔鬼，那一下比一下狠的撞擊讓她連呼痛的力氣都沒有了，原來當初她掌摑自己時那種殺氣騰騰的眼神不是自己的錯覺，她真的想殺了她！

楚明慧拚盡力氣推著慕淑穎撞擊了幾次，終於也脫力了。

腳下的水草越纏越多，楚明慧的意識開始迷離了，同歸於盡嗎？也挺好的，至少算是報了仇，也不用對著仇人笑臉相迎。想著嫁進來這段日子，她居然能對著殺子仇人一忍再忍，她都不禁佩服自己的忍耐力了。

如今這樣也好，死在此地，也不知這次死後能不能見到那個無緣的孩子……

湖水一波波地飄盪著，兩個原本疊在一起的女子漸漸散開來，一個朝著左邊漂去，一個朝著右邊漂去，只有原地的石塊上黏著一絲血跡，湖水盪過後，便了無痕跡，彷彿之前那些驚心動魄不曾有過一般。

慕錦毅心急如焚地催馬飛奔進府，方才府裡有人來稟，世子夫人與三小姐雙雙落水！他顧不得下屬震驚的目光，直接飛身上馬往國公府方向奔去，他不敢想像，如果今生又看到楚明慧渾身冰冷地躺在他的面前，自己會怎樣，重活一次已是上天恩賜，若結果仍是生離死別，他寧願不重活這一遭！

高大的棗紅馬發力奔跑，載著六神無主的主人往目的地奔去——

慕國公府守門的小廝尚未來得及見禮，便覺「呼」的一下，剛才還在面前的世子爺便不見了蹤影。

「少夫人怎樣了？」慕錦毅以平生最快的速度奔回了文慶院，見盈碧一臉淚痕地站在門外，他臉色一下子變得慘白，但仍強作鎮靜地顫著聲音問。

「少夫人還沒醒過來，大夫人與翠竹姊姊在裡頭，王大夫也在裡面，不讓其他人進去。」盈碧抹著眼淚，抽泣著回道。

慕錦毅的腳步在聽到她最後一句話後頓住了，他定定地站在原處，雙眼一動也不動地盯著房門。

也不知過了多久，那房門終於「嘎吱」一聲從裡面打開了，滿頭白髮的老大夫從裡面出來，身後的翠竹邊抹著眼淚邊道謝。

「她、她怎樣了？」慕錦毅一個箭步上前，死死抓著老大夫的手臂，著急地問。

「世子放心，世子夫人沒有大礙，只是脫力了，加上又嗆了幾口水，這才一時醒不過來，待她休息夠了，再用了藥就沒事了。只不過這段時間得注意別受涼了，若是照顧不周，將來子嗣會有影響的。」老大夫也不將他的無禮放在心上，溫言回道。

「那就好、那就好，人沒事就好！」慕錦毅慶幸道。

老大夫有點意外地望著他，他以為他會先問將來子嗣會有什麼影響呢！

「大姪兒別擔心，王大夫醫術極好，他既然這般說了，姪兒媳婦定會沒事的，你不如到裡面去瞧瞧？」喬氏安慰道。

「多謝大伯母了！多謝先生！」慕錦毅拱拱手謝過喬氏與老大夫，這才急忙往屋裡走去。

寬大的雕花床上，楚明慧一動也不動地躺在上面，慕錦毅輕輕坐在旁邊，雙手顫抖著抓住她露出錦被外的右手，慢慢貼在自己的臉上。

「明慧……」他啞著聲音喚了聲，見對方仍然沒有半點反應，他的心一下子提到了嗓子眼，於是顫顫巍巍地伸出右手食指靠近她鼻前，直到感覺到輕柔的呼吸，他才放下心來。

還活著，還活著！沒有如前世那般離自己而去。

一滴眼淚從他眼角滑落下來，掉落在錦被上，然後沒了蹤跡……

他將整張臉埋入包著楚明慧右手的雙掌中，無聲落淚……

這種痛徹心腑，彷彿被整個世間拋棄的感覺，他前世已經歷過一次了，這一生如果再來一遍，他不敢想像他會如何。

與天人永隔相比，什麼求而無門、愛而不得都算不得什麼，沒有什麼能比知道對方好好地活著更重要！

此時此刻，他才猛然醒悟，其實這一生他本不應該再去招惹她的，讓她好好地、平平靜靜地嫁人、生子、終老，這才是彼此的幸福。

落水，怎會落水？前世他在前方征戰，得知家中妻子懷有身孕，待拚盡全力平定了戰事，帶著為人父的狂喜返家時，迎接他的卻不是溫柔的妻子、嗷嗷待哺的稚子——

而是他唯一且尚未來得及出生的孩兒，已死在他親妹妹的手上！

第三十八章

楚明慧一直昏迷不醒，這期間慕錦毅雖大多數時間都守在她身邊，但對一同落水的慕淑穎也甚為擔心，便喚來染珠到三小姐院裡問問情況。

世子夫人與三小姐同時落水，在慕國公府如同一石激起千層浪，太夫人收到消息時差點要暈過去了。

好不容易文慶院那邊來人說少夫人沒有大礙，只是要好生歇息不能再受涼，否則將來子嗣會艱難些。

太夫人生生嚇出一頭冷汗，子嗣艱難？那嫡出重孫子豈不是要空盼一場？於是她急急命人詳細地問過王大夫，直到王大夫再三保證世子夫人並無子嗣上的問題，只是要注意別受涼。

太夫人得了保證也放下心來，即刻下令一直負責調理楚明慧身子的齊婆子定要好生照顧少夫人，齊婆子原就是專門照顧楚明慧的，自然滿口答應！

而另一邊的慕淑穎情況就不那麼樂觀了，屋裡血水一盆一盆地送出來，夏氏哭得肝腸寸斷，梅芳柔一直柔聲勸慰著她，只是夏氏完全聽不進她的話；她膝下兩子一女，最疼愛的便是這個女兒，明明上午人還好好的，出去轉了一圈就成這副模樣，如今躺在裡面生死未卜，她又怎安得下心來，只恨不得代女兒受了這苦難！

慕錦毅見楚明慧一直昏迷不醒，大夫雖說並無大礙，但人一日未清醒，他便一日都放不下心來。

這會兒，他派去打探慕淑穎情況的染珠終於回來了，待染珠回稟說三小姐情況不樂觀，已經來了幾位大夫，但人一直沒有好轉時，慕錦毅大驚，兩人一起落水，為何一個會傷得那般重，在湖底到底發生了什麼事？或者說她們是怎麼落水的？

「今日是何人跟在少夫人身邊伺候的？」

「回世子，是燕容姊姊。」

「讓燕容來見我！」慕錦毅沈聲吩咐。

待燕容到了他跟前，也不待對方行禮便恨恨地道：「我讓妳貼身保護少夫人的安全，妳就是這樣保護的？」

燕容「咚」一下跪在地上。「屬下辦事不力，請主子責罰！」

「責罰有何用？人都這般模樣了，妳不是身手靈活嗎？為何會眼睜睜看著她們落水？」

燕容低著頭不敢答話，她已經拚盡全力施展功夫衝上去阻止了，仍只是來得及拉住慕淑穎的衣袖，可是楚明慧突然發力打了她一個措手不及，一怔之下，兩人就已經掉落湖中不見蹤跡了。

「她們到底是怎樣掉下去的？」慕錦毅深吸口氣，穩住聲音問。

燕容猶豫不決，不知是否要將實情告知。她看得清清楚楚，三小姐雖想推少夫人下水，但她出聲制止後對方的動作就頓住了，是少夫人突然扯著她一起跌落碧水湖。如今這天氣雖算不上寒冷，但整個人泡在湖水中還是極為難受，何況是少夫人這種十指不沾陽春水的弱質女子。

所以，燕容覺得楚明慧這種行為像是要與慕淑穎同歸於盡似的，她們之間有那麼大仇恨嗎？這種想法一直糾結在她心裡，如今慕錦毅這樣問她，反而不知這些話說出去他是否會相信。

慕錦毅見她不出聲，又沈聲道：「到底發生了什麼，為何兩人會落水？」

燕容見他發怒，只得一五一十地將事情經過道出。

慕錦毅越聽心越往下沈，三妹妹她……還有明慧……

他頹然跌坐在椅上，心中一片悲戚，他以為她已經慢慢放下孩子的事了，沒想到她卻是一直埋在心底深處，三妹妹那一推，想來是勾起她的恨意了，同歸於盡……他到底小瞧了一位失子母親的怨恨！

「少夫人拉著三小姐墜入碧水湖，這話不要對任何人說起，記住，妳沒有看到那一幕。」慕錦毅啞聲吩咐道。

燕容十分震驚，世子可知他在說什麼？若她不曾看到這一幕，那便是三小姐推少夫人下碧水湖不小心連累自個兒，這樣一來，責任就在三小姐慕淑穎身上了。

「下去吧，記住我方才說的。」

燕容退下後，慕錦毅如石像般一動也不動地坐在椅上，這一生的三妹妹，又是要間接毀在他手上了，若有來生，只願她再也不要有像自己這般的兄長。

一絲霧氣遮住了他的視線，他仰頭，將淚意死死地逼回去。

另一廂，太夫人也為慕淑穎如今生死未卜的境況憂心不已，這個孫女她雖一向看不上眼，但到底也是她的親孫女，哪會希望她有事呢？

「丫鬟到底是怎麼伺候的，怎會讓人掉到湖裡去了？是哪個跟著伺候的？」太夫人大怒，厲聲喝問。

「回太夫人，今日伺候三小姐的是秋琴，而少夫人那邊則是燕容。」丫鬟秀英急忙回道。

「讓這兩人速來見我！」

燕容與秋琴來到後，太夫人一拍桌面。「妳們是怎麼伺候的？好端端的人怎會掉進碧水湖中？」

兩人被這番氣勢嚇得顫抖不停，太夫人一見便不耐煩了。「秋琴，妳說！」

秋琴伏在地上帶著哭音道：「奴婢不敢瞞太夫人，今日三小姐因二小姐親事而心裡不暢快，就到花園裡散心，奴婢怕惹了三小姐不快，不敢跟得太近，只是遠遠照看著；後來見三小姐往少夫人身後走去，欲、欲……」

「她朝少夫人身後走去做什麼？說！」太夫人心底升起一絲不好的預感，見秋琴吞吞吐吐的，不由又急又怒。

「她……她、她伸手去推少夫人，燕容姊姊飛跑過來阻止不及，眼睜睜看著她們兩個一起掉了下去，再後來燕容姊姊也跟著跳下去救她們，奴婢不會泅水，只得大聲呼救，恰好劉嫂子經過，也跳下湖裡救起了三小姐。」秋琴不敢再隱瞞，一口氣將此事經過道來。

太夫人只覺眼前一黑，差點一頭栽倒在地，嚇得一旁的劉嬤嬤連忙扶著她。

這叫什麼，害人終害己？太夫人覺得她已經不知要怎樣處置此事了，害人者命在旦夕，被害的反而沒什麼事，難道要處置這個幸運的被害者？

「三小姐為何會做出這樣的事，她對少夫人到底有什麼不滿，要讓她生出那等惡毒心思？」

「回太夫人，三小姐之前去尋少夫人，要少夫人替她拒了程家這門親事，可少夫人不允。後來三小姐又聽聞二小姐與淳親王府的親事是少夫人牽的線，三小姐、三小姐……」秋琴支支吾吾的，不敢再說。

「就因為這樣？」太夫人不敢置信，因為這些事就要害人？

「太夫人，冰凍三尺非一日之寒啊！」一旁聽了半晌的劉嬤嬤嘆道。

太夫人又問了燕容，說詞基本上與秋琴說的吻合，她悲哀地捶打著大腿。「這到底是造的什麼孽啊！」

小姑子要謀害親嫂子，這事傳出去，慕國公府的名聲還要不要啊？若晉安侯府得知自家姑娘竟然遭此大罪可會輕易饒過？

她這會兒只覺得烏雲罩頂，若早知這個孫女有朝一日會闖出這樣的禍來，她當初就該狠下心直接將人送到家廟了！

楚明慧幽幽轉醒時已是次日晌午，她還尚未看清楚周圍的事物，便聽到盈碧喜極而泣的聲音。

「少夫人醒了！」接著便是「噠噠噠」的腳步聲，一會兒又響起翠竹、玉秋、燕容等婢女的聲音。

楚明慧怔怔地望著這些溢滿關切的臉，喃喃地道：「我沒死？」

「呸呸呸！胡說什麼呢，妳一定會長命百歲的。」翠竹連連啐了幾口。

楚明慧扯出一絲虛弱的笑容。「好，是我說錯話了。」

翠竹見一向身子極好的少夫人這般羸弱的模樣，鼻子一酸。「快別說這些不吉利的話了，大夫說妳要好好休養，世子這兩日一直守著妳，方才被國公夫人叫去了，大概是三小姐的狀況不大好。」

楚明慧怔住了，慕淑穎……她怎麼了？想到落水前那一幕，她不禁又湧起幾分恨意！

無論前世今生，不管她有孕無孕，慕淑穎一樣會對她下狠手，她想不出自己到底哪裡礙著她了，前世步步忍讓，她不放過；今生寸步不讓，她依然不放過自己。

原本前世就與她有殺子之仇，今生她拚命克制自己才能做到若無其事，那日在前世失去孩子的同個地點，慕淑穎又對自己做同樣一件事，若她再退讓，怎對得起那個可憐的孩子？所以，即便同歸於盡，她也要讓對方付出代價！

楚明慧醒來之後，在翠竹的伺候下用過藥湯，才覺得有了點力氣，本想到外面透透氣，可她們死活不讓，楚明慧沒有辦法，只得靠坐在床上看著翡翠逗弄窗邊那隻紅嘴鸚鵡。

「世子爺回來了。」屋外丫鬟通報。

屋內的翠竹等人急忙見禮，只見慕錦毅大步走了進來，也顧不得在場的幾位婢女，直直往楚明慧那兒走去。

「可曾好了些？若有不舒服的地方一定要說，千萬別忍著。」慕錦毅直接在床邊坐下，拉著楚明慧的手輕柔地問。

楚明慧定定地望著他，心中一時百感交集，若他知道慕淑穎這般是她造成的，可會怨怪於她？

翠竹等人相視一笑，靜悄悄地退了出去，並貼心地輕輕帶上門，將空間留給裡面的小夫妻。

「慕淑穎……」楚明慧剛開口，便被慕錦毅急急打斷了。

「可用過藥了？翠竹她們可伺候妳用了膳食？大夫說現在要吃些清淡的，不過妳口味一向輕，吃得清淡點也沒什麼。大夫還說了讓妳好好休養一段時間，府中的事就暫且讓大伯母管吧，她之前也做過這些，應該問題不大，還有……」

「慕錦毅！」楚明慧大聲喝止他。「你到底在逃避什麼？你猜到了是不是，猜到了我是故意的是不是？猜到慕淑穎這般模樣是我害的是不是？」

慕錦毅痛苦地閉上眼，片刻才啞著嗓子低聲道：「妳為什麼要說這些？三妹妹她……她的身子徹底毀了！」

「身子毀了？那你可還記得，前世我的身子也毀了，就拜你這位好妹妹所賜！」楚明慧忍著淚水，咬牙切齒，一字一字地道。

「你如今覺得難受、覺得痛苦？你可曾想過我的感受？你總以為我是因你納妾一事恨你，可你知不知道，我最恨你的就是你明知她害了我與孩子，卻仍任由她隔三差五回來噁心我！」前世她小產之時，慕淑穎早已出嫁，太夫人生怕因此事累了與晉安侯府的關係，直接將慕淑穎趕出了家門，讓她今後無事不要再回娘家。

可是慕錦毅得勝歸來後，慕淑穎又隔三差五地以探望兄長為名回國公府擺嫡小姐的威風，對著被她害慘的楚明慧也無半點悔意，慕錦毅明知真相卻仍然由著她橫行霸道，正是這一點，讓楚明慧實在無法原諒他！

一個對孩子的死都無動於衷，任由凶手張牙舞爪、作威作福的男人，讓她怎能不怨，怎能不恨？她可以原諒他那些納妾的不得已，可她無法原諒他對孩子的冷漠！

慕錦毅臉色慘白，原來她沒了最初那般恨，餘下的這些恨依然是那樣的深，那樣的濃。

「她害得我終生不能再有自己的孩子，可她卻能子孫繞膝，前世我無法報仇，今生她既不知收斂，我為何要讓她好過?!」

只要一想到害人的凶手還能那般逍遙，她心中的仇恨又冒了上來，紅著眼憋著淚惡狠狠地道：「我本欲平靜度過此生，可你偏將我拉到這泥潭裡，既然如此，就不要怪我心狠手辣對付她！再者，你憑什麼讓我放過前世害了我之人？」

慕錦毅白著臉，定定地望著她，心中如驚濤駭浪般，他從不知，原來她的恨意竟是那樣的深！

「她生不出。」慕錦毅突然低低地道。

「什麼？」楚明慧不明所以。

「前世的三妹妹，她生不出自己的孩兒，盈碧，給她下了絕子藥！」慕錦毅望著她，一字一字地道。

「你胡說！」

慕錦毅慘然一笑。「盈碧給她下絕子藥時，我就在窗外，是我將廚房的人調開的。」

孩子是那樣沒了，他怎會不心痛？親妹妹做錯了事卻不知悔改，他又怎會不怪不恨？只是，再恨那個人都是他的親妹妹，是幼時總愛跟在他屁股後面「哥哥、哥哥」地叫個不停的親妹妹，他再恨也對她下不了狠手！

只是，當他發現盈碧偷偷讓人買絕子藥，並且趁人不備就要倒進廚房裡準備熬給慕淑穎的湯裡，他下意識地讓慕維引開了正要返回廚房的婆子，就站在窗邊眼睜睜地看著盈碧將藥一股腦兒全倒了進去。

那一刻他才發現，原來他竟然也是那樣的怨恨！

之後慕淑穎一如既往地刁難楚明慧，他看在眼裡，也看到了楚明慧眼中對他的失望，可是，他什麼也不能說，要他怎麼說？說他縱容了盈碧懲罰妹妹？說他的妹妹害人終害己，這一生也如她一般生不出孩子了？

讓他用一位至親後半生的痛苦去讓另一位至親開懷，他，做不到！

他只能逃避，遠遠地逃開來，既無法面對妻子的失望怨恨，也無法面對妹妹無知的逍遙自在。他用繁重的公務來麻痺自己，不能歸家的理由一個接一個越說越順口，他以這種懦弱的方式避開了家中的一切，直到晉安侯府二老爺，他的岳父出了事，他才從遠方趕了回來……

這一生，他的妻子與妹妹又陷入了那種境地，想到至今未清醒的慕淑穎，他覺得心中極為難受，上輩子他縱容旁人害了她，今生他又包庇毀了她的人，雖說兩次都是她錯在先，但是……

他再一次感受到自己重生了一次，有些事並沒有變化，他雖然預知了結果，但未有多大魄力去改變，上蒼讓他重活可並沒有賜予他逆天的能力，該發生的事情兜轉一圈還是會發生。

楚明慧怔怔地望著眼前這個滿臉痛苦的男子，前世的慕淑穎被下了絕子藥？想到盈碧那決絕的性子，的確是做得出這樣的事。後來慕錦毅將盈碧的夫君劉通遠遠調離了京城，就是想讓他們夫妻倆徹底離了國公府這些事？

她突然覺得很迷茫，也彷彿不認識眼前的人一般，他到底在她不知道的情況下做了多少事？

兩輩子加在一起，她才發現其實自己並沒有多瞭解他。

兩人均是沈默不語，屋裡一時陷入了靜謐當中。

「落水之事，無論旁人怎樣問妳，妳都不要說話，這一次，就交給我來處理，可好？」慕錦毅突然出聲，打破了屋裡的寧靜。

楚明慧茫然地望著他，處理？要怎麼處理？她連死都不怕了，難道還怕什麼處罰？

慕錦毅看著她這模樣，心中劇痛，一把用力抱緊她。「上一輩子，妳已經先拋下我走了，這一次，無論如何都不要放棄自己，可好？妳若仍有怨，仍有恨，大可衝著我發洩出來！」

楚明慧伏在他懷中，無聲落淚……

若上一輩子他能這般抱著她，告訴她萬事有他來處理，她的怨恨大可朝他發洩，也許兩人就不會行至那般地步？

那般冰冷的府邸，若有他溫暖的擁抱，她或許就不會越來越絕望，越來越覺得了無生趣吧？

慕錦毅感覺胸前的衣服濕了一片，他紅著眼，更用力地擁緊了她。

楚明慧先是無聲落淚，繼而低聲抽泣，最後整張臉埋入慕錦毅的胸膛，放聲大哭……

一陣陣悶悶的哭聲從他懷裡傳出來，慕錦毅再也忍不住了，眼中的淚水一滴一滴地落下來。

明明相愛甚深的兩人，卻在一次次的誤解與不坦白中漸行漸遠，直至陰陽相隔！當中固然有旁人的因素，但歸根究柢問題還是在他們本身，他們相愛得太早，卻未來得及學會如何相處。

對於楚明慧來說，她要的其實很簡單，就是對方在她茫然無助的時候給她一個強而有力的擁抱，告訴她不要害怕，萬事有他在！

前世的慕錦毅懦弱不敢面對，最終選擇了逃避，讓她陷在不懷好意的慕國公府內宅苦苦掙扎，她不是沒有可以反擊的能力，而是找不出需要反擊的理由。

楚明慧哭得昏昏沈沈地睡了過去，直至感覺她輕柔沈穩的呼吸聲，慕錦毅才雙眼通紅地將她放在床上躺好，又替她掖了掖被角，這才坐在床邊怔怔地望著她。

能這般發洩一場也好，她就是什麼都捂在心裡，才過得那樣辛苦。

一輪明月高掛在夜空當中，整個慕國公府沐浴在柔和的月光裡，偶爾響起的打更聲在這寂靜的夜晚顯得十分清晰。

楚明慧躺在床上，正深深地陷入夢境當中。

夢裡，她押著慕淑穎狠狠地往巨石上撞去，一陣陣撞擊的悶響伴著慕淑穎痛不欲生的哭聲、求饒聲，她卻置若罔聞，更用力地推著她撞上去，直至兩人站立的地方布滿了鮮紅的血水！

夢裡的慕淑穎倒在血泊中，死死地盯著她，字字怨恨。「妳這個殺人凶手！」

「妳這個殺人凶手！妳這個殺人凶手！殺人凶手！凶手！」

這句飽含深厚恨意的話直刺向楚明慧的心臟處，刺得她站立不住，直往那灘血水倒去……

畫面一轉，便見父母痛心疾首地望著她。「爹娘平日是怎樣教導妳的？妳竟然狠得下手去殺人，妳實在太讓人失望了！」

然後又是兄弟姊妹們不敢置信的目光。「妳、妳竟然殺了人？真是太狠了！」

「我不是，不是、不是殺人凶手……」

慕錦毅正沈睡間，便被枕邊人的夢囈驚醒了，猛地睜開眼睛往楚明慧處望去，見她滿頭大汗，神情痛苦，口中一直喃喃地說著她不是凶手。

慕錦毅大驚，控制著力度推著她的肩膀。「明慧、明慧，快醒醒！」

楚明慧感到她處在一片白茫茫的空曠當中，周圍全是慕淑穎怨恨的指責聲。「妳這個殺人凶手！」

她死死捂著雙耳，可那像是帶毒的聲音卻穿透雙手，直鑽進她耳中！

直到一道關切、焦急的男聲傳了進來，她才猛地從夢境中掙扎著醒了過來。

一睜眼，楚明慧便見慕錦毅滿臉焦急地望著自己，見她醒來不禁露出鬆了口氣的笑容。

「怎麼了，可作噩夢了？別怕。」慕錦毅邊替她擦著汗水，邊柔聲安慰道。

楚明慧愣愣地望著他，突然出聲問他。「慕錦毅，若是慕淑穎死了，你可會恨我？」

慕錦毅動作一頓，片刻又若無其事地繼續幫她擦著汗水。「胡思亂想什麼呢，三妹妹活得好好的，大夫說已無性命之憂了。」

慕淑穎是撿回了條命，只是身子卻徹底毀了，別說生兒育女，恐怕後半生都會被病痛折磨，只是如今她尚未醒來，大家也不敢想像她會有什麼樣的反應。

太夫人雖知她是自作自受，但見她落得如此下場也不禁老淚縱橫。

夏氏一心陪著女兒，其他的事理也不理，連一向頗得她寵愛的外甥女梅芳柔跟她說話也懶得理會，梅芳柔碰壁了幾次後也不願再往她面前湊，此時她才意識到，她其實在夏氏心目中並沒有她以為的那般重要。

聽到慕錦毅說慕淑穎性命無憂，楚明慧也分不清她是什麼感覺，像是鬆了口氣，又像是有點遺憾。

可是無論怎樣，她都清楚雖然白日她口口聲聲地說要報復慕淑穎，讓她不好過，可夜深人靜之時，想到自己在湖底那般凶狠地推著她撞向石塊，她就不由得從心底深處升起一絲恐懼，倘若慕淑穎真的死了，她就切切實實成了殺人凶手。

她低著頭怔怔地望著那雙纖細白嫩無瑕的手，為了那種人讓自己雙手沾上血腥，讓自己後半生都活在噩夢當中，是不是真的值得？

慕錦毅一言不發地輕輕擁住她，方才她的夢囈他聽得清清楚楚。明慧，她終究不是心狠手辣的女子。

「這一生，你有沒有想過我們要怎樣過下去？」楚明慧靠在他肩上輕聲問。

慕錦毅呼吸滯了一下，片刻才低聲道：「想過。」

「那是怎樣的生活？」

「一如前世我們方成婚時的生活，不，甚至要比那會兒還要好。」慕錦毅喃喃道。

楚明慧淒然一笑。「你覺得還有可能嗎？經歷了這麼多，我們怎麼可能再回到最初，回到那個沒有任何傷害的最初。」

慕錦毅苦澀地合上雙眼，不忍看她。

「我與你妹妹，與你母親，有著那麼多的怨恨，這次落水，你就能猜出是我有意為之，倘若有朝一日你母親出了事，你懷疑的第一個人恐怕就會是我。」

「不、不會的，妳不會是那種人！」慕錦毅急急打斷她。

「我是哪種人？我連自己都不清楚自己是哪種人，你又怎敢肯定？落水之前，我也未曾想過自己會那般不顧一切，那般凶狠。」一滴眼淚從她眼中滑落下來，楚明慧也顧不得，只是拉著慕錦毅的左手按在自己心口處。

「這裡，到底隱藏著多少怨、多少恨，連我都搞不清楚，將來會不會又被些什麼事觸動，繼而爆發出來，我自己都不敢確定，你又怎敢妄想回到從前？」

慕錦毅急得一把捂著她的嘴，不想再聽到那些讓他心痛絕望的話。

楚明慧也不阻止他，只是流著淚定定地望著他，望得他滿腹絕望，手也慢慢無力垂了下來。

楚明慧又繼續道：「我知道你這輩子待我極好，想著彌補我，可是，需要你彌補的那個楚明慧已經死了，你這輩子做得再多，都不可能抹去曾經有過的傷痕，覆水難收，破鏡難圓……」

「別說了，都別說了，求妳什麼都不要再說了！」慕錦毅滿目哀求地望著她，這些道理他怎麼會不懂得，只是他放不下，也不願放下啊！

楚明慧也不再多說，只是含淚望著他。

慕錦毅輕柔地幫她擦去淚水，啞聲道：「三妹妹這事，是她心懷不軌在先，妳……如今事已至此，我不知道什麼是對，什麼是錯，只知道一定要保住妳，請妳務必要答應我，什麼都不要說，也什麼都不要反駁。至於母親，不管妳信不信，前世那碗藥不是她的意思，她，是想著弄些藥讓妳看起來像重病了一樣，這樣祖母才不會將中饋再交到妳手上。」

楚明慧不說話，自上次意外見到胭脂後，她就已經懷疑前世自己的死因了，如今聽慕錦毅這樣說，心中其實也是信了。

夏氏不敢要自己的命，但也絕不會讓自己好過便是了！

次日，楚明慧正在用藥，便聽屋外響起盈碧的驚呼，她一驚，手中的湯勺便掉到碗裡，藥水飛濺到她的衣裳上。

「這死丫頭，大呼小叫什麼呢！」翠竹邊急急替她擦拭衣裳，邊惱道。

「叫盈碧進來，問問出了什麼事？」楚明慧顧不得弄髒的衣服，急忙吩咐道。

自從知道盈碧前世那般決絕地替自己報仇，楚明慧對她多了些愧意，若不是自己不爭氣，又哪會連累她。想想前世有一段日子盈碧總是陰狠狠地盯著回娘家來的慕淑穎，她就一陣心驚膽戰，生怕她會做出些不顧後果之事，也正是因為這樣，後來她才希望盈碧跟著她的夫君劉通離開。只是哪裡想得到，她到底還是出手了！

「少、少夫人，三、三小姐她……」盈碧進來後連禮都忘了施，結結巴巴地對楚明慧道。

「她怎樣了？」楚明慧一驚，急問。

「她、她瘋魔了！」

第三十九章

慕淑穎瘋了，切切實實地瘋了！

不管什麼人靠近她，她都拚命掙扎，大聲尖叫。「魔鬼！魔鬼啊！救命、救命啊！不要殺我，魔鬼不要殺我！」

夏氏想去抱住她，卻被她尖利的指甲劃破了手，她不敢再接近，只能站在一邊哭得死去活來。

慕錦康剛朝著她走近幾步，差點被她扔過來的茶杯砸中，嚇得連連退到門外。

丫鬟、婆子們怕她傷了自己，想去阻止她這般亂叫亂跑，可只要一接近，慕淑穎便放聲尖叫著揮舞雙手隔擋她們。

最後，眾人束手無策，只得眼睜睜看著她蹲在角落裡喃喃自語。「有魔鬼，魔鬼來了，魔鬼要殺人了！」

慕錦毅怔怔地望著明顯已經失了神智的妹妹，眼中滿是痛意。

「三妹妹，我是大哥，妳可認得？」他一邊輕柔地喚著，一邊慢慢地朝著角落裡的慕淑穎挪步過去。

可慕淑穎一樣誰也不理，繼續蹲在原處，目光呆滯地喃喃自語。

慕錦毅終於到了她的跟前，正想蹲下身子安慰，慕淑穎突然揮舞雙手尖叫。「走開，魔鬼走開，走開！」

慕錦毅一時不察，被她推倒在地，慕維急忙上前，半扶半拉地扯著他避開已完全喪失理智的慕淑穎。

慕錦毅愣愣地由著慕維拉著他，雙眼定定地望著披頭散髮、狀似瘋癲的妹妹。

「這到底造的是什麼孽啊！」太夫人由婢女攙扶著過來瞧甦醒的孫女，還未進門就聽丫鬟、婆子們議論著已經得了失心瘋的慕淑穎。

太夫人掉著眼淚推開婢女的手，顫顫巍巍地進了房門，便見慕淑穎瘋狂地揮舞著雙手，口中不停叫著。「魔鬼走開！」

太夫人只覺得一口氣提不上來，她怎麼也沒想到慕淑穎醒來之後會變成這般模樣！不能再有孕，大不了日後抱個庶子養著便是，至於病痛，尋個懂醫理的婆子好生調養，就算不能徹底去了病根，但至少能減輕些痛苦；如今這般心智失常，根本是讓人束手無策，加上她又剛議了親事，此等模樣又怎敢將她嫁進程家？

太夫人痛心疾首，她應該早些出手管教她的，而不是等她性子定了才不痛不癢地尋個教養嬤嬤教導規矩，如今這般下場，能怪得了誰？

「都愣著幹麼？還不把三小姐扶起來，一大堆人圍在這裡做什麼！」太夫人大怒。

「太夫人，三小姐不允許任何人接近她，方才夫人與世子稍稍靠近了些，便被她揮開了。奴婢等人也不敢用強，就怕她傷了自己！」

「她如今這般舉動就不會傷了自己？一大堆人都制伏不了一個弱質女子？」太夫人勃然

大怒。

眾人不敢再出聲。

最後，還是夏氏身邊的綠屏趁著慕淑穎動作緩了些，飛快上前死死抱著她，幾個身強力壯的婆子一見，也急忙上去幫忙。

慕淑穎又哭又鬧，拚命掙扎，只是手腳都被人困著，她根本動不了。

夏氏見女兒被人如此對待，又急又痛又無奈，只覺得整個心肝都被人挖了一般……

慕錦毅一動也不動地望著眼前的混亂，心中又悲又苦，想到幼時粉雕玉琢、活潑可愛的妹妹如今落得如此下場，他只覺得整顆心都一抽一抽地痛著；而造成親妹妹這副模樣的人，他的妻子有一定的責任，他若要公正，應該由著燕容將事實真相向太夫人全盤托出，只是，楚明慧會因此受到什麼樣的處置，他不敢想，也不敢賭。因為，他輸不起！

太夫人平日就算再怎麼寵信她，在孫媳婦與親孫女之間，加上兩者所受的創傷又是那麼懸殊，她也肯定更傾向於孫女，縱使始作俑者是慕淑穎，但在最終造成的傷害面前，那些起因顯得那麼微不足道。更何況，倘若她知道慕淑穎其實只能算得上是行凶未遂，真正造成如今局面的是楚明慧……

慕錦毅低著頭，寬大的衣袖下，一雙拳頭握得死死的。

慕淑穎鬧了一會兒，最終力竭暈了過去，匆匆趕來的大夫替她把了脈，又仔細問了一下症狀，便搖頭嘆道：「許是三小姐在湖中受到了極大的驚嚇，心神俱損，這才失了神智。在下學藝不精，暫也想不出更好的醫治方法，還請太夫人另請高明，莫耽誤了三小姐的病情。」

夏氏聽他這般一說，雙眼一翻，「撲通」一下便倒在了地上……

大夫來了一批又一批，慕錦毅甚至去求太子召來了太醫，可太醫看過之後也沒有確切有效的法子，只能讓眾人好生照顧。

可是慕淑穎這種瘋狂的模樣，慕國公府內眾人只能趁著她睡著或昏迷的時候給她換藥、灌藥，一旦她清醒過來，就絲毫不顧身上的傷，只要有人靠近便大喊大叫，甚至還會攻擊人。

太夫人沒有辦法，只得讓人將她房內的重物、利器搬走，以免她失手之下傷了人。

楚明慧聽了盈碧講述慕淑穎的情況後，陷入了沈默當中，她並不後悔那樣做，再重來一次，她仍然會那般做，至於愧疚，即使知道前世慕淑穎也落不到什麼好，但她也不覺得自己需要對她愧疚。

前世她害了自己是事實，今生亦是她挑釁在先，她不是任人拿捏的泥人，不可能任由對方得寸進尺；她只是害怕，害怕自己有朝一日會滿手鮮血，徹底迷失在仇恨當中！

慕錦毅定定地站在書房內，朝著窗外高掛的明月出神。慕維也只是靜靜地守在一旁，不敢打擾。

「讓人將少夫人夜裡被噩夢驚著的事傳揚出去。」慕錦毅突然出聲，驚醒了昏昏欲睡的慕維。

「奴才這便讓人去辦！」

慕維離開後，慕錦毅在窗邊的雕花紅木椅上坐下，慕淑穎的事，實在出乎他的意料，他沒料到她竟會神智俱失。

魔鬼？魔鬼要殺她？他苦笑一聲，子不語怪力亂神，既然她嚷出這樣一句，他也只能順坡而下，將這一切推到所謂的「魔鬼」身上了。

慢慢地，國公府內起了流言，說是碧水湖底藏著些不乾淨的東西，否則失足掉下湖中的世子夫人與三小姐，怎麼一個夜晚被噩夢纏身，一個被嚇得失了心智，若是那湖裡沒有古怪，誰也不相信！

這些傳言太夫人自然也清楚，但她一直都認為兩人落水是慕淑穎造孽，如今這傳言能抹去孫女欲謀害親嫂子的事實，她也只能順勢而下，由著傳言慢慢傳揚開來，總歸此事得要有個定論才是啊！

當傳言越演越烈，後花園西角的碧水湖儼然成了府中禁地，眾人寧願走遠路也要繞道碧水湖，太夫人見時機差不多了，再傳下去說不定會傳到外頭去，便下令府內眾人再不得提此事，並著人修了道牆，將西角處圍了起來，又開了道門，徹底上了鎖。

楚明慧與慕淑穎落水一事，在慕錦毅與太夫人各懷心思的掩飾下，以這種離奇方式落幕了。

只是，夏氏卻不信這種傳言。「什麼同時失足落水？我不信！阿穎傷到那等地步，她楚明慧倒好端端的，根本就是她推阿穎落水的！」

太夫人大怒。「混帳！這些話也是能胡說的？無憑無據的妳也敢胡亂給人定罪？什麼楚明慧好端端的，那是妳嫡親兒媳婦，國公府的世子夫人！再者，她又怎麼會是好端端的，沒聽王大夫他是怎麼說的嗎？」

「我不相信，定是她搞的鬼！她一向看阿穎不順眼，瞧著阿穎落了單才心生歹意，又怕旁人懷疑她，這才裝模作樣在湖水裡泡了一會兒。」夏氏咬牙切齒，她怎能接受自己的寶貝女兒成了如今這般人不人、鬼不鬼的模樣，憑什麼一同落水的人，一個好端端的，一個卻傷成那等程度！

太夫人氣得心口發痛，她捂著胸口大罵。「那是妳寶貝女兒自作自受，害人不成反害己！她要謀害親嫂子，反而連累自己一起掉下去！」

「什麼？」夏氏一愣，不敢置信地望著她。「母親，這不會是真的，妳一向寵信楚明慧，又從來瞧不上阿穎……」

「啪」的一下，太夫人狠狠一記耳光抽在夏氏臉上！

「蠢貨！孫媳婦與孫女兒，哪個更親難道我不清楚？若不是妳的寶貝女兒不爭氣，做出這等心狠手辣之事來，何至於落到今日這種下場？妳若不信，大可問問秋琴，她是妳親自替阿穎挑的婢女，難道她還會護著孫媳婦誣陷主子？」

夏氏被她打得跌倒在地，捂著被打痛的臉愣愣地望著她。「可、可是為什麼啊？阿穎為什麼要做這樣的事啊？」

「妳身為她的生母，連她最近在想什麼、做什麼都不清楚，妳還敢像個瘋婆子一般亂咬人？妳但凡真心替女兒著想，便不會將她養成那種囂張霸道的性子，如今妳又有何立場去怪別人！妳的寶貝女兒慕淑穎，落得今時今日這種下場，皆是妳平日過度溺愛，不曾用心教導的緣故。要怪，便要怪妳自己！妳才是害她成了這般模樣的罪魁禍首！」

夏氏被她罵得徹底怔住了，女兒今日的下場，都是她害的？她才是罪魁禍首？

太夫人餘怒未消。「往日她闖了禍、惹了事，妳只一力護著，也不管她是對是錯，導致她行為越發囂張，妳若真心替她將來著想，就應該教導她做人的道理。妳只怪我不肯將中饋交給妳，可為何從不想想這當中的原因？我如今一把年紀了，既經歷過妳公公在世時那等顯赫，亦經歷過府中最艱難的境況，還有什麼放不下的？何苦死死抓著這丁點兒權力不放，還不是因為妳著實是扶不起的阿斗！」

夏氏張大嘴巴定定地望著她，想不到原來自己因中饋而生的不滿與怨怪，婆婆竟然全看在眼裡。

「我不求妳能給毅兒解決後顧之憂，只求妳別給他添亂。如今太子與德妃及五皇子之間的爭鬥越加劇烈，他在前頭為了國公府前程而拚搏，妳若不能給他添助力，那就老老實實地待著！」

片刻，太夫人又頹然坐到椅上。「罷了罷了，如今大錯已成，我當初根本就不應該由著妳教養子女，不，或者說當初根本就不應該聘妳入門！」

夏氏臉上又青又白，太夫人這等毫不給她臉面的責罵，著實讓她下不了臺，她自然知道婆婆瞧不上自己，卻沒料到她會嫌棄至此。

「楚氏，是未來的國公夫人、當家主母，這一點，我希望妳好好記住。我冷眼旁觀了這段日子，知她是個有分寸的，妳往日對她諸多挑剔，可曾見她對妳有哪點不敬了？若不是為了考察她一番，我何至於讓妳上竄下跳至今？妳那點小手段，除了讓人看笑話之外，還能落得什麼好！」

夏氏臉上又難看了幾分，太夫人簡直是將她踩到泥裡去了！

「阿穎如今這般模樣，與程家的親事也不得不暫且擱置了，若是……若是一直好不過來，恐怕也只能退了。妳若還有那等找人麻煩的精力，倒不如用心地照顧女兒。」太夫人嘆息一聲，無奈地道。

府裡關於她與慕淑穎在碧水湖底遇到了不好的東西之傳言，楚明慧並不是不清楚，再加上這幾日太夫人對她態度的轉變、一波波送進文慶院的補品，她大概也猜得到太夫人誤會了什麼。

這些她接受得並不是那麼心安理得，尤其是每次看到太夫人明顯愧疚的神情，她更是多次欲張口解釋，但一想到慕錦毅的再三叮囑，她便沈默了。

太夫人見她默默地接受了自己的安排，任由自己將慕淑穎欲謀害親嫂子的事實用那般荒誕的理由掩蓋，心中對她越發憐惜，只覺得這個孫媳婦實在識大體，不會因為自己受了委屈便置國公府聲譽於不顧。

慕錦毅因慕淑穎之事到處尋訪名醫，只是效果均不大，慕淑穎早已神智俱失，太夫人及夏氏等人怕她激動起來傷了自己，加上她如今身體受的傷仍未全好，只得聽從大夫意見，在她平日的藥裡加了些安神藥。如此一來，慕淑穎一日便大半時辰處於昏睡當中，下人們也能喘口氣，細心替她上藥。

楚明慧自那晚將憋了兩輩子的委屈、心酸、苦楚、怨恨對著慕錦毅發洩了出來，整個人變得有點神思恍惚了，彷彿那些情緒才是支撐著她堅持到現在的動力，如今一股腦兒倒掉了，整個人就像是被抽去了主心骨兒，徹底地蔫了。

兩人將所有的事赤裸裸地撕開後，夫妻間時常相對無言。

那晚楚明慧那句「覆水難收，破鏡難圓」將慕錦毅長久以來的堅持打擊得支離破碎，每晚夜深人靜之時，他總會怔怔地望著枕邊人，一遍遍回想著那晚她流著淚說出的那番話，然後無限眷戀地撫著她滑嫩的臉龐。

執著了兩輩子，堅持到了現在，叫他怎麼甘心就此放手！

不破不立，如今她將隱在心底兩輩子的情緒都發洩了出來，是不是代表，其實他們之間還是有可能，還是有希望的？

裝滿了茶水的杯子，要重新再裝進新的水，唯一的辦法就是將原來的茶水倒掉，如今，是不是代表著明慧將那些名為「怨恨」的茶水全倒了出來？

這樣一想，慕錦毅又覺得前途多了幾分光明，這一生還很漫長，他待她，如今最不缺的就是耐心，更艱難的、更絕望的都已經捱過來了，未來就算再多些阻礙，再多些打擊，大概也沒什麼，熬著熬著，總會習慣的。

他懦弱了一輩子，逃避了一輩子，今生，他早就沒有退縮的理由了。

楚明慧如今也搞不清楚她自己到底是怎樣的心思，慕錦毅明知她在落水事件中扮演著什麼角色，可依然維護了她，這一點，讓她很是震驚。她不是不知好歹之人，慕錦毅的用心她全看在眼裡，有時她會想，倘若她沒有帶著前世的記憶那該有多好啊！沒有那些糾結，痛痛快快地接受別人待她的好，然後，再回報予真心實意，若是那般，她應該會過得更幸福些。

上一輩子，慕淑穎害了她，這輩子，她毀了慕淑穎，那些恩恩怨怨大概也可以抵消了。夏氏前世那般待她，可今生除了在口頭上討些便宜，並不曾對她做出什麼過分之事，就算她仍是看不上自己，但她也不再是前世任人拿捏的楚明慧，真要鬥起來，鹿死誰手也未可知。

「少夫人，該用藥了。」推門進來的盈碧，打斷了她的沈思。

楚明慧強打起精神，微微笑著問她。「今日怎麼是妳當差，不是燕容嗎？」

「燕容姊姊身子不適，奴婢便先替了她。」盈碧將青瓷碗放在桌上，又走到床邊扶著楚明慧靠坐好，這才小心翼翼地服侍她用了藥。

「燕容病了？可有讓大夫瞧過，可用過藥？」楚明慧任由盈碧擦拭她的嘴角，輕聲問道。

「燕容姊姊不是病了，是傷著了，說是不小心摔到的，也不讓奴婢等人瞧，只讓我們替她尋了些傷藥，一個人待在屋裡自個兒塗。」說到燕容的固執，盈碧便有點擔憂。

「摔到了？」楚明慧一怔。「怎麼摔到的？」

「奴婢也不清楚，問她她也不肯說，大概是不好意思吧！」盈碧努努嘴。

楚明慧沈默了，她努力回想那日碧水湖旁，若是沒有燕容出聲示警，今日躺在床上動彈不得的大概就是她了，後來也聽說是燕容跳下湖中救起了自己，說起來，她其實是自己的救命恩人。

「扶我去看看她。」楚明慧揭開錦被，就要下床。

盈碧嚇得一把扶住她。「少夫人，妳小心些。大夫讓妳好生休養的，若是再受涼，日後會吃大虧的。」

「不礙事，我就只是想去看看她，若不是燕容，大概我也不會活生生地站在妳面前了。」楚明慧拍拍她的手，柔聲道。

盈碧皺著眉想了想，片刻才試探著道：「要不，奴婢替妳謝謝她？」

楚明慧好笑地擰了一下她的鼻子。「救命之恩，哪能這麼沒誠意！」

盈碧愁得兩道眉毛都要擰到一起了，好半晌才不情不願地點點頭。「好吧，奴婢扶妳去。」

此時，下人屋裡，燕容正吃力地往後背上抹著藥，她護主不力，自願領罰，按規矩受了三十鞭，行刑之人大概是手下留情了，否則她也不可能還能在眾人面前裝出若無其事的樣子。想來，若是沒有世子的默許，行刑之人又怎敢放水？

好不容易才勉強往傷口上抹了些藥，這已經累得她氣喘吁吁了。

「燕容姊姊，妳在裡面嗎？」

燕容一慌，差點將藥瓶打翻，待凝神一聽，認出這是少夫人陪嫁婢女盈碧的聲音，今日本是她當值，但盈碧見她臉色不對，便主動替她攬了差事，她也自覺有傷在身不便伺候少夫人，故亦沒有客氣，接受了盈碧的好意。

「在的，可是盈碧妹妹？」她急忙將藥收好，又仔細整理了一下衣裳，再打量了一下屋裡的擺設，見看不出什麼異樣，這才打開了門。

「吱呀」的一聲，便見門外站著兩個人，其中一個赫然是世子夫人楚明慧。

燕容一驚，急忙欲彎下身子見禮，卻不小心牽扯到傷口，疼得她冷汗一下便冒了出來。

楚明慧見她這般痛苦的模樣也嚇得不輕，急忙伸手扶起她。「妳有傷在身不必多禮，傷在何處？為何不讓大夫瞧瞧，這隨便找些藥的，萬一有什麼好歹那可不是開玩笑的。」

燕容勉強扯出一絲笑容。「不礙事的，就是不小心撞傷了後背，奴婢已經上過藥了，隔段日子便無大礙了，只是最近這段時日怕是無法伺候少夫人了。」

楚明慧皺眉望著她死撐的模樣。「傷在後背，妳又怎麼上藥，想來也是隨便抹幾下便以為可以了吧？妳既然不願讓大夫瞧，我屋裡有些藥，對這些傷特別有效，我讓盈碧去取來，讓她親自替妳上藥，妳若不許，那我便親自替妳上。」

燕容心中慌亂，後背那些鞭傷又怎能讓少夫人見到，萬一她知道自己其實是世子那邊的人，會不會對世子生出誤會來？這兩人最近就有點怪怪的了，若是再因自己而心生嫌隙，那她真的是罪該萬死了！

「不礙事的，已經好多了，就不用麻煩盈碧妹妹了。」燕容勉強笑道。

楚明慧定定地望著她，讓燕容心虛不已。

「那日在碧水湖邊，若不是妳，大概我今日也沒有命站在這裡了，就當我這是為了報妳的救命之恩，讓盈碧替妳上藥，可好？」

燕容被她這番輕輕柔柔的語氣弄得手足無措。「不、不，那……那是奴婢應該做的，若不是奴婢走開了，少夫人也不會遇上那些事。」

楚明慧搖搖頭。「那些事誰也預料不到，但是，妳救了我卻是不爭的事實，如今妳又不明不白地受了傷……難道、難道是那日為了救我而弄傷的？」

想到這個可能，楚明慧就更加過意不去了。

「不是的，真的不是，那、那個……還是讓盈碧妹妹去取藥，讓紀芳妹妹替我上藥吧！」燕容生怕她又胡思亂想，急道。

盈碧奉命拿了藥來，又派人去叫了紀芳過來，楚明慧欲留在房內親自看看燕容的傷勢，但燕容死活不讓，楚明慧沒有辦法，只得先行離去。

燕容生怕她改變主意，也顧不得背上的傷，急忙從榻上起來，欲送她主僕兩人離去。

「啪」的一下響聲，楚明慧下意識望過去——

見一個形狀似虎又似豹的玉珮掉在地上，她覺得這玉珮有點眼熟，正欲定睛仔細看清楚，就見燕容慌慌張張地撿起收到了懷裡。

「這、這是我母親留給我的。」燕容結結巴巴地解釋道。

楚明慧若有所思地望了她一眼，也不拆穿她，又吩咐她好生養傷，便帶著盈碧回了正屋。

「燕容，妳說少夫人會不會起疑心了？」一旁的紀芳擔心地問。

「應該不會吧，她又不認識這個權杖。」燕容有絲不確定。

楚明慧回到房間後，怔怔地靠坐在床上，盈碧見她又是這副失神的模樣，暗嘆口氣。自少夫人醒來之後便怪怪的，經常這般靜靜地坐著失神，也不知在想些什麼。

還有世子也是一樣，這夫妻倆，一會兒冷、一會兒熱，一會兒好、一會兒壞，如今又都這般呆頭呆腦的，真是讓人愁死了！

盈碧替她掖了掖錦被，也不欲打擾她，靜靜退了出去。

那塊玉珮……怎那麼眼熟呢？好像是在哪裡見過？

楚明慧眉頭越擰越緊，總覺得有些事被她忽略了，按理這般奇怪模樣的玉珮，她若見過的話一定會有印象才是啊，怎麼就想不起來呢？難道是時日太久？

她雙手揉了揉太陽穴，一定是在哪裡見過的。

「無可奈何花落去，似曾相識燕歸來！」一陣怪異的聲音透過窗戶傳了進來，楚明慧微微一笑，那隻學舌的紅嘴鸚鵡又在賣弄牠新學的詩句了。

似曾相識燕歸來，燕歸來……金燕？楚明慧猛地坐直了身子。

金燕！她想起來了，前世，她就是在金燕手中見過那塊玉珮。

那個時候，金燕已經歸入慕錦毅營下，因自己曾經救過她一命，便親自前來向她道謝，她就是那個時候看到金燕身上那塊怪異的玉珮。

記得當時她問金燕說：「為何會有這般怪模怪樣的玉珮？」

金燕撇撇嘴，亦是一副嫌棄的表情。「妳也覺得難看？我就說嘛，應該雕些好看的花樣的，畢竟是個人的代表，怎能這樣難看，人家可是如花似玉的大姑娘。」

個人的代表，那玉珮是個人身分的象徵，金燕當時已經歸屬於慕錦毅，那麼……

楚明慧想起燕容與紀芳，原本均是這國公府文慶院的婢女，燕容為人穩重，做事細心，盈碧雖自小與她一同長大，感情深厚，但性子有些急躁，是故楚明慧若有事不方便帶著盈碧，多會選擇燕容。

而紀芳，一直十分低調地做事，比起另外兩個二等丫鬟染珠與翡翠，她實在是存在感太低了些，若不是今日燕容提出要讓她替自己上藥，楚明慧也不會懷疑到她身上去。

慕錦毅將這樣兩個人派到她身邊，是為了什麼？

楚明慧陷入沈思當中，經歷了這麼多，她自不會懷疑慕錦毅是有什麼壞心思，但將兩個下屬派到她身邊當婢女，這不得不讓她懷疑，他是不是另有打算？

第四十章

這晚，慕錦毅回到文慶院，便覺得今晚的楚明慧有點不同尋常，那探究似的目光盯得他渾身不自在，挪了挪身子，再佯咳一聲。「怎麼了？可是有話要和我說？」

楚明慧直直地望著他，望得他額頭不由得滲出幾滴汗珠來。

他拚命回想近幾日自己的行為，似乎並無不妥，這才期期艾艾地道：「怎……怎了？我可是做了什麼讓妳不高興的事？」

「燕容是你的人。」楚明慧突然出聲，讓慕錦毅嚇了一大跳，待他聽清楚她的話後，額頭便滲出更多汗珠來。

「我沒有其他意思，就是、就是怕，怕……」慕錦毅慌得話也說不流利了，就怕楚明慧誤會他派人監視她、不信任她。

楚明慧也不阻止他，只是靜靜地望著他不說話。

慕錦毅結結巴巴半晌也解釋不清楚，只得閉嘴不語。片刻，他才嘆息一聲。「是的，燕容還有紀芳都是我派到妳身邊的，我並不曾有監視的意思，只是、只是擔心日後，妳會遇上不測。」

楚明慧一怔，不大明白他的意思。「我？我會有什麼不測？」

「胭脂，前世母親後來的一等丫鬟胭脂，妳可還記得？」慕錦毅低聲問。

楚明慧冷笑一聲。「自然記得，前世就是她灌了我毒藥。」
「是她換了母親的藥。」
「什麼？」楚明慧一驚。「我與她無怨無仇的，她為何要害我？」
慕錦毅苦笑。「我也不清楚，她對換藥一事供認不諱，卻死不承認背後有人指使，只說是我害了她意中人，所以她也要殺了我的至愛，讓我一輩子活在痛苦當中。」
楚明慧怔怔地望著他，半晌才輕聲問：「後來呢？你可查出真相了？」
慕錦毅搖搖頭。「我本欲將她先關起來，誰知她卻趁人不備，一頭撞死了；只不過，我懷疑她是西其人，也命人沿著這條線索去查探了，只可惜……」
「可惜什麼？」楚明慧見他說了一半，不由急道。
「只可惜，未等派出去之人回來覆命，我就先喪命了。」
楚明慧愣愣地盯著他，一時不知該說些什麼才好。
屋裡一下子又陷入安靜。
「你……前世是怎樣死的？」片刻，楚明慧才輕輕問。
「中箭而亡。」
楚明慧張張嘴，最終卻什麼話也沒有說。
片刻，慕錦毅才故作輕鬆地道：「也沒什麼，至少讓胭脂的打算落空了，我沒有陷入太久的痛苦中便先下去尋妳了，上天對我還是十分厚愛的，這不，我不是尋到妳了嗎？」
慕錦毅見她滿眼複雜地望了自己一眼，然後垂著腦袋不說話，便輕柔地撫著她的長髮道：「明慧，未來會有什麼不測，我不知道，甚至胭脂口口聲聲說我害了她的意中人，我至今也百思不得其解；前世今生，我都是武將，雖一直跟隨太子殿下，但殿下身邊自有謀士出謀劃策。」

察覺楚明慧身子動了動，他又低聲道：「派燕容與紀芳到妳身邊，只是以防萬一，燕容機敏，紀芳擅藥，我只是……只是再也賭不起，輸不起，想著多一層保障，並沒有要監視妳的意思；若是妳不喜歡，我便將她們調走，妳再挑些合心意的便是了。」

楚明慧搖搖頭，鄭重地道：「算了，燕容與紀芳，我用著都挺好的，只是，我希望從今往後她們就徹底是我的人了，你可明白？」

慕錦毅點點頭。「這是自然，我將她們派去，便是要伺候妳的。」

兩人既已將問題說清楚，楚明慧亦不再追究些什麼，燕容與紀芳跟在她身邊這段日子，她還是相當滿意的。而且，她相信，慕錦毅既然挑了她們放在自己身邊，想來她們也是有過人之處，像是紀芳擅藥，這個倒是出乎她意料。

燕容與紀芳兩人提心弔膽了幾日，都不見楚明慧待她們與以往有何不同，心中也稍稍放下心來，只覺得是自己想太多了，少夫人又怎會認得那塊玉珮。

楚明慧休養了一個多月後，身子慢慢地康復了，太夫人經過落水一事，對她越發滿意，見她終於好了，這日直接宣布將中饋正式交到楚明慧手中。

夏氏聽罷臉色一變，但終究沒有再說什麼，這事她也早有心理準備了，自太夫人慢慢將府中一部分事務交到楚明慧手中，她就意識到婆婆大概要越過她將內宅交到楚明慧手上了。

若是沒有那日太夫人一頓痛罵，她大概還敢爭上一爭，如今既明知太夫人厭棄自己，她就算做得再多，除了更討太夫人的嫌棄外，根本落不到半點好。

她突然覺得有點洩氣，為這中饋，她爭了大半輩子，也怨了大半輩子，如今才發覺就算終其一生，她大概也得不到。其實再想想，正如綠屏勸說的那般，兒女的好才是她一輩子的好，女兒這般模樣，將來少不得靠兄嫂照顧下半生，她就算爭得再多，終究也不年輕了，倒不如用心照顧女兒，日後含飴弄孫，安安穩穩地過完下半輩子。

而喬氏自然滿心替楚明慧歡喜，只是也不忘偷偷打量夏氏的神情，見她先是臉色一變，然後嘴角動了動，但很快就神色如常了。她有點納悶，照對方的性情及她對中饋的執著，理應會出來反對才是，如今怎如此平靜？

她百思不得其解，甚至想著夏氏會不會有什麼後招，例如故意給楚明慧下絆子、添亂之類的。但半個月很快又過去了，楚明慧也逐漸將府中大部分權力抓到手上，可她依然沒有發現夏氏有什麼動靜，每日照舊全心全意照顧慕淑穎，彷彿府中的一切都與她無關了一般。

慕國公府內宅的權力交接很順利地完成了，楚明慧進門不久便掌了部分的事，太夫人與喬氏又多方照應她，府中但凡有點眼色的人都知道日後這府裡的事都要歸她管了，如今太夫人直接將中饋移交了出去，眾人也不覺意外。

楚明慧有著前世的經驗，今生又得喬氏傾囊相授，加上太夫人也明確表態支持她，國公府內的管事權便一點點地被她抓牢了。

晉安侯府四小姐楚明嫻出嫁後不久，五小姐楚明芷也出嫁了，如今府裡只剩下六小姐楚明雅與七小姐楚明婧。原本按長幼順序，自然是楚明雅先嫁，只是與楚明雅訂親的那戶人家公子的生母去世了，雖說只是個姨娘，但到底是生育了他的人，故那公子提出希望可以守孝一年。兩家長輩商議過後，覺得這是一片孝心，便也同意了。

這樣一來，楚明雅的親事便要往後延一年，侯府又考慮到林煒均年紀已經不小了，再拖下去的話到底不怎麼合適，而林夫人也急著讓兒媳婦進門，侯府太夫人與侯夫人考慮了一下，決定還是讓七小姐楚明婧按原定的日子嫁到林家去。

對於楚明雅親事被延後一事，楚明慧總覺得有點不安，以致接連幾日都有點心神不寧。

又過了大半個月，楚明慧心中那股不安雖然仍未散去，但見一切都風平浪靜，不論是國公府還是侯府，都沒有什麼不妥之事，她也只得強壓下那股不安感。

慕錦毅在她掌了中饋沒多久，接了皇命外出辦差，照他臨行前的估計，約莫是這幾日就會歸來。

一轉眼又過了五日，慕錦毅仍未歸，楚明慧猜想著莫非是差事不順利？正胡思亂想間，便見盈碧滿臉蒼白、神情驚慌地衝了進來——

「少、少夫人，二老爺……二老爺被皇上免職了！」

楚明慧一怔，一時有點反應不及這位「二老爺」指的是哪位。待見盈碧這副模樣，一下子就醒悟過來了，二老爺，分明指的是她的爹爹！

她猛地站了起來，滿臉不可置信地扯著盈碧的衣袖問：「妳說什麼？爹爹被免職了？」

好端端的怎會被免職？到底發生了什麼事？

楚明慧臉色煞白，前世爹爹被流放那一幕又在她腦裡浮現出來——

她慌得在屋裡兜來轉去，不斷地安慰自己，沒事的，只是免職，又不是被罷官流放。

「可曾聽說是因什麼事嗎？」她已經有點六神無主了，直接抓住盈碧的手問。

「奴婢也不大清楚。」

楚明慧心中更慌了，被免職，好歹也有個理由啊？到底是什麼原因？

「陪我到太夫人處。」她覺得自己再也靜不下心來了，打算先去徵得太夫人同意，以便回娘家問問具體情況。

太夫人亦得到親家老爺被皇上免職的消息，心中擔憂不已，見楚明慧提出欲回侯府一趟，便急急應允了。

「回去看看發生了何事，看有沒有什麼事國公府能幫得上忙的？」

楚明慧謝過太夫人好意後，帶著盈碧踏上了回晉安侯府的馬車。

到了侯府，縱使她再心急，也得先去向侯府長輩們請安。

侯府太夫人見她返來，心中也明瞭孫女大概是得到消息了，只是有些事她不便明言，故拉著她慈愛地問了幾句她在國公府的情況，便揮揮手放她去尋陶氏了。

剛到了陶氏屋裡，便見陶氏坐在上首，臉色極其難看，嫂嫂凌氏站在她身旁，滿臉震驚，還有一人，則是垂著頭跪在地上，間或抽泣幾下。

陶氏見女兒回來，只得強扯出一絲笑容問：「怎回來也不提前派人說一聲？」

楚明慧快步上前扶著她的手，雙眼通紅地問：「女兒聽聞爹爹被皇上免職了，心裡擔憂，便回來問問情況。」

陶氏一聽，笑容再也掛不住了，朝著跪在地上的人狠狠地道：「妳問問她，她是怎麼照顧妳六妹妹的！」

楚明慧一怔，下意識回過頭，見跪在地上抽泣的人，竟然是六妹妹楚明雅的生母林姨娘！

「這、這怎會與六妹妹扯上關係了？」楚明慧大吃一驚，直愣愣地望著林姨娘。

「妳爹爹被人彈劾教女無方，縱容女兒與人私相授受！」陶氏咬牙切齒，一字一字地道。

楚明慧臉色一變，腦中霎時閃過六妹妹楚明雅與崔騰浩的身影。

林姨娘一聽，將身子伏得更低了……

「六、六妹妹，她，她……」楚明慧不知該說些什麼了，她萬萬沒有想到前世爹爹因崔騰浩被連累得丟了官，今生明明與他再無瓜葛，可兜轉一圈又被牽連到了。

「如今這些都只是空口說白話，沒有實質性的證據，皇上也只是說暫且免去一切職務，並不曾說罷官，父親行事端方，自然會還他一個清白，母親與三妹妹不必過於擔憂。」凌氏柔聲安慰道。

陶氏努力平息一下胸中怒氣，惱怒地瞪了一眼林姨娘，才沒好氣地道：「還跪著做什麼？事到如今，妳就算哭死也沒用，還不快起來！」

林姨娘不敢違抗，邊抹著眼淚，邊在婢女的攙扶下站了起來。

陶氏又拍拍楚明慧的手道：「如今妳大伯父與幾位兄長都到外頭去打探消息了，也不知最終會怎樣，妳幾位兄長也在外頭奔走，相信過段時候就會有定論了。妳一個出嫁女，也幫不到什麼忙，萬事還是要以夫家為重，日後萬不可再這般莽莽撞撞，這次事出突然也便罷了。」

「女兒知道了。」楚明慧低聲應了聲。

母女兩人心不在焉地閒聊了幾句，終是因心中憂慮，片刻便沈默了。

楚明慧久等不見父兄歸來，又擔心是不是真的因楚明雅與崔騰浩之間的事連累了爹爹，便向陶氏提出想去見見楚明雅。

陶氏猶豫了一下才道：「不是娘親不願妳去見她，只是，她已經被妳祖母關到了小佛堂後的思院中，妳祖母放話，不許任何人去見她。」

楚明慧一怔，正想再說，便見林姨娘猛地撲到她腳邊。「三小姐，求妳救救妳六妹妹吧，她真的沒有做過那等不要臉面之事！妳也是知道的，自上次那事後，她就斷了那等心思，一心一意等著嫁人，如今怎可能在親事已訂、即將出嫁的節骨眼上做那等事呢？」

楚明慧尚未來得及有什麼反應，便見陶氏臉色大變，不敢置信地指著她。「妳也知道六丫頭那事？」

楚明慧暗道不好，正要對陶氏說幾句求饒的軟話，便見陶氏怒氣衝衝地拂開她的手。「妳如今大了，也不再將娘親放在眼裡，如此重大之事竟然自作主張！妳以為瞞著我便是為了妳六妹妹好？如今出了這等事，妳祖母第一個饒不了的便是我！」

庶女行為不端，旁人只會怪嫡母管教不嚴，嚴重些，連嫡母膝下的兒女品行都會有所懷疑，楚明雅如今爆出這樣的事來，陶氏身為嫡母竟然一無所知，她又怎脫得了關係？

最讓陶氏痛心疾首的便是她的親生女兒，明知此事，卻幫著庶妹隱瞞她，讓她生生被打了個措手不及！如今太夫人雖沒有對她有什麼指責，但將楚明雅關到思院，便是明明白白對她的不滿了。

「夫人，這不怪三小姐，是婢妾再三懇求她千萬要保密的，原本見六小姐已經歇了那心思，婢妾也以為那事算是過去了，哪想到、哪想到會……」林姨娘聲淚俱下。

「妳沒想到？妳只是怕明慧將事情告訴我，我會對妳親生女兒不利，是不是？」陶氏恨恨地道。

「婢妾沒有那般想過，只是……只是這畢竟關係著六小姐的聲譽，想著少一個人知道，便多一分安全。」林姨娘痛哭出聲。

「娘親，這事是女兒不好，不應該瞞著妳，那時妳正懷著弟弟們，大夫又讓妳不要過於勞累，女兒想著反正六妹妹也知錯了，又有林姨娘看著，那事就算是揭過去了，卻是沒有料到會釀成今日之禍！」楚明慧紅著眼眶道。

陶氏望了望林姨娘，又看向楚明慧，片刻才跌坐回椅上。「罷了罷了，事已至此，再追究那些也無益，如今只盼著妳爹爹能平平安安的。」

屋裡眾人一下子便沈默了。

又等了一個時辰，仍未見楚仲熙等人歸來，陶氏已經坐不住了，不時站起來在屋裡轉來轉去，每隔半會又往門的方向望去。

楚明慧也等得焦躁難安，原想著要不要尋個理由讓人回慕國公府稟太夫人，她打算在侯府逗留一晚。

可是陶氏卻打消了她這個想法，讓她趁如今天色還未晚，早些回去，畢竟已為人媳婦，還是要以夫家為重。

楚明慧沒有辦法，只得再三叮囑若是爹爹有了消息，立即派人到慕國公府通知她。得了陶氏的保證後，她才不情不願地帶著盈碧回了國公府。

之後，國公府太夫人見她歸來，問起侯府之事，楚明慧自然不會提庶妹楚明雅，只是說尚未有具體消息，太夫人又安慰了她一番，就讓她回文慶院去了。

第二日剛用過早膳，便聽盈碧來稟，說是侯府來人了，楚明慧顧不得用了一半的早膳，急命人將來人帶來見她。

侯府派來的人是跟在楚仲熙身邊服侍的小廝，他一進來先依禮向楚明慧請安，也不拐彎抹角，直接將來意說明。「奴才奉二老爺命令來向三姑奶奶傳話，二老爺昨晚回了侯府，皇上只是說暫且免去他現有職務，並不曾說其他，讓三姑奶奶不必掛心，專心伺候公婆夫君即可。」

楚明慧見這說法與昨日嫂嫂凌氏說的大同小異，又細細問了楚仲熙的身體，確定他真的無恙，這才勉強放下心來。

楚明慧憂心忡忡地坐在椅上，心底深處那點不祥的預感又隱隱要冒頭了。六妹妹楚明雅與崔騰浩的事已經過去了那麼久，如今男已娶、女將嫁，又怎會再被人挖出來說？而且，竟然又連累爹爹被免職，她總覺得事情並沒有那麼簡單。

只可惜爹爹明顯不想她牽涉進來，這麼含糊地應付過去了。

楚明慧一顆心七上八下的，可她身為內宅女子，根本無從打聽外頭之事，唯一能幫她且不會隱瞞她的人，除了慕錦毅，她也找不出旁人了。

又過了幾日，楚明慧一早坐在廳裡處理家事，便見喬氏臉色難看地進來。

楚明慧心中疑惑，匆匆將事情處理完畢，先向喬氏請了安，便問：「大伯母，可是發生了什麼事，怎臉色這般難看？」

喬氏神情莫辨地望了她片刻，才揮揮手讓婢女們退下，壓低聲音道：「妳府上那位排行第六的妹妹，是不是與一位崔姓進士有點什麼？」

楚明慧大驚。「大伯母這話從何說起？」

喬氏又道：「我今日與幾位交好的姊妹小聚，其間便聽聞親家老爺被皇上免了職，原因是有人彈劾他教女無方，縱容女兒與外男私相授受，不但如此，女兒還參與謀害了男方的原配妻子。」

楚明慧臉色大變，不敢置信地睜大雙眼死死盯著喬氏。「不可能，六妹妹一向膽子極小又是個靦覥害羞的人，平日與眾姊妹一起也不怎麼放得開，怎可能做出這種喪盡天良之事？這分明是誣衊！」

喬氏嘆息道：「妳那位庶妹，我亦曾見過，性子的確如妳所說這般，我也不相信她會做出這種事來，只是外頭傳得沸沸揚揚，連她經常派婢女送衣服、鞋襪給那位姓崔的，甚至收了那人家中傳媳不傳女的手鐲這些事都傳得煞有介事。如今那位崔夫人已經證實是被人謀害，崔姓男子也被投入了大牢，雖殺人動機尚未查明，但關於侯府那些傳言……」

楚明慧面無血色，她實在沒有想到事情竟然會鬧得這般大，崔夫人死於非命？崔騰浩被抓，這又怎能牽扯到六妹妹身上去？

「姪兒媳婦，也許是伯母危言聳聽了點，但這些傳言越傳越烈，對那位六小姐、對侯府，甚至對妳們這些出自晉安侯府的姑娘，都是極為不利的。畢竟，這些事涉及到侯府姑娘的教養及規矩問題，縱使這種事與其他侯府姑娘無關，但旁人說起，只會說是晉安侯府的姑娘，而不會說是晉安侯府的六姑娘。這些，妳可得有心理準備，萬一牽扯到妳頭上……」喬氏將心中憂慮緩緩向楚明慧道出。

那樣的情況，楚明慧自然也想得到，一榮俱榮，一損俱損，正如喬氏所說的這般，旁人只會說晉安侯府的姑娘不懂規矩、不知廉恥，而不會特意言明是侯府的六姑娘。可是，與這些名聲相比，她更擔心的是這事會將整個侯府牽扯進去，尤其事情的導火線又是前世連累父親被流放的崔騰浩！

兜兜轉轉，彷彿又走到了前世那種境地。楚明慧整個人都陷入了極度恐慌當中，她不敢想像，倘若至親又落得前世那種下場，她會有怎樣的反應。如今她像是困獸一般，被困在國公府內宅動彈不得，對外頭發生的事一無所知，單靠著這些小道消息猜測娘家情況。

「我……我要回去一趟！」楚明慧六神無主，只喃喃地道。

喬氏一把抓住她，拚命將她按坐在椅上，苦口婆心地勸道：「姪兒媳婦，若單是親家老爺出了事，妳祖母自不會攔妳回去，但是這當中牽扯到妳們這些侯府女子的清譽，妳祖母，不會樂意見妳還三天兩頭地回去。如今妳是慕國公府的世子夫人，不再是晉安侯府的三小姐，若妳名聲有損，國公府也落不到什麼好，以妳祖母對國公府名聲的看重，她……」

喬氏這話的確是替楚明慧著想，但楚明慧如今擔心父母，擔心侯府，哪還聽得進去，只恨不得肋下生雙翼，一下飛回侯府問個清清楚楚、明明白白。

「伯母一番好意，明慧心領了，只是那畢竟是我的親人，我又怎忍心獨善其身？」楚明慧含淚道。

喬氏見她這般模樣，心知是勸不下她了，只得嘆息一番，便鬆手讓她去尋太夫人了。

第四十一章

太夫人聽了楚明慧的話，的確如喬氏預想的那般，並不大樂意她摻和其中。明知如今侯府陷入聲譽危機當中還一頭撲過去，這不是提醒別人，慕國公府的世子夫人也是出自晉安侯府嗎？

只是，那畢竟是楚明慧的娘家，她就算是再不願意，也找不出合理的藉口不讓她回去，只得暗嘆口氣，意有所指地道：「去吧，記得早去早回，如今，妳畢竟是國公府的世子夫人，代表著整個國公府，凡事還是要記得時刻保全自身。」

楚明慧也無心去探究她這番話中的深意，連聲謝過了太夫人後，急急坐上馬車前往晉安侯府。

侯府的下人一見到楚明慧立刻領著她到正廳，繞過落地大屏風後見到侯府眾長輩們，還有出嫁的大姊姊楚明婉、四妹妹楚明嫻、五妹妹楚明芷，及待嫁的七妹妹楚明婧都在場。

楚明慧按下心中焦躁向在場的長輩們請過安，還未來得及問事情真相，便聽太夫人長嘆一聲，悵然地道：「如今這地步，妳們實不應該親自回這一趟，若是擔憂府裡情況，派個信得過的下人回來詢問一番便是，何苦將自己牽涉進來呢？」

「祖母，孫女是侯府的姑娘，又怎能眼睜睜看著家中出事而不回來探望一番？」楚明婉含淚道。

「是啊，祖母，事已至此，您就告訴我們到底出了什麼事吧？」楚明慧亦淚光點點地哀求道。

太夫人嘆息道：「如今那姓崔的進士已被抓入了刑部大牢，仵作尋到了確切的證據，那崔騰浩的原配夫人張氏，的確是被人謀害！而又有人指出六丫頭身邊的婢女桃枝，曾多次在崔夫人張氏未抵京城之前，私下到崔騰浩家中去。雖無證據證明崔夫人的死與六丫頭有關，但到底還是避不過有心人的詆毀，如今京城中已經傳揚著六丫頭與外男私相授受，並且，參與謀害人家原配。」

這番話一出，在場眾人臉色皆變。在外面聽了傳言是一回事，如今得了太夫人親自承認又是另一回事。

楚明慧只覺得眼前一黑，差點就要栽倒在地了。

明明這輩子的崔騰浩與自家已經毫無瓜葛了，怎如今又將爹爹與六妹妹牽扯了進去？

「老二，雖被皇上免了職，但如今只是擔了個教女無方的罪名，加上又無確切證據，皇上也不會再降罪，只是……」太夫人又道。

只是吏部尚書一職空缺，楚仲熙就要接任的節骨眼冒出這樣一樁事來，這個尚書一職，想來有點懸了。

如今楚仲熙賦閒在家，也不知將來是不是能再被起用，即使能復職，是否還能官至尚書一級，這也是個未知數。

太夫人又說了些什麼話，楚明慧並沒有聽進去，她只想親自去瞧瞧爹爹，確保他的安好。

好不容易太夫人讓眾人各自散去，楚明慧急扯著陶氏衣角問：「爹爹呢？可在家？」

陶氏拉過她的手。「在的，他也想見一見妳，妳隨娘親去吧！」

母女兩人一起到了楚仲熙的書房中，楚明慧進門便一眼看到自家爹爹慈愛地對著她微笑著。

楚仲熙見她進來便朝她招招手。「慧兒回來了？過來讓爹爹瞧瞧。」

楚明慧含著淚走到他身邊。

楚仲熙上上下下打量了她一番，又摸摸她的腦袋瓜子，笑道：「果然是長大了，爹爹聽聞妳如今還掌了中饋，真是比以往還要能幹了。」

楚明慧見他絲毫不受被免職之事的影響，依然溫和慈愛地待自己，鼻子一酸，眼淚便撲簌簌地掉了下來。

楚仲熙嘆息一聲，接過陶氏遞過來的手帕，親自替女兒拭去淚水。

「哭什麼呢？爹爹不是好好地站在妳面前嗎？官丟了便丟了吧，有什麼大不了的，我本就羨慕妳曾外祖父那般桃李滿天下，如今無官一身輕，我也正好學學他老人家，去當個教書先生好了。」

楚明慧抽抽噎噎地道：「可是、可是六妹妹她……」

聽她提到小女兒，楚仲熙手一頓，臉上的笑意便止住了。

說到底，也怪他識人不明，引狼入室，怎麼也想不到那崔騰浩竟是那樣人品低劣之人！

明雅年紀尚輕，一時受人矇騙也是有的，怪只怪他平日對這個小女兒太過忽視了。

「妳六妹妹不會做出那等事來，爹爹總會想辦法還她清白的。」楚仲熙安慰說，頓了一下，又道：「至於那些傳言，雖說清者自清，爹爹相信錦毅也不會在意這些，但妳終究已為人媳婦，且國公府中尚有其他長輩，若無特別事，妳還是莫要頻繁回來。」

楚明慧邊哭邊搖頭。「女兒本就出身於侯府，如今侯府有難，女兒又怎能遠遠避開來？」

楚仲熙一滯，苦笑一聲，如今連番遭難，最無辜的便是女兒與家中姪女們了，無緣無故被扯入流言當中，女子一生最重要的便是名聲啊，如今被人那般議論……

「是什麼人彈劾爹爹您？好端端地怎扯上崔家之事了，那崔夫人是生是死與我們何干？六妹妹一個大門不出、二門不邁的姑娘家，又怎會謀害她？何況，崔騰浩就算是有了功名，也攀不上侯府的姑娘，六妹妹何至於那般作踐自己？」楚明慧拭乾眼淚，冷靜地問。

楚仲熙長嘆一聲。「慧兒果然越發能幹了。妳說的這些，皇上也有考慮，否則如今妳六妹妹也不會還好好地待在府中了。」

「皇上又怎麼會考慮？就算您是教女無方，六妹妹行為有失，可也到不了要被免職的程度啊！」楚明慧忿忿不平。

「妳胡說什麼！」楚仲熙大驚失色，女兒這話中分明是暗指當今皇上處事不公。

楚明慧咬著嘴唇淚眼汪汪地望著他，一言不發。

楚仲熙無奈地搖搖頭，突然伸手彈了一下她的額頭，正如她小時候調皮闖禍，他下不了狠心懲罰她，便是這樣彈一下她的額頭。

楚明慧下意識便「呀」的驚叫一聲，雙手捂著額頭，不滿地瞪著他。

楚仲熙對著她微微一笑。「時辰不早了，回去吧，這種事本不是妳們女子管得了的，多想也無益，做好分內之事，好生伺候公婆夫君即可。」

楚明慧垂眸不語。

楚仲熙見她這般明顯不樂意的模樣，又伸出手用力彈了她額頭一下，疼得楚明慧雙眼飆淚，一雙水汪汪的大眼控訴般瞪著他，讓楚仲熙不由得哈哈大笑……

陶氏見夫君不但沒有受外頭之事影響，反而還有心思逗弄女兒，心中的抑鬱不禁散了幾分，臉上也露出幾絲笑容來。

楚明慧直愣愣地望著爹爹開朗的笑容，心中霎時變得暖洋洋的，這樣好的爹爹，她怎能眼睜睜看著他被人所累？

「好了、好了，回去吧，萬事有妳爹在呢，如今事情並沒到那般嚴重的地步，不過是些有心人散布謠言、詆毀幾句罷了，清者自清，妳又何必放在心上？若是真的出事了，爹爹向妳保證，絕不瞞妳，如此妳可放心了？」楚仲熙收起笑容，正色道。

楚明慧無奈，只得點點頭。「好，您可要記著，絕不瞞我。」

「好，絕不瞞妳。」楚仲熙亦鄭重地朝她點點頭。

楚明慧剛從二房院裡出來，大小姐楚明婉亦從大房那邊走了出來，見到她便扯出一個笑容。「三妹妹！」

楚明慧見她眼眶還有點紅紅的，猜想也是剛哭過，六妹妹楚明雅這事，等於將侯府所有的姑娘都拖下了水，瞧楚明婉這般憔悴的模樣，想來在衛郡王府日子也不好過，她剛生下兒子不久，身為長子嫡媳都要處處受委屈了，也無怪乎太夫人不願意自己在這等風頭火勢的時候回娘家。若是她一意孤行，恐怕在國公府中的日子便不大好過了，如今她取得的地位，可以說全是靠著太夫人的支持。只是，要她棄父母家人於不顧，獨善其身，她自問也做不到。

其實，倘若沒有出了楚明雅這事，太夫人應當不會阻止她回侯府的，畢竟兩家是姻親，親家出事了還不讓媳婦回去，實在太讓人齒冷。可偏偏爆出了那些流言，當中牽扯到侯府姑娘的清譽，一向視國公府名聲如命的太夫人，又怎會樂意她時常出入處於輿論焦點當中的晉安侯府？

楚明慧亦對她笑笑，寒暄幾句便沈默了。

楚明婉也沒有什麼心情，自從二弟妹進了門，她在衛郡王妃面前不那麼說得上話了，誰讓二弟妹既是兒媳，又是衛郡王妃的姪女呢？她這個長子媳婦自然要退一步了。

如今那些流言又傳得盛，不但婆婆對她有了看法，連夫君言語當中亦多了幾分探究，彷彿她也是如傳言般那樣與外男私相授受似的，更甚者，她剛生下不久的兒子，也被郡王太妃抱走了。

楚明婉一顆心擰痛著，旁人瞧著她嫁入高門，夫君年輕有為，她又生了兒子，自然應該過得順心如意才對，哪個知道她其中的心酸呢！

兩人道別後，各自歸去了。

楚明慧回到了國公府，先去向太夫人請安，太夫人神色淡淡地也看不出喜怒，她心中擔憂父母，也無心解釋什麼，不論怎樣，她都不可能置親人於不顧。

從太夫人院裡出來，楚明慧只覺得十分疲倦，如今她迫切希望慕錦毅能盡快歸來，幫她詳細地打探事情經過，爹爹雖然那樣保證過，但以他的性子，除非是天大到瞞也瞞不住的事才會告知她，否則絕不會說出來讓她擔心。

楚明慧一路恍恍惚惚地往文慶院走去，盈碧跟在她身後也不敢打擾。

「哎呀！」行至轉彎處，楚明慧與來人相撞，被撞得後退幾步，待她扶著盈碧的手站穩了身子，抬頭望去，見與她相撞的人竟然是慕淑穎。

只見慕淑穎正歪著腦袋好奇地打量著她，與她以往的盛氣凌人不同，如今的慕淑穎臉上卻是如稚子一般純淨。

楚明慧怔怔地望著她，自落水事件之後，這還是她第一次見到慕淑穎，平日只是從丫鬟口中得知她一些消息，她卻從沒有去看過她，太夫人與夏氏亦未對此表現出什麼不滿。

活了兩輩子，第一次，她從慕淑穎身上感覺不到敵意。

慕淑穎含著手指頭歪著腦袋打量了她半晌，突然「格格格」地笑著從她身邊跑過去，帶起的一陣涼風直往楚明慧臉上撲去……

楚明慧定定地站在原地，直到慕淑穎的腳步聲、笑聲逐漸遠去——

「少夫人。」盈碧見她久立不語，擔憂地喚了一聲。

楚明慧垂眸掩飾思緒。「走吧。」

楚明慧滿心憂慮地又等了幾日，一直沒有聽到有關於晉安侯府的傳言，她忐忑不安，也不知事情到底到了何種地步。

她有心想再回侯府一趟，可這幾日府中的雜事一下子多了起來，她忙得無暇去多想，只恨不得將自己一分為二。其實她也有想過大概是太夫人不願她摻和侯府之事，所以才加重她的工作量，畢竟這是她當家主母的責任，推脫不得。

如今她極其盼望慕錦毅能快點歸來，離他所說的歸期已經過了大半個月，依然未曾見他的身影，雖有上輩子的記憶，知道他應該是無恙的，但心中還是有點擔憂。

就這樣，她白日忙著府裡的事，晚上又要擔憂侯府和遲遲未歸的慕錦毅，人也日漸消瘦了。

翠竹等人看在眼內，急在心裡，除了儘量督促下人認真辦事，讓廚房燉些補品替她養身子外，別無他法。

這日，楚明慧翻著帳冊，連日來的雜事讓她忙得不可開交，派去侯府打聽的人回來也只是說一切如常，並未再有什麼事發生，可她照樣還是提心弔膽的。

「少夫人，唐夫人求見。」染珠推門進來稟道。

楚明慧一怔。「快快有請！」

「妳怎不提前打聲招呼便跑來了？」兩人見過禮之後，楚明慧拉著韓玉敏的手問。

「反正妳又不會怪我失禮，正巧我也有事要找妳，這不就不請自來了？」韓玉敏笑道。

楚明慧抿嘴一笑。「可是有什麼事？」

「妳娘家那位二小姐，就是嫁入安郡王府當繼室那位，可是……可是與妳那庶妹不和？」韓玉敏猶豫了一下，終究還是問出口了。

楚明慧一愣。「怎這樣問？可是發生什麼事了？」

韓玉敏四處望了望，見丫鬟、婆子都已經避了出去，便靠近她身邊壓低聲音道：「這段日子不是有關於妳那庶妹的流言嗎？本來侯府不承認也不辯解這樣的冷處理已經是見效了，流言慢慢地沒有那麼盛了；只是，昨日，妳那位當了安郡王妃的二姊姊，在旁人問起這事時，她居然說了句『都是舍妹不懂事』。如今、如今京城裡……」

楚明慧震怒。「她，怎敢如此！」

都是舍妹不懂事？這話裡話外的意思分明是承認了楚明雅的不知廉恥，與人私相授受，甚至害人性命！

楚明涵，她到底是要做什麼？侯府倒了，於她有什麼好處？她自己不也是晉安侯府的姑娘？

楚明慧怒火中燒，「嘶啦」的一下，手中絞著的帕子便撕裂了。

「我瞧著她，倒是有些想撇清關係的嫌疑。只是……這血緣至親，哪能這般撇得清楚。」韓玉敏百思不得其解。

楚明慧只覺得心頭有一把火正熊熊燃燒著，她作夢也不曾想過楚明涵會落井下石，那也是她的家，她的親人啊！還有什麼比親姊妹的親口定罪傷害更大？楚明雅往日膽子小，又怕事，一直都是安安靜靜的，何曾得罪過她，哪裡就礙著她了？

「妳也別太生氣，其實，我倒有一法子，或許有些用處。」韓玉敏拉著她在椅上坐好，安慰道。

「什麼法子？」

「對付流言最好的方法，就是製造更大的流言吸引眾人的注意！」韓玉敏道。

「更大的流言？」楚明慧有點遲疑，她一時倒也不知會有什麼更大的流言，要讓她胡亂攀扯別人，不說她心裡過不去，恐怕以父母那耿直的性子也不會同意這樣做。

韓玉敏察言觀色，知道她的憂慮，便道：「妳放心，自然不會是胡亂冤枉人，也不會牽連些好人家。」

楚明慧疑惑地望著她。

韓玉敏微微一笑。「說起來這個法子，也是外子想到的，只是，我猜這當中說不定還有上面的意思。」

見她伸手指指上面，楚明慧心領神會，知她指的是太子殿下。

「皇商寧家，妳可知道？」韓玉敏又問。

楚明慧點點頭。「自然知道。」

「如今他們家雖然投靠了這邊，卻不怎麼安分，上面早就想收拾他們了，只是這寧家卻是個經商好手，上面一時又下不了手，畢竟，有錢好辦事啊！」韓玉敏嘆息一聲。「只不過，自從『四海之家』開張之後，搶走了寧家在飲食這一塊不少的生意，上面大概瞧上『四海之家』了，所以打算扶持它與寧家爭奪生意。」

楚明慧一怔。「那個『四海之家』幕後的主人不正是妳嗎？唐大人同意妳摻和這些事？」

韓玉敏佯咳一聲，頗有些無奈地道：「可不就是我嘛，我也不明白開家小小的酒樓怎就入了上面的眼，外子一時倒也瞧不出同不同意，但也沒有阻止便是了。」

楚明慧垂眸想了一下，又問：「妳說的流言，可是指寧家的？寧家有什麼事發生了嗎？」

「他們家嫡出的二小姐，閨名叫雅雲的那個，前不久與他們府上一位年輕管事私奔了，如今寧家正到處派人尋找他們。」韓玉敏神神秘秘地道。

「寧雅雲與人私奔了？」楚明慧大吃一驚。

「可不是嗎，真真把我嚇了一跳，這姑娘膽子未免太大了些！」韓玉敏也是一臉不可思議的表情。

「她竟然與人私奔了……」楚明慧喃喃地道。讓她糾結了兩輩子的貴妾，居然未出閣便與男子私奔了。

「這事雖然比較震撼，但會不會壓得下侯府那些流言，外子與我也並無把握，可至少會減弱侯府那邊的壓力。我今日來，主要就是想問問妳此事的意見，畢竟外子是太子府上之人，如今這般情況不大適宜到侯府去，是故才差我來問一問妳。」

楚明慧低頭想了一下，既然當中有太子的意思，哪有讓侯府選擇的餘地，唐永昆這般做，也不過是看在與慕錦毅相交一場的分上而已。

「請替我謝過唐大人。」楚明慧真誠地道。

韓玉敏笑笑。「既然妳沒有意見，可需要問問楚大人他們？」

「不必了，就這樣吧，一切照上面的意思辦吧！」楚明慧搖搖頭。

韓玉敏又安慰她一番便告辭了。

楚明慧親自送她出了院門，這才回到房裡怔怔地坐了半晌。

翠竹等人知她近日事情多而雜，加上侯府那邊出了事，慕錦毅亦遲遲未曾歸來，心中自然不好受。

楚明慧正覺得茫然無助間，便聽到外頭盈碧驚喜的聲音。「少夫人，世子回來了。」

她還沒有反應過來，就見一名身姿挺拔的男子直直地朝她走來，一直到了她面前，伸出手輕輕撫著她的臉龐，聲音嘶啞地說了聲。「我回來了。」

楚明慧的眼淚一下子流了下來，這段日子的無助、擔憂、驚懼彷彿找到了宣洩的出口。

慕錦毅輕柔地擦拭著她的淚水。「別怕，有我在。」

楚明慧忍不住直撲進他懷裡，任由眼淚肆意流下來。

慕錦毅擁著她，充滿柔情地撫著她的髮絲，不時輕聲安慰幾句，直到楚明慧平靜了下來，這才放開她。

「事情經過我都已經清楚了，妳放心，皇上並未完全放棄岳父大人，否則也不會讓禮部尚書凌大人暫時兼任吏部尚書一職。」

楚明慧嗚咽著道：「是什麼人要針對爹爹？」

慕錦毅頓了一下，才輕聲道：「岳父，大概是阻了旁人的路了。」

楚明慧怔怔地望著他。

慕錦毅又道：「崔騰浩如今進了刑部，其實這種案子本不應該驚動刑部才是，只因牽扯到了岳父，加之有心人的推動，這才驚動了上面。」

「崔夫人，真的是被人謀害了？」想到那個苦命女子，楚明慧心中有種說不出的感覺。

慕錦毅點點頭。「是被人活活掐死的。」

楚明慧心頭一震。「是崔騰浩？」

慕錦毅搖頭道：「暫無確切證據證實是崔騰浩所為，加之他也在牢裡連連叫屈，這案一直吊著判不下來。」

「那怎麼牽扯了六妹妹？」

慕錦毅嘆息道：「大概是……是她的心思被有心人察覺了，想著透過她阻了岳父升職之路。其實，若真論起來，教女無方，本不應被罰到免職的地步，只是當中牽涉了人命，加上又有人推波助瀾，皇上也不得不做出那樣的決定。」

他頓了一下，有點遲疑地問楚明慧。「六姨妹，是不是真的曾與崔騰浩私相授受？」

楚明慧思量了一下，最終還是點點頭。「確有其事，只不過這事很快便被我發現了，後來林姨娘，即是六妹妹的生母教導了她一番，我仔細留意了一段日子，見她與崔騰浩斷了聯繫，這才不再關注此事。」

慕錦毅搖頭嘆道：「這到底是怎樣的孽緣啊！」

上一世，楚明雅嫁了崔騰浩，結果連累了生父；這一生，明明都要各自婚嫁了，偏又因她曾經起的那點兒女心思，又累得生父被免職。這兩人湊到一起，真真是岳父大人的劫難啊！

楚明慧想了一下，將方才韓玉敏說的法子對他說了一遍。

慕錦毅聽罷點點頭。「這樣也好，就算不能壓下去，能緩一下也是好的。」

楚明慧猶豫了一下，還是開口道：「我……我想回去看一下，也不知爹爹與娘親他們怎樣了？還有六妹妹，被祖母關了起來，我也想問問她與崔騰浩的事，怎會被人扯了出來。」

「如此也好，此事關鍵還在她身上，妳仔細問問她，看她近段日子有無見過崔騰浩，以往那些事，可再有人發覺？」慕錦毅頓了一下，似是想到了什麼，又道：「我親自送妳回去吧！」

太夫人見孫兒剛辦完差事回來也不過一陣子，又要到晉安侯府去，心中便有點不悅，想著是不是楚明慧求著他要回去的。

慕錦毅察言觀色，上前一步，替太夫人斟滿了茶，這才輕聲道：「祖母，岳父此事分明是遭人陷害，如果此時我們不支持他、幫助他，旁人看來，也會覺得國公府實在是太過於冷情了些。」

見太夫人努努嘴欲說話，慕錦毅又接著道：「再者，國公府世子夫人出自晉安侯府是世人皆知之事，如今又何必掩耳盜鈴呢！清者自清，皇上雖然免了岳父的職務，但並未將吏部尚書一職交給別人，只是讓禮部凌大人暫且兼任。凌大人是誰？那是岳父的親家，凌家大小姐正是舅兄楚晟彥名媒正娶的妻子，如此看來，岳父復職只不過是遲早問題。」

太夫人皺著眉頭想了想。「此話當真？」

「孫兒不敢欺瞞祖母。」

「罷了罷了，既然你都這樣說了，那便隨著你們吧！」太夫人無奈道。

第四十二章

夫婦兩人一路到了晉安侯府，楚明慧見往日人來人往的侯府，如今卻是門庭冷落，心中不由得一陣酸楚。

慕錦毅安慰地拍拍她的手，輕聲道：「世態炎涼，自來便是，妳又何必放在心上。」

楚明慧低著頭輕輕地「嗯」了一聲，扶著他的手下了馬車。

守門的小廝見到他們頗有些詫異，但仍不敢耽擱，飛快進去通報了。

兩人見過了侯府長輩，楚明慧意外地發現翰林學士林煒均——未來的七妹夫竟然也在。

慕錦毅與林煒均相互見了禮，兩人便與晉安侯父子、楚仲熙父子一同去書房議事了。

「三姊姊。」楚明婧見她回來，紅著眼圈拉著她的手到屋裡說話。

「這段時間，也就妳還能回來瞧瞧，大姊姊如今被困在衛郡王府出都出不來，我上次去看她，那郡王妃，還有那個二少夫人的神色……只把我當瘟疫一般。」楚明婧委屈地掉下淚來。

楚明慧嘆息一聲，上輩子她羨慕楚明婉日子過得好，卻不曾想過其實各人有各人的心酸不易，哪可能會事事如意，日子都是自己過出來的。

「還有四姊姊，她嫁的還是三嬸嬸的娘家姪兒，可照樣也得受氣，三嬸嬸昨日在屋裡罵得好厲害，只說她瞎了眼，把女兒送到了狼窩去。」

楚明慧鼻子一酸，那個大剌剌的四妹妹，也被拖累得要受這樣的閒氣了？三嬸娘家那般的門第，如今竟也敢對侯府的姑娘橫眉豎目了？

「五姊姊更慘，五姊夫竟然說要休了她！」楚明婧眼淚撲簌簌地掉得更厲害了。往年一直相處在宅院內的姊妹，如今日子都不如意，出嫁的受盡閒氣，未嫁的六姊姊楚明雅被祖母關起來，府裡就只剩下她一個，今日好不容易見到楚明慧回來，她這段日子的心酸便一下子倒了出來。

早些年姊妹一處玩樂，雖有些口角，但都無損於彼此之間的感情，如今她眼睜睜看著姊姊們一個個過得那麼艱難，心中只感到一陣一陣的酸澀難受。那些姊夫們，平日難道都是看在侯府的門第與前程才對姊姊們好的？如今侯府稍出些事就要這般撇清關係？

楚明慧亦含著淚安慰她。「五妹夫不過是說說氣話，大抵是五妹妹氣著他了，他們以往不也這般吵吵鬧鬧的？」

「就算是氣著他了，這種話能這樣胡說的嗎？要是他們府上的人都信以為真，誰還將五姊姊放在眼裡啊？」楚明婧抽抽噎噎地道。

楚明慧垂著頭不再出聲，一個娘家出了事、夫君又口口聲聲說要休妻的女子，在夫家的日子可想而知了。

楚明婧擦擦眼淚。「如今外頭議論得那樣厲害，二姊姊又說出那樣的話來，六姊姊的親事，只怕……我也是侯府的姑娘，說不定、說不定也會……」

楚明慧摸摸她的腦袋。「笨丫頭，妳沒瞧著林公子與大伯父他們去書房商議要事了嗎？

他若要撇清不會這時候跑來侯府，更不會參與到大伯父他們當中去。」

楚明婧咬著嘴唇，低著頭也不說話。

「林公子，是個可託付之人，他不會負妳的！」

楚明婧臉上慢慢升起一絲紅暈。

楚明慧微笑地望著她。這個笨丫頭傻人有傻福，說不定會是她們姊妹七人當中最為有福氣的人。

她憐惜地幫七妹妹整整歪了的髮飾。「等此事過去了，妳就要嫁到林家了，日後好好過日子，林家伯母是個慈和的，妳將她如待大伯母那般對待，她自也會處處照顧妳。」

「至於林公子……」楚明慧心中暗嘆，夫妻相處什麼的，她自己就做不好，也別無謂誤導七妹妹了。

楚明婧等了半晌都不見她有下文，疑惑地抬頭望了望她。

楚明慧笑著拍拍她的臉蛋。「夫妻相處之事，三姊姊也無什麼心得，就不多說了。」

楚明婧嘟著嘴道：「我瞧妳與三姊夫相處得就很好啊！如今這時候三姊夫都還陪妳回來，其他姊夫自府裡出事後就不曾來過了。」

楚明慧呼吸一滯，瞬間說不出話來。她與慕錦毅……

「如今其他人都對侯府避之唯恐不及，三姊夫卻帶著妳回來，可見是個有心人。」楚明婧笑嘻嘻地望著她。

楚明慧擰了她臉蛋一把。「妳其實是想說林公子也是有心人的吧？」

楚明婧臉蛋一紅，不依地扭扭身子。「妳怎麼這樣取笑人？」

姊妹兩人正笑鬧間，便聽外頭有丫鬟來喚。「三姑奶奶，太夫人讓妳到廳裡去。」

楚明慧連忙斂起笑意，朝著外頭說了聲。「知道了，這就去。」然後又對楚明婧道：「祖母喚我，我先過去了。」

楚明婧點點頭，這才依依不捨地鬆開抓著她的手。

大廳裡，大夫人小王氏怔怔地望著溫文爾雅的林煒均，心中酸澀不已。她一直覺得配不上自家女兒的未來女婿，在侯府有難之時卻能挺身而出，而她一直引以為傲的大女婿，卻……

經歷這一遭，人情冷暖，世態炎涼，她似乎又感受到一次了。

楚明慧進來大廳之後照樣先向各位長輩見了禮。

「三丫頭，妳到思院見見六丫頭吧！」太夫人長嘆一聲，朝著她道。

楚明慧下意識朝慕錦毅站立之處望了一眼，見他對自己點點頭，心中知道大概是出於他的勸說。

「孫女這便去。」

跟著引路的婢女一路到了小佛堂後面那座小院落，楚明慧心中百感交集，六妹妹她到底是怎麼了？

「嘎吱」一下開門聲，守在房門外的婆子事前得了太夫人的命令，見楚明慧到來，便開了房門。

「三姑奶奶，六小姐在裡面，您進去瞧瞧吧！六小姐，已經幾日不曾吃過東西了。」婆子輕聲道。

楚明慧大驚，幾日不吃不喝？那可怎麼受得了！

她急急踏進門去，見屋裡布置得極為簡單，一張圓桌，幾張椅子，正中掛著一幅菩薩畫像，畫像前擺著小小的桌檯。

楚明慧四處望了一下，並不見楚明雅的身影，不由喚了聲。「六妹妹？」

屋裡一片安靜，並沒有回應。

楚明慧又喚了聲。「六妹妹。」

半晌，才從裡頭傳來有點飄渺的女聲。「是三姊姊嗎？」

楚明慧一震，急忙朝著聲音響起處走去——

到了裡屋，只見窗臺不遠處的榻上有個蜷曲身子、抱著腿坐在上面的女子。

那女子聽到響聲後抬起頭，正是府中的六小姐楚明雅！

楚明慧怔怔地望著這個瘦弱得恍若一陣風便能吹倒的庶妹，見她滿臉憔悴，雙眼無神，眼淚便一滴一滴地掉落了下來……

「妳怎弄成這副模樣？」

楚仲熙外任十來年，楚明雅是她唯一的玩伴，雖說她膽子小又不愛說話，但楚明慧卻是將她當作最親近之人，兩人年紀相當，一動一靜，感情亦比其他姊妹要深厚。如今見到庶妹這副不人不鬼的模樣，楚明慧只覺心中抽痛。

「三姊姊，妳怎麼來了？只可惜妹妹這裡沒有什麼能招待妳的。」楚明雅朝她笑笑，輕聲道。

楚明慧幾步上前坐到她身邊，抓著她的手道：「為什麼要這樣作踐自己？妳就算不為自己想想，也要替林姨娘想想，她若是知道妳如今這般模樣，那得多痛心啊！」

楚明雅雙手顫了顫，低著頭不說話。

「我讓她們給妳送些吃的來，妳就算再用不下，也要先吃一點，可好？」

楚明雅一動也不動地坐了半晌，才輕輕點了點頭。

楚明慧見她同意了，急忙出去吩咐婆子送些清淡的膳食來。

婆子見一直不吃不喝的六小姐願意進食，自然十分驚喜，急急命人去廚房端些粥來。

楚明雅在楚明慧的監督之下用了半碗肉粥，就擺擺手示意用不下了。

楚明慧亦不逼她，命人進來收拾了桌面，這才直直盯著她雙眼問。

「妳與崔騰浩，到底發生了什麼事？自上次被我發現之後，可與他再有過接觸？崔夫人被人謀害，妳可知道？」

楚明雅身子一僵，低著頭不說話。

楚明慧被她這副樣子氣到了。「事到如今，妳到底還在隱瞞什麼？如今因妳這事，爹爹被皇上免了職，大姊姊、四妹妹及五妹妹在夫家受盡了委屈，妳怎能還無動於衷？」

楚明雅微微顫抖了一下，還是不說話。

楚明慧見她這樣，心中怒氣更盛。「難道在妳心目當中，爹爹和眾姊妹，甚至還有林姨娘，都比不過一個崔騰浩？他到底給妳吃了什麼迷藥？」

楚明雅仍是低著頭，楚明慧也瞧不清她的表情。

「難道……難道崔夫人之死真是他做的？他真的活生生掐死了元配妻子？」想到這個可能，楚明慧大驚失色。

「不，不會的，崔大哥不是這樣的人！」楚明雅急忙辯白。

「不是這樣的人，那是怎樣的人？他沒有刻意引誘妳這種不諳世事的小姑娘？沒有與妳私相授受？」楚明慧恨鐵不成鋼地道。

「如今外頭說妳與他密謀害死了崔夫人，妳這般一聲不吭，爹爹他們就算想幫妳洗清罪名也束手無策，若妳不是為了維護崔騰浩，我是怎麼也不相信的！」

楚明雅嘴唇動了動，終究仍是沒有出聲。

楚明慧只覺渾身無力，頹然坐在榻上。「那個傳媳不傳女的手鐲又是怎麼回事？崔騰浩又是何時送了妳，難不成妳真的信了他那些花言巧語？

「妳還不肯說嗎？桃枝，自小服侍妳的桃枝，已經被祖母下令杖斃了！若不是妳，她又怎會無端送了命？」楚明慧猛然提高音量。

楚明雅身子一抖，不敢置信地抬起頭。「桃、桃枝……死了？」

「妳以為祖母會饒得了她嗎？」

楚明雅臉色煞白，身子搖搖欲墜，「咯噹」一聲，一個物體從她身上掉了下來。

不等她反應過來，楚明慧飛速撿了起來。

「三姊姊！」楚明雅想伸手來搶，楚明慧卻避過了她。

她拿過那物定睛一看，見是一只雕著龍鳳呈祥的金手鐲。

「這是崔騰浩送妳的？」楚明慧死死盯著她，一字一頓地問。

「三姊姊，還給我吧！」楚明雅哀求道。

「妳只說是不是他送的！」

「……是。」

楚明慧定定望了她半晌，猛然出手狠狠搧到她臉上。

「啪」的一下清脆響聲，楚明雅被打得伏到了榻上。

「妳怎麼就這麼鬼迷心竅！傳媳不傳女的手鐲？簡直是胡說八道，這分明是崔夫人的嫁妝！」楚明慧恨恨地道。

「不可能，妳騙我！」楚明雅不敢置信地望著她。

「妳看看這裡，是不是刻著一個細小的『張』字？崔夫人本姓張。」楚明慧恨恨地指著鐲子裡頭的一處道。

楚明雅雙手顫抖地接過，仔細瞧她所指的那處望去，果然見上面刻著一個小小的「張」字，若不是仔細看也看不出來。

她只覺得晴天霹靂，生生將她那些癡想劈得支離破碎！

「妳就算認不出這鐲子，可之前我已經將崔騰浩娶張氏的內情告知過妳了，他家中若真有如此貴重的物品，崔家父母又怎會因無錢治病而聘娶了出身商戶的張氏？他們一心盼著兒子他日高中，光耀門楣，又怎可能在親事上……」楚明慧含淚恨恨地道。

楚明雅臉色慘白，只覺得她那些情意竟是那般可笑，拿妻子的嫁妝當家傳鐲子送人，還有比這更噁心，更令人唾棄的嗎？可笑的是她居然還相信了，並將之視如珍寶般收藏在身上。

「這等人品低劣之人，妳真的還要為了他而將至親置之不理嗎？」楚明慧死死地瞪著她。

楚明雅怔怔望著她，兩行淚水緩緩地從她眼中流了下來。

姊妹兩人淚眼相看，只覺得心中一片悲戚。

楚明慧強忍下心中酸楚，掏出帕子替她拭去臉上的淚水。「如今妳還要再隱瞞嗎？告訴我，這段日子妳可曾見過崔騰浩？還有誰有可能知道了妳與崔騰浩之事？」

楚明雅沈默了片刻，才低低地道：「見過的，那日我陪著母親到廟裡祈福，曾碰到他。」

「你們可曾有過接觸？可有其他人見到？」楚明慧追問。

「不曾，我怕母親等急了會派人來尋，並不曾與他多說什麼話，只是相互見了禮，至於其他人，大概沒有吧。」楚明雅搖搖頭，頓了頓又道：「只是回府的中途，我們又遇到了二姊姊，恰好二姊姊的馬車壞了，母親讓她與我坐同一輛車，我們先送了她回安郡王府，這才回到侯府來。」

楚明涵？楚明慧心中猛跳，霎時冒出一個想法來。

「妳與她，在車上可曾說過些什麼？可有提過崔騰浩之事？」

楚明雅搖頭。「不曾，我與二姊姊向來沒什麼話好說，又怎會與她提這些事？我們也就閒聊了一陣，她只問了我的親事及府中的一些事，並不曾提起過崔騰浩。」

楚明慧怔怔地想了片刻，也沒想到當中有哪裡會讓人尋了紕漏，但是，楚明涵的突然出現著實讓她心中不安，尤其是她那日那句「都怪舍妹不懂事」。不知怎地，她總覺得楚明涵似是有點不顧一切了。

「三姊姊，妳回去吧，我已經知道自己是多麼的愚蠢，多麼可笑了，這段日子給爹爹、給姊妹們帶來了那麼多的麻煩，我……」楚明雅微微抬頭，壓下眼中淚意。

「三姊姊，替我向他們說聲抱歉，我讓他們失望了，還有姨娘，若是可能，請代我……」

「妳這是做什麼？要道歉也應該由妳親自去！」楚明慧壓下心中那股不祥預感，厲聲打斷她的話。

楚明雅微微一笑。「是的，是應該由我親自去才更顯誠意。三姊姊，妳還是先回去吧。」

楚明慧定定地望著她，心中那股不祥的預感越來越濃。

「妳……」

「我沒事，真的。」楚明雅笑著朝她用力點點頭。

儘管心裡仍是十分不安，楚明慧也不得不起身離開了。

她一出院門，便見慕錦毅站在外面，朝她走來。

「見到了？」

楚明慧點點頭。「見到了。」

兩人相攜著到了楚仲熙的書房，楚明慧將楚明雅說的那些話一五一十告知他。

楚仲熙聽罷，陷入了沈默當中。

「唉。」楚仲熙長嘆一聲，心中滿是複雜。

楚明慧與慕錦毅對望一眼，各自垂眸不敢答話。

「時辰不早了，你們也早點回去吧，明雅的事就交給我們吧，你們把自己的日子過好便是。」楚仲熙朝他們揮揮手。

楚明慧兩人也不打擾，便行禮告退了。

「六妹妹這事，會不會……會不會其中有二姊姊的手筆？」坐在返回國公府的馬車上，楚明慧終忍不住問出聲。

「可是嫁到安郡王府那位？」慕錦毅有點詫異。

「你不認得她？」楚明慧亦有點意外。

慕錦毅佯咳一聲，有點不好意思地別過臉去。「妳那些姊姊妹妹，我都不大認得清。」

楚明慧只覺有點哭笑不得，他活了兩輩子，居然還認不清她那些姊妹？那兩輩子都戀慕他的楚明涵，那些女兒心事豈不是成了天大的笑話？

慕錦毅被她看得更加不好意思了，期期艾艾地道：「那個……男女有別，雖說是親戚，也不便盯著人家看啊！」

楚明慧饒是滿懷憂慮，也被他逗得「噗哧」一下笑出聲來。

「誰讓你盯著她們看，虧你還好意思說是親戚呢，連人都記不住。」楚明慧啐了他一口。

「我只要記清哪個嫁到哪裡就行了，哪管她長得什麼模樣。」慕錦毅嘀咕道。

楚明慧再也忍不住了，捂著嘴巴笑個不停。

慕錦毅被她笑得滿臉通紅、手足無措，恨不得挖個地洞把自己埋進去。

楚明慧好半晌才忍住了笑聲，擦了擦笑出來的眼淚。「二姊姊，就是前世嫁給林煒均、今生嫁了安郡王的那個。」

慕錦毅自覺臉上熱潮退了些，這才咳了咳，道：「記得了，原來是她。妳怎會懷疑到她身上了？」

「今日你回來之前，唐夫人來尋我，說是二姊姊在旁人問起六妹妹之事時道了句『都是舍妹不懂事』。」

慕錦毅一怔。「她這是間接承認六姨妹做了那些事啊。」

「的確是這樣，再加上方才六妹妹也說了那日遇到崔騰浩時，又巧遇壞了馬車的二姊姊，是故我才懷疑是不是她那日發現了六妹妹與崔騰浩之事，這才……」

慕錦毅沈默了一下。「這也是個線索，我差人從這方面著手查探一下。」他頓了一下，又有點遲疑地問：「這位二姨姊不是應該嫁到林家的嗎，怎嫁到安郡王府了？安郡王那人……實在有點……」

楚明慧苦笑，這要她怎麼說？說楚明涵瞧上你了，非要退了林家的親事，然後自作自受將自己嫁到安郡王手上了？

慕錦毅見她不願說，也不惱。「林兄是個難得的人才，二姨姊實在有點配不上他。」

楚明慧詫異地望著他。「此話怎解？」

慕錦毅訕訕地笑了笑。「論理這話我不該說的。」然後又嘀咕了句。「男子漢大丈夫道這些家長裡短實在是不像樣。」

楚明慧似笑非笑地望著他，望得他更為尷尬了。

「她毒害了不少妾室與庶出子女，若不是這樣，林兄後來也不會將她遠遠送走了。」

楚明慧一怔，前世楚明涵被林煒均送走了？

「這些隱蔽事，你又怎會知道？」

「因為那庶子死時我正好在場，林兄大怒，拜託我幫他徹查。我查了數日，最終查到了她的身上，林兄本欲休妻，但考慮到那時侯府裡出了事，此時休妻並不適合，這才將她送走了。」慕錦毅壓低聲音將前世事一一道來。

侯府出了事，說的是前世她的爹爹被流放吧？

兩人回到國公府，先到太夫人院裡請安，太夫人問了他們關於侯府的事，慕錦毅也只挑了些不大要緊的事情回她。

太夫人知道孫兒自有想法，也不勉強，又叮囑了慕錦毅幾句要注意身子，同時囑咐楚明慧好生照顧夫君，便揮揮手讓他們回去了。

從太夫人院裡出來，兩人又去見了夏氏，夏氏淡淡地受了他們的禮，也照例囑咐了幾句就讓他們走了。

兩人一前一後地往文慶院方向走去，剛穿過一方遊廊，迎面便見梅芳柔走了過來。

「見過表哥、表嫂。」梅芳柔盈盈施禮。

慕錦毅擰眉望了她一眼，側頭對楚明慧道：「我在前邊等妳。」說罷，直接越過了梅芳柔，往前面走去。

梅芳柔見他這般嫌棄的模樣，不由得委屈地紅了眼。

楚明慧強忍著笑意，輕咳一聲。「梅小姐不必多禮，這段日子府中出了不少事，若有不周到之處，還請梅小姐莫要見怪。」

梅芳柔勉強扯出一絲笑容。「並不曾有不周到之處，表嫂多慮了。」

「如此甚好。妳表哥還在前面等我，我便不與妳客套了，梅小姐見諒。」楚明慧朝她點點頭，便越過她去尋慕錦毅了。

身後的梅芳柔望著她的背影，眼中滿是不甘。

「怎這麼久？那種人與她多說什麼？直接打發算了！母親也真是的，人都來了這麼久，也不早些送她回去。」慕錦毅有點不悅地道。

楚明慧好笑地望著他。「你若不想見她，自己去跟母親說。」

慕錦毅摸著下巴想了想。「那我挑個母親心情舒暢的時候再說吧。」

楚明慧見他竟然當真，不由好笑。

第二日，慕錦毅從外頭回來，臉上神色凝重。

楚明慧心中一驚，揮揮手讓翠竹等人退了下去，親自替他換過外袍，又淨過手，這才輕聲問道：「可是查到了什麼？」

「二姨姊安郡王妃，這段日子與五皇子妃走得頗近。」慕錦毅沈聲道。

「五皇子妃？」

慕錦毅點點頭。「其實當初彈劾岳父之人，雖明面看來是中立的一方，但太子殿下查到了，那人其實是五皇子那邊的。如今宮中德、賢兩妃分庭抗禮，德妃雖瞧著是占了優勢，實際上卻逐漸失了皇上與太后的心；賢妃以退為進，反倒勾起了皇上與太后的憐惜之心。更何況，照我看來，德妃能暫占優勢，無不和她與先皇后那層關係有關。」

「爹爹阻了他們的路，而二姊姊又與五皇子妃走得近，會不會是她發現了六妹妹與崔騰浩之事，然後告知了五皇子妃，那邊便以此為突破口，將爹爹拉了下來？」楚明慧冷靜地分析道。

「這種可能也不是沒有。」慕錦毅點點頭，頓了一下又接著道：「如今關鍵還是在崔夫人之死上，崔騰浩在獄中拒不承認謀害了崔夫人，亦不承認與六姨妹私相授受，只說那日與崔夫人起了些口角，他心情不暢便外出尋友人喝酒，回來時發現崔夫人死在了家中，這樣一來，事情就僵在這裡了。

「刑部肖大人目前命人全力偵破此案，崔騰浩說的那幾個與他喝酒的友人，如今暫未尋到，所以目前仍是崔騰浩的嫌疑最大。至於與六姨妹私相授受，其實不過是那邊替崔騰浩尋的殺人動機，順便將侯府牽扯進來。」

楚明慧靜靜地聽著他的分析，腦中也陷入了沈思當中。

第四十三章

晉安侯府小佛堂後的思院中，楚明雅一動不動地在榻上坐了半日，突然開口朝門外喚了聲。「黃嬤嬤。」

不一會兒，房門便「吱呀」一下從外面打開了，太夫人身邊的黃嬤嬤走了進來。「六小姐。」

「妳去向祖母稟報，我想見她。」楚明雅輕聲道。

黃嬤嬤聞言，急忙安排人領著楚明雅到太夫人院裡。

坐在上首的侯府太夫人一見到她，沈聲問道：「妳都考慮清楚了？」

「考慮清楚了。」楚明雅低著頭輕聲道。

「不後悔？妳要知道，真到了那個時候，可容不得妳有半點退縮。」

「不後悔，今日侯府劫難均是孫女所致。爹爹與眾位姊姊無辜受到牽累，孫女為人子女卻不知孝敬父母，反累及爹娘為我操心……」楚明雅有些嗚咽地道。

太夫人沈默了半晌，才輕聲問：「妳可有什麼心願未了？」

楚明雅將淚水憋回去。「倘若可以，還請祖母善待林姨娘，她終究生育我一場，平日又對我諸多照顧……」

「妳放心，我還不至於為難她一個小小的妾室。」太夫人亦有點黯然。

楚明雅跪下來朝她恭恭敬敬地叩了幾個響頭。「所有事皆因孫女所起，如今，自當由孫女將其結束。孫女不孝，不能侍奉祖父母、父母，還請祖母日後萬般保重。」

太夫人別過頭去擦拭眼角的淚水。「六丫頭，妳莫要怪祖母狠心，畢竟侯府的姑娘不止妳一個，侯府的名聲更容不得別人玷污……」

楚明雅淚光閃閃，露出一個淒然的笑容道：「孫女誰都不怪，如今這般下場皆是咎由自取，怨不得旁人。」

京城繼爆出晉安侯府六姑娘與人私相授受的傳聞後，又相繼爆出皇商寧家嫡出二小姐與府上管家私奔、五皇子妃被五皇子推倒導致小產的消息來。

一時間，京城一片譁然。

先不說那與人私奔的寧家小姐，單說五皇子害得五皇子妃小產一事就足夠震撼了。

五皇子成婚至今，府上卻一無所出，無論是五皇子妃，還是那個十分得寵的侍妾劉氏，皆不曾傳出過喜訊。如今突然傳出五皇子妃小產，還是被五皇子推倒所致，眾人心中一時各有所思。

這頭前吏部尚書盧大人剛剛卸職，那邊孫女就小產了，加上原要準備接任尚書一職的楚大人又突然被免了職，有心之人也不禁暗暗猜測這當中是不是有什麼不足為外人道的原因。

相對於已經是事實的這兩樁，晉安侯府那個被傳得沸沸揚揚的六小姐事件就不那麼引起關注了。

楚明慧得知後也稍稍鬆了口氣，雖說無法一下子將那些傳言打壓下去，但引開了眾人注意力總歸是好的，侯府的壓力也不會那麼大了。

正慶幸間，她就見慕錦毅臉色凝重地走進來。

她心裡不由得一驚，急急迎上去問：「怎麼了？可是有不好的消息？」如今稍有一點風吹草動，都足以讓她提心吊膽半日。

「崔騰浩說的那幾個案發之時與他一起喝酒的友人，一個坐船出了意外，一個至今仍無消息，而最後那一個……」慕錦毅遲疑著道。

「最後那個怎麼了？」楚明慧心中著急。

「他否認了崔騰浩的話。」

楚明慧身子一顫。「如今刑部是不是打算將他定罪了？是不是……」是不是會沿著為攀附侯府而謀殺糟糠之妻這條線展開調查？

慕錦毅沈重地點點頭。「極有可能。」

「那六妹妹呢？難道刑部要傳她上堂問訊？她一個姑娘家，若是上了公堂，這輩子……這輩子可怎安生才好！」楚明慧急得掉下了眼淚。

「事情或許未到那種程度，妳也莫要擔憂，那些事畢竟只是以訛傳訛，刑部沒有確切證據也不敢這樣做，畢竟那可是侯府姑娘。」慕錦毅柔聲安慰道。

又隔幾日，今科進士崔騰浩涉嫌謀害原配妻子張氏的案件便在刑部大堂正式開堂審理了。

這個案件牽涉到晉安侯府，又得了當今皇上要全力偵查的口諭，刑部尚書不敢怠慢，召集了一批經驗豐富的捕頭、仵作等多方偵查，如今自覺已湊集了證據能證明張氏確是死於崔騰浩之手。

只是崔騰浩在堂上卻死不認罪，刑部尚書用了一次又一次的刑，明明瞧著是手無縛雞之力的崔騰浩，卻偏偏生得一副硬骨頭，他死死咬緊牙關承受身上一波一波的劇痛，暈過去又被冷水潑醒後，依然大呼冤枉。

一時之間，審訊又陷入了僵局當中。

楚仲熙坐在一旁，怔怔地望著那個曾頗得他讚賞的年輕人，如今卻是血跡斑斑，那些汗水、血水從他身上滑落下來，他氣若游絲地躺在大堂中央，口中卻頑固地喃喃說：「我沒有殺人，沒有殺人！」

禮部尚書淩大人看著有些不忍，便朝著刑部尚書拱拱手道：「崔騰浩畢竟也是有功名在身，如今他身受數刑卻仍堅持不認罪，說不定當中還真有些冤屈之處，還請大人明察！」

刑部尚書皺皺眉，突然一拍驚堂木。「崔騰浩，本官再問你一次，你到底有沒有為了攀附侯府而謀害原配妻子？」

話音剛落，楚仲熙便忍不住站起來正色道：「大人請慎言，小女乃清清白白的姑娘家，平日大門不出、二門不邁，又怎會做出那等事來！我楚仲熙如今雖無官職，亦不容任何人詆毀親女。」

淩大人亦皺眉道：「大人這番話的確頗有些不妥，事關女子清譽，無憑無據的又怎能在大庭廣眾之下如此……」

刑部尚書有點訕訕然，他近段日子為此案煩不勝煩，總覺得有點力不從心，如今明明證據確鑿，崔騰浩卻依然嘴硬不肯認罪，讓案子又僵在此處，上頭皇上催得緊，太子也充分表示了對此案的關注，加上京中又有晉安侯府六小姐與崔騰浩的那些傳言，他也是有點氣急了。

「我一清清白白的女子，如今無故遭人詆毀，甚至還連累生父丟官，親人受屈，今日小女子便豁出去替自己尋個公道。」眾人正沈默間，便聽門外響起女子淒厲的叫聲。

堂上眾人下意識朝著門外望去，見一身穿白色衣裙的年輕女子雙眼含淚，神情悲憤，正一步一步朝著大堂走來。

「堂下何人，竟然未經傳喚而入！」刑部尚書又用力拍了一下驚堂木，大聲喝道。

那女子尚未開口，便見楚仲熙猛地站起朝著她厲聲道：「妳來此處做甚？趕緊給我回去！」

原來這位女子竟然是楚明雅！

楚明雅朝著他淒然一笑，然後直直跪了下來。「小女子楚氏，出自晉安侯府，府中排行第六。」

眾人一驚，卻是沒有想到傳言中的女主角親自到了。

「楚氏，妳未經傳喚到此處來，到底意欲為何？」

未等楚明雅開口回話，楚仲熙便朝她大聲喝道：「妳若眼中仍有我這個做父親的，便立即離開此處！」楚明雅突然出現，讓他心中有股不祥的預感，她一個弱質女子又是怎麼避開眾人來到這處？刑部大堂又哪是她這樣一個女流之輩能來的？

「小女子來替自己尋個公道！方才大人口口聲聲說這位崔進士為攀附侯府而謀害原配妻子，這當中指的是否就是小女子？」楚明雅不理會父親的喝斥，死死地盯著刑部尚書問。

刑部尚書剛才已因此事被凌大人及楚仲熙質疑過了，如今見楚明雅這樣一個小小女子竟然也敢質問他，不由得十分不悅。

「啪」的一下驚堂木聲響起。

「那妳可曾與崔騰浩私相授受，可曾與他密謀殺害張氏？」

楚明雅突然放聲大笑，然後猛地站起身，指著躺在地上一動不動的崔騰浩厲聲道：「我乃當朝吏部侍郎之女，出身百年世家晉安侯府，雖不是嫡出，但在府中亦是集父母兄姊寵愛於一身；他一個出身寒微的小小進士，論才華不及我兄長，論品行不及我親父，亦無潘安之容，更不必說他還是個有婦之夫，我又何苦要作踐自己委身於他？」

刑部尚書被她這番話堵得心口一窒。「既清清白白，又怎會傳出那等話來？」

楚明雅又是一番大笑，直笑得眼淚都要飆出來了。

「小女子實在沒有料到堂堂的刑部尚書審理案件竟然是依著些流言，實在是大開眼界！」

刑部尚書臉上一陣紅、一陣白，楚仲熙再也忍不住，欲出去阻止她，可坐在他身旁的凌大人卻制止他。「稍安勿躁。」

楚仲熙咬咬牙，終是又坐了回去。

楚明雅擦拭了一下眼角笑出來的淚水，「我本清清白白一女子，如今竟遭受這等屈辱，大人辦案不力，便要硬牽扯上些無辜之人。」

刑部尚書一再被她削面子，心中惱怒，正欲喝罵，又聽對方突然狠戾地道：「謠言害人，老天若有眼，便讓那等毀人名聲的陰險小人不得好死，我便是血濺公堂，也定要世人還我一個清白！」

楚仲熙暗道不好，未等他來得及阻止，就眼睜睜看著楚明雅突然發力朝公堂一方圓柱子上撞去——

「砰」的一聲，楚明雅軟軟地倒在了地上。

「明雅！」楚仲熙拚命衝上去，一把抱起地上的女兒。

楚明雅額頭上的鮮血不斷地湧出來，她勉強睜開眼睛，對著楚仲熙扯出一絲笑容。「爹爹，女兒不孝，恐無……無法再……再侍奉您、您老人家了……」

「傻孩子，別說話，爹爹帶妳去找大夫。」楚仲熙顫抖著手捂住她額頭上的傷口，只盼著能替她止住不斷湧出來的鮮血。

刑部尚書見她竟然如此剛烈地以死證明清白，心中也是十分震驚，未等他反應過來，便聽到禮部尚書凌大人大聲喊著尋大夫來。

楚明雅昏昏然，耳邊好似響起爹爹的悲泣聲、眾人的驚呼聲，還有連連的驚堂木聲，她只覺得眼皮越來越重，身子越來越輕，像是要飄起來一般。

爹爹、母親、姨娘、三姊姊、二哥哥……眼前似是又閃現出親人的笑臉，慈愛的爹爹，端莊的嫡母，溫柔的姨娘，還有總愛逗弄她說話的兄姊，那一幕幕溫馨的畫面閃過，讓她不禁微彎了嘴角。

畫面一轉，便見做婦人打扮的她，滿目淒然地踩上了繡墩，雙手拉著掛在屋梁上的白綾，慢慢地，將頭伸了進去，然後，腳下一蹬……

恍恍惚惚似是聽人喚她「崔夫人」……

崔騰浩死死盯著不遠處滿頭鮮血、軟軟地倒在楚仲熙懷中的楚明雅，心中一陣陣的驚濤駭浪，他想不到那個膽小害羞的侯府六姑娘竟然有如此剛烈的一面！

他不能認罪，因為他根本沒有殺害妻子張氏，那一次狠過一次的刑罰，讓他猶如墮入了地獄當中，可他仍是咬緊牙關，心中一遍一遍地不斷叮囑自己，絕不能認，絕不能受此等不白之冤，否則他就算是死也會落得一身的罵名！

晉安侯府六姑娘撞死於刑部大堂以證清白，侯府太夫人冒雨跪求宮中請太后還孫女公道的消息，如長了翅膀一般傳遍了整個京城。

當楚明慧得到消息趕到侯府時，已來不及見親妹妹的最後一面。

她怔怔地望著那滿屋的素白，腦中一片空白。

六妹妹，那個膽小害羞的六妹妹，死了？明明之前還好好的，怎麼就死了？

她不敢置信地搖著頭，眼中的淚珠大滴大滴地滾落了下來……

「六小姐，明雅，我的女兒……」一陣淒厲的哭聲從她身後響起，她愣愣地站在原地，直到盈碧通紅著雙眼將她拉到一邊，才見到林姨娘瘋了一般直衝進裡屋。

躺在鏤空雕花紅木床上的楚明雅，神態安詳，親人那些悲痛的哭聲再無法傳入她耳中，她膽小了一輩子，唯一的一次勇敢，卻是將自己送上了不歸路！

楚明慧愣愣地站在一旁，淚水掩蓋了她的視線，林姨娘悲痛欲絕的哭聲如同一把把尖利的刺刀直直朝她心臟刺來。

她不敢去深究為什麼被鎖在府裡的楚明雅會突然現身刑部大堂；不敢去想為什麼祖母早不求、晚不求，偏偏楚明雅一死她就跑到皇宮跪求太后替孫女作主；不敢去探究到底是哪些人，充當了劊子手，將楚明雅推向了不歸路！

她只知道那個怯怯弱弱、靦覥害羞的六妹妹死了，那些應當為她的死擔負一定責任的人，她甚至不敢去想。

「姨娘！姨娘妳怎麼啦？」

一陣驚呼將楚明慧喚醒，她眨眨眼，視線慢慢變得清晰起來，屋裡的一切又慢慢呈現在她的眼前。

林姨娘的貼身婢女驚慌失措地扶著暈倒在地的她，盈碧也急急跑上前去幫忙，一會兒又有兩位婆子走了進來，其中一個揹起昏迷的林姨娘走了出去。

楚明慧一步一步地走到床邊，定定地望著躺在床上的楚明雅，半晌，才顫抖著伸出手去碰了一下她的臉龐，觸覺冰冷——

她的眼淚一下子又湧落了下來，大滴大滴地落在楚明雅的手上，濺起小小的水花。她先是無聲地落淚，繼而痛哭失聲。

她唯一的妹妹啊！就這般冰冰冷冷、毫無生氣地躺在她面前，她甚至連去追查凶手的勇氣都沒有！

侯府太夫人那一跪徹底驚動了太后，太后親自召見了太夫人，聽了太夫人的哭訴後極為震怒，亦為剛烈地以死證明清白的侯府六姑娘感到唏噓，親自下懿旨嘉獎楚明雅，稱她是世間少有的貞烈女子，當為女子表率。

佑元帝聽聞此事亦頗為震驚，兩個兒子間的明爭暗鬥他自然心中有數，本想趁這場風波將那些暗藏的有心人一一挖出來，倒未曾想過會間接葬送了一名女子的性命。

楚明雅的死在京城掀起一陣軒然大波，沒有人再敢對她冷嘲熱諷，那可是被太后親自下旨嘉獎過的人，再質疑她豈不是質疑當今的太后娘娘？

於此同時，楚明涵渾身僵硬地扶著圓桌慢慢坐到了椅上，六妹妹死了？那個膽小怕事的六妹妹竟然有那等勇氣當著那麼多人的面撞死在公堂之上？

她面無血色地顫抖著手替自己倒了一杯熱茶，哆哆嗦嗦地飲了一口，原以為只不過是將侯府所有姊妹拖入流言蜚語當中，讓她們也嚐嚐那種求助無門的痛苦，可卻不曾想過竟然會害得堂妹以死證明清白。

那日在山上撞見了崔騰浩與楚明雅後，她就覺得這兩人之間有點古怪，為了探明內情，她故意先行一步在路上堵住了陶氏她們，藉由馬車壞了的理由坐上楚明雅的車子。

她自然不會直白地問楚明雅關於崔騰浩之事，兩人雖是姊妹，但一向不大親近，這些私隱之事，楚明雅又怎麼可能會告訴她？只是她在陰險狡詐如安郡王太妃手下都能偶爾占點便宜，楚明雅那種不諳世事的小姑娘又哪是她的對手，兩三下便被她發現了她對崔騰浩那等小兒女心思。

她又順著這條線尋到了楚明雅的貼身婢女桃枝，稍用些手段控制了桃枝的家人，又是威逼又是利誘地從她口中得知崔騰浩與楚明雅之事，再假裝若無其事地將其洩漏給五皇子妃。之後，一切如她意料當中那般，侯府處於聲譽危機當中，姊妹們一一被夫家鄙棄，她看在眼裡，喜在心中。

憑什麼姊妹七人，就她一個受苦，既是姊妹情深，自該有難同當才是！嫡母讓她一輩子不好過，她便毀了她女兒的名聲。有這些姊姊妹妹陪她，就算是地獄，也沒有那般冷清了！

楚明涵面目猙獰，一雙纖手死死握著茶杯。

楚明雅的喪事辦得極為隆重，畢竟能得到朝廷嘉獎的女子少之又少。只是，對於各懷心事的侯府眾人來說，什麼嘉獎都無法抹去心中那些沈重。

楚仲熙至今無法忘記小女兒滿身血跡地躺在他懷中、身子一點一點冷卻的那一幕，可他卻是那般束手無策。親眼看著女兒逝去的痛苦，終其一生，他大概也忘懷不得。

而對於侯府太夫人來說，她達到了她的目的，侯府的聲譽挽回了，從此以後再沒有人敢詆毀侯府的姑娘，而且還得到了太后的嘉獎，事情出乎她意料發展；只是二兒子那失魂落魄的模樣一直在她腦中閃著，她心中說不出的苦澀難受。

「妳說，老二他是不是怨我了？」太夫人落寞地問身邊的黃嬤嬤。

「二老爺會諒解您的，畢竟您也是為了整個侯府好。」黃嬤嬤輕聲安慰道。

「他會諒解，卻不一定會接受。我的兒子我清楚，他是個重情義的，六丫頭又是他自小看著長大的親生女兒，雖可能及不上三丫頭那般得他心意，但畢竟也是……」太夫人有點嗚咽著道。

黃嬤嬤輕嘆一聲，太夫人這樣做也是可以理解的，畢竟那些流言並不全部失實，六小姐的的確確與外男私相授受了，憑這一點，她也算不得完全清白，縱使時間長了，眾人或許會被其他更震撼的消息吸引了注意力，但只要六小姐這事沒有一個圓滿、確切的答案，侯府就會一直處於質疑當中。

死者為大，如今六小姐以那等震撼的方式死了，不管她生前有沒有做過那些事，憑她在公堂之上、臨死之前那聲聲悲憤的控訴，也無人再敢對她有任何詆毀，一個弱質女子以自己的性命來證明清白，試問又有什麼人忍心再去質疑她？

楚明慧至今無法從楚明雅的死亡中走出來，明明早些時候她還與自己說著話，怎麼沒過幾日她就死了呢？

慕錦毅靜靜地坐在一邊陪著她，說實話，關於楚明雅的事，他之前也是隱隱有些擔憂的。

百年世家對名聲的看重，他豈會不知？事情發生之後，侯府太夫人除了將楚明雅關了起來之外，並沒有採取其他措施，當時他心中就覺得有些不安了，只是在心中安慰自己，楚明雅最差的結局也不過是青燈古佛；卻是沒有料到侯府太夫人竟然會想出這樣的法子來，更讓他沒有想到的是楚明雅竟也會同意侯府太夫人的做法，豁出自己的性命挽回了侯府的名聲。

「前世六妹妹是怎麼死的？什麼時候死的？」慕錦毅正沈思間，突然便聽楚明慧啞著聲音問他。

慕錦毅一怔，片刻才低聲道：「自盡，懸梁自盡！就在崔騰浩被處斬之後不久。」

楚明慧的眼淚又流了下來。「兩輩子都是自盡，兩輩子都與崔騰浩扯不開，若有下一輩子，她……」

慕錦毅坐到她身邊，輕柔地替她抹去臉上的淚水，輕聲道：「六姨妹就算欠了崔騰浩再多，歷經兩世也還得清了，若有下一輩子，她一定會快快樂樂、幸幸福福地度過一生的。」

「嗯。」楚明慧嗚咽著點頭。

受楚明雅之死牽連的，第一個便是刑部尚書，佑元帝在朝堂之上叱責他辦案不力，累及無辜女子慘死，限他一個月內必須破案，否則革職查辦。

刑部尚書有苦說不出，只得跪下領旨謝恩。

而對於太子一派來說，楚明雅的死、太后的嘉獎、皇帝的震怒卻給他們帶來了機會，十幾個太子的心腹幕僚日夜聚集一起，商量怎麼借這股東風將五皇子一派的人一個個拉下水，而朝堂上這些明爭暗鬥，慕錦毅也沒有跟妻子說。

楚明雅的頭七過去之後，楚明慧整個人變得蔫蔫的，無論做什麼都打不起精神。

慕錦毅看在眼裡，急在心裡，不知尋了多少有趣的玩意來逗她開心，可收效甚微。

另一廂，崔騰浩仍被關在刑部的大牢，刑部尚書自被佑元帝斥責一番後倒也不怎麼敢對一直不肯認罪的崔騰浩用刑了，卻也沒讓他好過，直接將他扔在牢裡，任他傷口化膿，甚至散發出一陣陣難聞的味道。

可崔騰浩卻好似毫不在意般，每日都一動也不動地躺在獄中，獄卒好幾次見他沒反應都以為他死了，可打開牢門查看時卻見他眼珠子偶爾還能轉動兩下。

崔騰浩至今還沈浸在楚明雅的死當中，那樣嬌柔的女子滿身血污地撞死在他眼前，就倒在離他不遠的地方，那一幕帶給他的震撼實在是太過強烈了。

他承認自己對楚明雅是不懷好意，甚至是想著利用她，可卻從未想過會害得對方死於非命。

這幾日他總是作著一個斷斷續續的夢，夢中都是一些片斷，有他迎娶楚明雅的，有他平步青雲、仕途順暢的，也有他淪為階下囚，被斬首示眾的……這些帶給他的感覺都沒有夢中楚明雅對他的羞澀淺笑、溫柔體貼來得更深、更糾結！

有時他恍恍惚惚之間會真的以為自己如今是晉安侯府的六姑爺，他的妻子是楚明雅，還有楚明雅替他生下的兩個兒子；可是獄卒偶爾的呼喝聲卻屢屢將他驚醒，讓他重回到現實當中。

如今的他，只不過是待罪之身。他不知道自己還能堅持多久，不能認罪是他的底線，父母將一生的期望放在他身上，就算他不能光宗耀祖，亦不能讓祖宗蒙羞。

或許他本就做錯了，他本不應該想著攀附權貴，張氏雖然出身低微，但一直一心一意地待他，在他父母雙亡那段最艱難的日子裡對他不離不棄，始終體貼地侍奉他；若是他高中之後帶著她尋個偏遠點的小縣城，當個小小的父母官，或許如今一切便不同了。

只是，世上最難得的便是後悔藥，他如今便是悔死，張氏、楚明雅也已經香消玉殞了。

一個月後，慕錦毅從外頭回來時，揮揮手讓房裡的下人們退下，楚明慧尚未反應過來，就聽他沈聲道：「崔騰浩，被無罪釋放了。」

楚明慧一驚。「這麼說崔夫人不是他殺的了？」

慕錦毅拉著她的手在榻上坐下。「並不是崔騰浩殺的，崔騰浩說的那幾個案發時與他喝酒的友人，除了那個死了的之外，另一個也找到了，他承認那晚確實與崔騰浩在一起喝酒。」

「那，豈不是與之前那位的說法完全相反了？」楚明慧道。

慕錦毅點點頭。「正是，從中也可得知，這兩人之間必有一人說了謊話，而說謊的那人，背後牽扯的可就大了。」

「那刑部是怎樣分清哪個人說了謊話？」

「其實並不大複雜，承認與崔騰浩喝酒的那人，在聽聞官府到處尋他時便打算回京了，卻沒料到遭到黑衣人追殺，他九死一生才活了下來，又幸虧遇到刑部派出去的捕頭，這才得以保留性命回京替崔騰浩作證。經過他這番遭遇，哪個人說謊，便是顯而易見了。」

「你的意思是，有人故意陷害崔騰浩？可是，他一個未有官職的進士，身上又有什麼可圖的？」楚明慧疑惑地問，頓了頓，她又苦澀地道：「我大概清楚了，他們謀的不是崔騰浩，是侯府。若是崔騰浩被定了罪，相信很快又會有新的證據證明六妹妹與他密謀殺害崔夫人了吧？」

慕錦毅沈默片刻，才輕輕點點頭。「的確如此。」

「如今六妹妹的死打了他們一個措手不及，崔騰浩的殺人動機似乎也有點站不住腳了，所以刑部才能在短短一個月內破案的吧？」楚明慧低聲道。

慕錦毅撫了撫她額角的鬢髮。「明慧，如今崔騰浩雖無罪釋放，但他的身子卻被徹底毀了，這一生大概連站立走路都困難。朝廷雖會對他有所補償，但終究也無法改變他身子的現狀，他害了六姨妹兩輩子，如今這般不人不鬼的，也算是得到報應了。」

楚明慧沈默地垂著頭，他得到報應又如何，六妹妹都挽不回了。

第四十四章

再隔半個月，佑元帝相繼罷免了幾位官員的職務，最初彈劾楚仲熙的那位更是被他痛斥心術不正，誣陷同僚，不但烏紗不保，甚至還累及子孫三代不能出仕。

佑元帝又下旨將楚仲熙提拔為吏部尚書，原暫兼任吏部尚書的凌大人則繼續執掌禮部。

未等侯府老太爺、太夫人暗自鬆口氣，便聽聞楚仲熙上摺子請求皇上收回成命。

侯府老太爺夫婦得到消息後便沈默了，兒子這是充分表示對女兒無端慘死的不滿啊！

太夫人苦澀地道：「老二終究還是怨我的。」

老太爺拍拍老妻的手。「要怪便應怪我才是，若沒有我的點頭，六丫頭又怎可能順利到達刑部公堂？老二想是心中也明瞭，妳只不過是執行我的決定罷了。」

楚明雅的死，不只他、太夫人，甚至還有太子一派，都充當了推手，只是對於老太爺來說，他是絕不允許在他有生之年見到侯府陷入那般境地，用一個孫女的性命能挽回侯府的聲譽，他並不覺得有何不妥。再者，楚明雅既然不顧臉面做出那等事來，便應該考慮到將來的下場！若是她一直循規蹈矩，別人又怎會偏偏盯上了她？

只是，有些事理智上接受是一回事，感情上接受又是另一回事，楚仲熙大概便是處在這樣的矛盾當中。

對於其他文武百官來說，均認為楚仲熙的推辭只不過是以退為進，賺取皇上更多的愧疚罷了。

楚明慧得知後沈默半晌，才幽幽地對著慕錦毅道：「爹爹是真的想辭官了。」

慕錦毅嘆息一聲，他自然也知曉岳父這次是有點心灰意冷了，只是不知道他是在怨自己，還是那些將楚明雅推上死亡之路的親人！

楚仲熙連上幾次摺子推辭，可佑元帝都不准，他長嘆一聲，知道再推的話就會觸怒皇上了，只得接了任命。

崔騰浩殺妻案雖然最終偵破了，但楚明慧卻覺得其實當中有很多內幕沒有挖出來，問慕錦毅，他也只是沈默。

楚明慧就知道這當中牽涉了一些她不該知道的事，是故亦不在意，她唯一在意的是楚明涵，她在楚明雅的死當中扮演的角色。

實際上，當初侯府太夫人並沒有杖斃桃枝，卻將她打得丟了半條命，在得知楚明雅那般剛烈地死去之後，桃枝也將自己受人脅迫說出崔騰浩與楚明雅之間的事，以及她意外發現幕後主使者是楚明涵的事一五一十地告知太夫人，說完後，一頭撞向柱子，跟隨她的主子楚明雅去了。

太夫人只覺晴天霹靂，侯府這段日子的風波竟是出自另一位孫女之手？

她搖搖晃晃地就要倒下去，一旁的黃嬤嬤急忙扶住她。

「造孽啊！」太夫人老淚縱橫。她逼著六孫女以死挽回侯府的名聲，可二孫女才是造成侯府聲譽危機的幕後之人，這一切，到底是怎樣的孽啊！

過幾日，又傳言五皇子觸怒皇上，皇上將他禁足。

說起來張氏死得確實冤枉，五皇子妃從楚明涵口中得知楚明雅與崔騰浩那些事，又派人查探了一下崔騰浩，加上她在五皇子府中一直被侍妾劉氏壓得死死的，除了初一、十五兩日外，其他時候五皇子都是歇在劉氏處。

爭寵她爭不過劉氏，只能靠賣弄她那點小聰明來討五皇子歡心，得知五皇子一直痛惜她祖父卸職後吏部便要落入晉安侯府之手，她便想著以楚明雅與崔騰浩那點事作為突破口，徹底將晉安侯府從吏部扯出來。

事情似乎都在她意料當中，崔騰浩與張氏發生口角憤而離家，她派出去的人乘機闖進去掐死了張氏……

後面發生的事更是如她所願，她也因此得到了五皇子一段日子的寵愛，甚至連對她進門至今都無所出而頗有微詞的德妃，也對她和顏悅色了許多，只是沒想到……

如今她小產，那對母子除了在口頭上安慰幾句，送些補身的藥材外，再不願搭理她。她對生母哭訴，可盧夫人除了與她抱頭痛哭外，也無其他辦法。

安郡王府。

「郡王妃，慕國公府世子夫人求見。」楚明涵正讓彩雲替她後背的鞭傷上藥，就聽外頭有婢女來稟。

她一怔，楚明慧來了？她來做什麼？

或許是心虛，楚明雅的喪禮，她也只是命彩雲代她回去拜祭一趟，算起來，她已經好久沒有見過楚明慧了，如今她這般找上門，難道是為了楚明雅的事？可是，那些事她自問做得還算是挺隱蔽的，就連派去要脅桃枝的也是在外頭請的人，應該不會查到她身上才是。

她收斂心神，讓彩雲服侍她將衣裙穿好，這才朝著屋外說了聲。「請她到廳裡吧！」

此時，楚明慧一動也不動地站在安郡王府招待女客的花廳中，安郡王府的婢女請她入座，她也只是「嗯」了一聲，然後才坐在一側的紅木椅上。

「原來是三妹妹到了，果真是稀客啊！」身後傳來一陣熟悉的聲音，楚明慧死握著雙手，垂著頭掩飾眼中恨意，這才站起來迎接楚明涵。

「安郡王妃。」

楚明涵嬌笑著在上首坐下，又命婢女倒了杯茶，再揮揮手讓廳裡服侍的下人退下，這才朝著楚明慧道：「不知三妹妹到來有何貴幹？」

「沒什麼，只是親自來告訴妳一聲，六妹妹死了。」楚明慧亦淡淡地道。

「啊，真是可憐，想不到六妹妹卻是那般想不開，流言而已，傳著傳著沒新意了自然就會平息了，又何苦搭上自己的性命呢！她的喪禮二姊姊也收到消息了，只是恰逢那日我身子不適，加上我家郡王爺剛辦完差事歸來，一時走不開，這才讓彩雲代我前去拜祭一番，三妹妹不會因為這樣就怪罪姊姊吧？」楚明涵擦了一下眼角那滴淚珠，假惺惺地道。

「六妹妹死了，一頭撞死在刑部公堂之上，撞得頭破血流，那些紅豔豔的鮮血，一點一點遮住了她整張臉，然後滴落到她身上的衣裙，將她整個人染成紅通通的，甚至連抱著她的爹爹身上都沾滿了血跡；據說六妹妹撞向的那根柱子，如今上面的血跡都清洗不乾淨，就算重新在外頭漆一層顏色也掩蓋不下，刑部肖大人都打算將那柱子推倒重建算了……」楚明慧不答她，只是慢吞吞地道。

楚明涵被她的形容驚得心頭一跳，片刻才裝作若無其事地扯出一絲笑容道：「聽起來怪嚇人的。」

「嗯，六妹妹臨死前曾發過誓，要讓那些陷害她的人不得好死，她就算是墮入十八層地獄也不會放過他們。」楚明慧突然陰森森地道。

楚明涵嚇得差點跳了起來，她拚命抑制心中的懼意，才勉強笑道：「是呢，六妹妹真是死得太可惜了。」

「二姊姊妳沒有親眼見到六妹妹的慘狀吧？說起來，二姊姊上回馬車壞了還是六妹妹親自送妳回府的呢，六妹妹一向膽小不愛說話，可卻能一路與二姊姊談笑風生，妳與她感情這麼好，六妹妹肯定不捨得妳的。」楚明慧意有所指。

楚明涵心中一跳，不明白對方為何突然提起那件事，莫非她懷疑自己了？

她越想越擔憂，本以為五皇子那邊有所動作，侯府這次大概是在劫難逃了，她早點撇清自己，再攀上五皇子妃，就算旁人對她怎麼指指點點她也不怕。如今她偷雞不著蝕把米，侯府那邊大概對她也極為不滿了，早些日子她憑著五皇子妃的勢力才在郡王府中勉強好過了點，郡王太妃也不怎麼打壓她了。

只可惜五皇子妃如今自身難保，她又得罪了娘家，假如郡王太妃乘機……

想到對方的手段，她不禁打了個冷顫，這對母子都不是人，是惡魔！若他們得知自己再無靠山，還不下狠手折磨？

楚明涵正驚懼間，又聽丫鬟來稟。「郡王妃，晉安侯府來人了。」

楚明涵心中又是一跳，勉強扯出微笑道：「快快有請！」

楚明慧亦覺得奇怪，不懂侯府那邊要做什麼。

「安郡王妃。」侯府來的人是老太爺身邊得力的管事，自小跟在老太爺身邊服侍，府中眾人對他很是禮遇。

老管事一進來就恭恭敬敬地朝楚明涵行了禮，抬頭見楚明慧亦在場，又對她躬了躬身子。「三姑奶奶。」

這明顯的親疏對待讓楚明涵心中更為不安，強笑著道：「祖父怎派您老來了，若是有事，讓人來通報一聲，我自會回去向祖父、祖母請安。」

「不敢煩勞郡王妃，老奴是來傳老太爺的話。老太爺說：『望妳好生保重，日後侯府再無二姑娘，更無二姑奶奶。』」老管事面無表情地傳完話之後，躬身告辭了。

楚明涵臉色刷的一下變得慘白。她，這是遭了娘家厭棄？

楚明慧有點意外，莫非祖父他們也查到了內情？若是這樣，倒也能說得過去了。

她見楚明涵面無血色、怔愣地望著老管事離去的方向，心中一陣痛快。

「二姊姊，哦，不是，應該稱安郡王妃，妾身有事便不再打擾了。」楚明慧頓了頓，又湊到她耳邊壓低聲音陰森森地道：「多行不義必自斃，舍妹死得那般慘烈，她就算是做鬼也不會放過害她的人，郡王妃妳說對嗎？」

言畢也不待對方有什麼反應，直接離去了。

楚明涵渾身僵硬地坐在椅上，手足冰冷。

十八層地獄？她如今已身在地獄當中，又怕什麼死了的人！

她猛地捂著嘴呵呵直笑，然後，越笑越大聲，越笑越放肆……

她如今所處之地，又何止是十八層地獄？說是人間煉獄，也不為過！

楚明慧回到國公府，只覺得疲累不堪，一路上她思前想後，猜測祖父母大概也查清楚那些流言的起因了，如今這般派個心腹來傳達侯府對楚明涵厭棄的意思，何曾不是想著遮醜？自家姑娘陷害自家姑娘，連累全府，這等事情傳了出去，眾人還不對侯府指指點點、質疑侯府教養子女的方式？

名聲重於一切，這幾乎算得上世家的行事準則了，六妹妹再可憐，可她人都已經死了，祖父母又怎可能在一切好不容易平息下來之後，又將侯府置於流言蜚語當中？

望她今後好生保重，這大概是祖父給楚明涵最後的忠告了吧。

楚明慧剛進門，便聽燕容朝她稟報。「少夫人，您回來得正好，剛太夫人才找您呢！」

「嗯，我這就去。」楚明慧顧不得滿身疲累，匆匆梳洗更衣過，就朝著太夫人院裡去了。

得了丫鬟的通報，又向太夫人行過禮後，楚明慧才笑著問：「不知祖母尋孫媳婦有什麼事？」

「也不是什麼事，就是二丫頭出嫁的日子確定下來了，就在半年之後，這段日子孫媳婦要多多辛苦了。」太夫人和藹地道。

「這都是孫媳婦的本分，又哪說得上辛不辛苦的。」

「還有鴻兒的親事也訂下了，過幾日也要派人上門提親，妳要準備一下所需物件。」

楚明慧一怔，慕錦鴻的親事也訂下了？

「不知訂的是哪家小姐？」

「是文將軍的庶長女。」太夫人道。

文將軍的庶長女？果然又是她！

「孫媳婦知道了，必將事情辦得妥妥當當的。」楚明慧垂眸道。

「祖母自然知道妳是個辦事妥帖的。」太夫人拍拍她的手笑道，然後，又不動聲色地打量了一下她的小腹。「說起來妳與毅兒成親日子也不算短了，就是什麼時候才讓祖母抱上重孫子啊？」太夫人裝作不經意地開玩笑。

楚明慧神情一滯，裝出不好意思的樣子別過臉去。

太夫人又叮囑了幾句要她注意身子，就讓她回去了。

太夫人的意思很明白了，就是希望早日抱上重孫子，說起來她嫁到慕國公府這麼久，還是第一次被長輩問起子嗣之事，這一點，比起上一輩子要好上許多了。

如今她與慕錦毅相處得平平淡淡的，兩人偶爾能坐在一起聊些閒話，慕錦毅也會將外頭之事挑一些不涉及機密的跟她說。

楚明慧覺得，其實就這麼與他過一輩子好像也沒有什麼不好，沒有刻骨的愛戀與怨恨，就這樣平平淡淡地過下去，這世間上大多數夫妻不也是這般相處的嗎？

如今太夫人的問話向她提出了一個問題：子嗣。

上輩子她本可以有自己的孩子，可惜最終沒有保住，上天似乎並不大善待她，直接剝奪了她做母親的權利；而今生，最初她心中排斥慕錦毅，自然不願與他親近，至於生兒育女，更難有可能。

如今兩人經歷了這麼多，雖未能將所有的心結解開，然而，就算不為旁人，單是為了她的後半生，她也應該替慕國公府生一個繼承人，讓自己後半生有個依靠。只是，讓她開口向慕錦毅說這些，她覺得頗有點難為情。

除了洞房那晚，慕錦毅雖每日躺在她身邊，可一直相當安分，從不曾逾矩半分，若不是太夫人突然提起了重孫子，她大概也會一直這樣與慕錦毅蓋著被子聊聊閒話，然後各自睡去吧。

只不過有一點她卻不甚明白，照理她都已經進門這麼久了，除了剛開始替慕錦毅選過一回通房之外，一直不曾主動往他身邊放人，以上輩子的經驗來說，太夫人也不可能一直對此無動於衷才是啊！就算不對她表示不滿，也應該隱晦地敲打一番才是，怎麼可能沒有任何動作呢？

她自然想不到慕錦毅在太夫人跟前將所有的事都攬過去了，甚至胡謅他自己曾吃過女奸細的虧，這才導致他一直對女子退避三舍，若不是楚明慧是他明媒正娶的妻子，與他榮辱與共，他也不可能那麼快就接受她的親近之類的話。

這日，楚明慧正猶豫著怎麼將太夫人的意思告訴慕錦毅，就見他從外頭走了進來。

她急忙起身服侍他梳洗過，便聽慕錦毅壓低聲音說：「近日京中流傳著安郡王虐打原配妻子至死的事，妳可知道？」

「什麼？」楚明慧一驚，細想了一下，上一輩子安郡王暴虐的內情似乎也是這般傳出來的，而那時的安郡王妃楚明芷一直都是既不承認也不反駁的態度，若不是她曾親眼見過她背後的鞭傷，也不敢相信那些傳言會是真的。

如今這樣的傳言又依著前世那樣傳開來，就不知道這一世的安郡王妃楚明涵會怎麼做了。

「那，楚明涵……」

「她駁斥了這些話，說皆是無稽之談，分明是前安郡王妃娘家人從郡王府尋好處不成，便氣急敗壞四處詆毀郡王府。」慕錦毅低聲道。

「她竟然會維護安郡王府？」楚明慧有些意外，稍想一想，如今安郡王府已經成為楚明涵唯一棲身之地了，她這般做好像也可以理解。

慕錦毅嘆道：「這位安郡王妃，與前世那位，果真是極大不同，她倒是無論處在什麼樣的境地都能讓自己活下去。妳道她為何這般維護安郡王府？皆因她將散布這番話的前郡王妃親弟藏起來了，並以此要脅郡王太妃，否則以她現在這般遭了娘家人厭棄，郡王太妃又怎會讓她好過！」

他頓了頓又道：「如今安郡王府內宅便是這般分化開了，郡王太妃怕她將秘密傳出去，不得不低頭；而郡王妃則為安身立命，以雷霆手段收攏了一批人，如今在安郡王府也有幾分勢力了。」

「郡王太妃怎麼會甘心，肯定會想方設法挽回劣勢的吧？若是楚明涵勢力不夠，那位前郡王妃的親弟性命堪憂啊！」

慕錦毅沈默不語，若不是為了楚明慧，他也不會去關注那個地方，那府裡沒有一個乾淨的人，就讓他們狗咬狗算了，何必放在心上？再者，那安郡王也只不過是憑著老祖宗遺留下的那點聲望苟延殘喘地活著，上一輩子跟在五皇子身後也翻不出什麼風浪，更何況如今五皇子還瞧不上他。

自慕淑穎瘋魔後，夏氏一心照顧女兒，其他的事都不管不顧，因此梅芳柔如今在府中就相當尷尬，原本國公府內眾下人便清楚當初她是被太夫人強行遣送返家的，如今她又是不請自來。之前慕淑穎好好的，眾人就算對她再不屑也不敢表現出來，如今慕淑穎這般模樣，夏氏又顧不上她，加之以前她在府裡也並不怎麼得人心，下人們哪還管她什麼表小姐，左右是個不受歡迎的人，自然沒有什麼好態度。

梅芳柔又羞又怒，只恨這些人狗眼看人低，可惜她在府中唯二的靠山，一個倒了，一個心思全不在她身上，她就算再惱怒，也不敢同往年那般發洩出來。

這日，夏氏接到了梅家的書信，信中說梅芳柔的父親替她擇了門親事，讓她回家備嫁云云。夏氏一驚，倒一時料不到對方竟打了她一個措手不及，她這段時間只一心顧著女兒，一時倒將外甥女的親事忘了；再者，其實她也並無多少把握能讓兒子慕錦毅納了這個外甥女，之前兒子那般反感她，當面都能毫不留情地斥罵，如今又怎可能同意讓她進門。

那日她見梅芳柔一片深情、無怨無悔的模樣，一時心軟應了她，事後也後悔不已。如今梅家既已替她擇了親事，倒也替她解圍了，就是不知梅父擇的是什麼人家？

梅芳柔得知家中父母替她訂下了親事，只感到一陣晴天霹靂，生生將她打懵了，以父親對繼母言聽計從的樣子，能替她謀什麼好親事？

她又急又怒，可除了夏氏，她想不出有什麼人可以幫她。

夏氏嘆息地望著跪在她面前哭得梨花帶雨的外甥女，心中也覺得不好受。只是，她不過是個姨母，決定不了她的親事，如今人家的生父替她訂了人家，她也沒有立場反對。

「父親一向對繼母言聽計從，之前繼母就有意將我許給她娘家那個斷了條腿的姪兒，若不是恰好姨母命人來接我上京，只怕……上一次返家後，她又瞧上了一家富戶，要將我送給那家中已經六十多歲的家主當第十八房小妾，這次，說不定她打的還是這個主意。」梅芳柔抽泣著道。

夏氏扶起她。「不會的，妳父親來信說是對方要娶妳為正室，這也說明訂的人家絕不是妳所說的那家富戶。再者，他好歹也是妳親生父親，又怎會害妳呢？」

事到如今，夏氏就算滿腹疑問，也不敢對著梅芳柔說，只得不痛不癢地安慰幾句。

梅芳柔見她像是要堅持將自己送回去的意思，心中一急，也顧不得其他了，衝口而出。

「我不嫁，我說過今生今世只要表哥一人！」

夏氏被她直白的話嚇了一跳。「妳胡說什麼？哪有姑娘家說這樣的話！」

開弓沒有回頭箭，梅芳柔覺得她如今已經沒有任何退路了，眼前的夏氏是她唯一的希望。

「姨母，阿柔對表哥一往情深，只願一生待在他身邊，其他人就算再好，我也不要，妳若逼我，我寧願一頭撞死！」

「妳……這又何苦呢？妳表哥他的事，姨母是作不了主的，如今，府中掌事的又是妳表嫂，姨母就更說不上話了。」夏氏嘆息道。

梅芳柔站起身子，走到她身側輕聲道：「姨母，如今表妹成了這般模樣，表嫂又一向與她不和，若是將來妳不在了，表妹可怎麼活呀！」

夏氏呼吸一滯，梅芳柔這話的確是她的擔憂。

梅芳柔察言觀色，見她有所觸動，又繼續道：「阿柔與表妹情同親姊妹，自然願意照顧她一輩子。」

夏氏心中一動，不動聲色地望了她一眼。

第四十五章

文慶院。

「少夫人，世子爺出事了！」楚明慧正盤問著管事婆子替慕錦鴻上文府提親所準備的事，便見燕容匆匆進來稟道。

楚明慧大驚。「出什麼事了？」

「情況緊急，奴婢一時半刻也說不明白，少夫人還是趕緊隨奴婢到書房裡去吧！」

楚明慧顧不得其他事了，急急道：「那快帶我前去。」

燕容領著她一路往書房去，楚明慧越走越是心急，不由得又加快了腳步。

剛進院門，就見兩位婆子抬著一個人從裡面走了出來，楚明慧還未看清被抬著的那人，便見燕容滿臉焦急地道：「少夫人，世子爺在書房裡面。」

楚明慧只得朝著那兩人點點頭，急匆匆往書房裡走去。

守在書房外的慕維見她到了，如蒙大赦般鬆了一口氣，慌忙迎上前道：「少夫人，世子爺在裡面，您快進去。」

楚明慧來不及問他具體情況，伸手推了書房的門，剛踏入裡面，房門便「吱呀」一聲從她身後關了起來。

她不由得一怔，正想回過頭去問問慕維他們這是什麼意思時，就聽得書房裡間似是隱隱傳來男子痛苦的呻吟聲。

她覺得這聲音有點熟悉，豎起耳朵仔細一聽，發現竟是慕錦毅的聲音。

楚明慧心中一慌，急急忙忙往裡間走去……

她進到裡頭，見慕錦毅背對著她，蜷曲著身子在床上扭來扭去，時不時還發出一陣陣難以忍耐般的呻吟。

「你這是怎麼了？」楚明慧驚得快步上前，就要伸手去觸碰他。

她的手尚未碰到他，就被猛然翻過身來的慕錦毅用力揮開了。「滾！」

楚明慧的手臂被他揮得火辣辣地發疼，正想質問他時，見對方滿眼不可置信地瞪著她。

「明、明慧？」

楚明慧被他赤紅的雙眼、滿頭滿臉的汗水嚇到了。「你、你怎麼了？」

慕錦毅用力一咬舌頭，強自喚起一絲清明，勉強扯出一絲笑容道：「我、我沒事，妳，妳……」話尚未來得及說完，身體裡那一陣比一陣猛烈的熱浪又湧了上來，並且越發往下面衝去。

慕錦毅咬牙欲抵抗那強烈的異樣，但這一次那些火熱來得實在太凶猛了，他再次蜷著身子在床上翻來覆去，一串串痛苦難當的呻吟從他口中逸了出來。

楚明慧大驚失色，一下子撲上去抱著他的腦袋，見他滿臉通紅，豆大的汗珠如泉湧一般滾落下來，她拍了拍他的臉，帶著哭音問：「到底是發生什麼事了？你等等，我去吩咐人請大夫。」

她正欲鬆開抱著他的手，轉身出去吩咐人時，便被一雙大手用力圈進一個滾燙的懷抱。

「明慧，明慧……」

慕錦毅神思恍惚，只覺得懷中溫軟的身子貼著他，能讓他體內的不適減少幾分，他不禁用力圈得更緊了些，腦袋也靠在了她的頸窩處，口中喃喃地喚著她的名字。

楚明慧一心擔憂他，哪還顧得了那麼多，想移開他抱著自己腰身的手，可對方卻抱得牢牢的，並且有越抱越緊、越抱越熱的感覺。

她心中一慌，似是想到了什麼，結結巴巴地問：「你……你、你是不是被下藥了？」

慕錦毅不答，雙唇在她臉上、下巴、脖子等處遊走著，而且隨著身體中的火苗越燒越旺，他越是往下……

待楚明慧感覺自己的衣裙慢慢被解開來，她不由得大急，如今到了這個地步若是還不清楚慕錦毅發生什麼事的話，那她也白活兩輩子了。

她拚命掙扎，想從那個越來越滾燙的懷抱中出來，可慕錦毅卻每親她一下便湊到她耳邊喃喃著喚她幾聲，聲音中有哀求，有痛苦，有隱忍。

「明慧，幫幫我，幫幫我……」

楚明慧垂眸，片刻，掙扎的動作停住了。

感覺懷中人不再反抗，慕錦毅的動作開始放肆了起來，未等楚明慧僵硬的身子鬆軟下來，就用力一拉，將她拉到了平時他休息用的小床……

床兩側掛著的紗幔被這突然的動作一震，從掛鈎上抖落下來，順帶著將裡面交疊的身影遮住了……

也不知過了多久，楚明慧只覺得她整個人像被拆開又重組過一般，渾身上下又痠又痛，她拚命想睜開雙眼，可眼皮卻有如千斤重一般，怎麼也睜不開，片刻，只覺得一個充滿愧疚與憐惜的輕吻落到她唇上。

「再睡一會兒，嗯？」

輕柔的男聲低低在她耳邊響起，她微動了一下後繼續沈沈睡去。

慕錦毅見她進入了夢鄉，不由得露出一個淺淺的笑意來，又伏低身子輕輕在她唇上親了一下，這才起身穿戴好。他替楚明慧掖了掖被角後，才走出書房。

「好好照顧少夫人，不要讓任何人進去打擾她，我片刻就回來。」他低聲吩咐一直守在外面的燕容。

燕容朝他福了福。「世子放心。」

慕錦毅點點頭，又對慕維道：「你也留在此處，記住，不管什麼人，都不准他們進去。」

「奴才知道了，世子爺放心。」

與此同時，夏氏滿心焦慮地在屋裡走來走去，方才兩位婆子抬著梅芳柔進來，也不等她問清楚發生了什麼事，就見她們直直將梅芳柔放在榻上，這才朝她行禮。「夫人，奴婢們奉命將表小姐送來了。」

夏氏大驚失色，急急上前查看外甥女的情況，見她雙眼緊閉，頭髮凌亂，臉上也是髒兮兮的，衣服上全是沙土，心中不由鬆了口氣，原來只是暈倒了。她再回過神來，不禁大怒道：「這是怎麼回事？」

兩位婆子跪到地上。「奴婢們也不清楚，只是奉命將表小姐從世子書房抬到這裡來。」

一聽世子書房四字，夏氏心虛地移開了視線。「表……表小姐怎麼在世子書房那裡？又怎會變成這般模樣？」

兩位婆子一問三不知，夏氏無奈，又擔心計劃失敗了兒子會找她算帳，於是命兩人將梅芳柔抬回她住著的屋裡，又讓婢女好生給梅芳柔清洗一番，順帶仔細查看一下她的身上可有傷。

夏氏越想越是不安，照理來說，若是計劃成功了，外甥女不應該是這樣子回來的啊，難道真的失敗了？

想到失敗之後可能會引發的後果，夏氏不由打了個寒顫，心中又一時暗悔自己不該自作主張，若是太夫人知道了……

夏氏越想越害怕，越想越是坐立不安，不禁慌得在屋裡團團轉。

剛進門來的綠屏見到她這副模樣有點不明所以。「夫人，您這是怎麼了？可是有什麼想不明白之事？」

夏氏如遇到救星一般，急忙上前抓住她的手道：「綠屏，妳家夫人這次大概是真的闖禍了。」

綠屏一驚，又追問了一句，夏氏便將她在慕錦毅茶裡下藥，欲促成他與梅芳柔的事告知她。

綠屏目瞪口呆，簡直不知要說些什麼才好。她斟酌了一下用詞，正想勸慰幾句，就聽見門外響起慕錦毅的聲音。「兒子也正想問問母親，那杯茶是怎麼回事？」

夏氏心中突跳，臉色霎時變得蒼白起來。

「你……你來了？」

綠屏微微向慕錦毅行過禮後，躬著身子退出去了，此時此刻，還是讓他們母子把話說清楚比較好。

慕錦毅一聲不吭地直直盯著夏氏，盯得她更是心虛不安。

「怎麼了，怎不坐下啊？」

慕錦毅仍是一言不發，往一旁的紅木椅上坐了下來。

夏氏有點沒話找話，又結結巴巴地道：「我、我讓綠屏給你上茶。」

「不必了，兒子怕茶裡面又不知會添加什麼東西，兒子縱是鐵打的，也難抵擋這樣三番兩次的暗算啊！」慕錦毅諷刺地說。

夏氏臉上一陣青、一陣白，張嘴欲解釋，就被慕錦毅伸手制止了。

「母親，我有時真的不是很明白，在妳心目中，是不是隨意一個與妳有點關係的人，都比我這個做兒子的要來得更重要些？」

夏氏急道：「怎麼會，你……」

「若不是，那妳又是出於什麼樣的心思，才在兒子茶裡下那些……那些上不得檯面的藥？」慕錦毅有點絕望地盯著她，一字一字地問。

他到底還是再次失望了，前世他的生母哄著他留下陪她用晚膳，結果在他的湯裡下藥，上演了一場妻子捉姦在床的好戲碼。今生他千防萬防，本以為經過上一回他斥罵梅芳柔的事後，母親會歇了再撮合他與梅芳柔的心思，沒料到今日她卻在自己用的茶裡下藥。

若不是他察覺不妙立即告辭走人，恐怕如今又會走了前世的老路。

「妳可知那些藥到底有多厲害嗎？不管是冷水，還是其他所謂的解藥都沒半分作用，唯一的方法便是……」慕錦毅哽咽著說不出下面的話來。「如今妳為了外人，能向自己的兒子下藥，妳讓我將來還怎麼相信妳？有妳這樣為人母親的嗎？一朝被蛇咬，十年怕草繩……」

一朝被蛇咬，的確是十年怕草繩，可他前世已經吃過生母這方面的虧了，今生又差點在同一個地方跌倒，是不是日後，他也要將親生母親列入重重防備的名單當中了？這世間，還有比這更可悲的事嗎？

夏氏被兒子的控訴弄得更是愧疚難安，聽到那句「一朝被蛇咬，十年怕草繩」的話後，臉色又慘白上幾分。

她一把扯住慕錦毅的衣袖，哀求道：「這次都是母親被糊塗油蒙心，才做這等糊塗事來，母親向你保證，絕不會再有下次，你莫要這樣，我、我終究是你的生母，又怎會想著要害你？」

慕錦毅含著淚水用力扯開她的手。「太遲了。」

的確是太遲了，或許對夏氏來說，這只不過是她第一次做出這種傷害他的事來，可對慕錦毅來說，這並不是第一次。今生他會差點再著她的道，何嘗不是因為他並沒有對夏氏完全失望？

他已經在同一個地方摔倒了兩次，又怎麼敢再相信她？

夏氏顫抖著手，想要再拉住他說上幾句軟話，卻被他臉上深切的絕望驚住了，她突然發現，或許從此時此刻開始，她要真真正正失去這個最出色的兒子了！

「梅芳柔，還請母親擇日將她送走，今生今世，都不要讓她出現在我的眼前，否則，我也不清楚自己會對她做出些什麼事來。」慕錦毅平復一下心中哀戚，冷然道。

夏氏抖抖嘴唇，卻是什麼話也沒有說，只是有點恍惚地點了點頭。

事到如今，外甥女怎有顏面繼續逗留在國公府上？若是再不走，待太夫人知道此事，恐怕兩家的親戚情分也就到頭了。

「母親，日後兒子的事，還望妳莫要插手，就當是為了妳我之間僅存的那點母子情分，可好？」慕錦毅堅決，卻又有點哀求地道。

夏氏只覺心裡頭極為難受，那種難受從心底深處直衝到喉嚨處，堵得她鼻子發酸，視線一下子便矇矓了起來。

「三妹妹雖比之前好了些，但畢竟還離不得人，母親若是覺得悶得慌，多去陪陪三妹妹，這一生，她大概也是要留在府中終老了……」慕錦毅哽咽了一下，終是不忍再說。

楚明慧醒來之時，外頭天色已經完全暗了下來，她眨眨眼，往四周打量了一下，見此處仍是慕錦毅的書房，之前那些纏綿一下子在她腦海中湧現了出來，她有點慌張地伸手拍了拍腦袋，欲將那些羞煞人的畫面拍出去。

「好端端的，怎麼打自己？」慕錦毅走進來時，見她已經醒來正想出聲喚她，卻見她突然伸出手拍了腦袋一下。

楚明慧有點尷尬地別過臉去。

慕錦毅疑惑地盯著她，片刻，似是想到了什麼，有點好笑地在床邊坐下，雙手捧著她的臉蛋，將她轉過來面對自己。

「可是害羞了？」他帶著點戲謔的語氣問。

楚明慧臉蛋刷的一下變紅了，卻是死撐著結結巴巴地反駁。「誰……誰害羞了？只不過剛睡醒，一……一時有點不大清醒，這才拍了一下。」

「哦……原來是這樣。」慕錦毅拖長聲音笑咪咪地道。

楚明慧被他這番語氣弄得臉蛋更紅了，紅通通得有如天邊晚霞一般。

慕錦毅眼帶笑意地望著她緋紅的臉，突然鬆開捧著她臉的手，吻上楚明慧的臉。

楚明慧直愣愣地望著他，右手下意識地捂著被他親過的右臉頰。

慕錦毅見她這個傻乎乎的樣子，不禁哈哈大笑，心中因被生母下藥而帶來的鬱悶也不知不覺散了幾分。

楚明慧惱羞成怒，順手抓起身旁的東西朝他砸去。「笑笑笑，有什麼好笑的！」

慕錦毅準確地接住她拋過來的物件，低頭一看，便似笑非笑地望了她一眼。

兜！

楚明慧暗道不好，連忙往他手上望去，見她方才砸向對方的物品，竟然是她身上的肚兜！

她又羞又急又怒，尤其是看到慕錦毅臉上越來越明顯、越來越深的笑意後，不由得氣急敗壞地道：「不許笑，把……把它還給我。」

慕錦毅從善如流地斂起臉上笑意，佯咳一聲。「這個可不行，這可是夫人第一次送給為夫的禮物，為夫實在喜歡得緊。」

楚明慧越發急了。「誰……誰送你了，不要臉！快還給我！」

慕錦毅又逗了她一會兒，見她急得眼眶都要紅了，也不敢鬧得太過，只得故作可惜地將手上的東西遞過去。「好吧，謹遵夫人命。」

楚明慧急忙搶過那肚兜，將它藏在錦被之下，這才瞪了慕錦毅一眼，命令道：「出、出去！沒有我的吩咐不許你進來。」

慕錦毅裝模作樣地朝她作了個揖。「夫人之命，不敢不從。」

待看不到慕錦毅的身影後，楚明慧才急急起身將衣物穿戴好，又對著銅鏡綰了一個簡單的髮髻，待覺得上上下下再無不妥之後，才從裡間走了出去。

一出去，她就見慕錦毅坐在書案前，似是在畫著些什麼，不禁好奇地湊上前一看，頓時氣得渾身發抖。

慕錦毅那廝，竟然在畫她！若是畫其他什麼的倒也罷了，可他畫的偏偏是她方才坐在床上擁著被子鬢髮凌亂、滿臉紅霞的模樣。

楚明慧氣得伸手要搶他的毛筆，慕錦毅身手靈活地避過了她，又單手將她緊緊困在懷中，滿臉笑意地落下了最後一筆。

「你……你這個下流，無賴！」楚明慧氣得口不擇言。

慕錦毅笑呵呵地任由她罵，也不阻止，只是她每罵一句，他便用力在她臉上親一下，直親得楚明慧怒火更盛，恨不得將這個可惡的男人大卸八塊。

慕錦毅逗著她戲耍了片刻，才故意露出破綻，讓她成功搶走了那幅剛完工的美人圖。

楚明慧將畫像搶到了手，趕緊離他遠了些，也不敢細看畫中內容，紅著臉兩三下便把畫撕了。

慕錦毅也不惱，只是笑盈盈地望著她，還裝模作樣地搖頭晃腦。「可惜了，可惜了。」

楚明慧怒瞪了他一眼，再狠狠啐了他一口。「無賴！」

被慕錦毅這樣一鬧，她倒是忘了問他今日是怎麼回事，怎麼好端端會被人下了藥？

慕錦毅見她氣呼呼的模樣也不禁暗鬆口氣，雖知今日下藥的內情楚明慧遲早會知道，但能拖一日是一日吧，現在的他實在抹不開臉將母親做的這種蠢事告訴她。

梅芳柔爬床不成，反被慕錦毅一腳踢暈之後，胸口處總是一陣一陣地發疼，她知道大概是傷著骨頭了，但傷在那地方她也不好意思讓大夫看，只得偷偷讓婢女替她尋些藥酒來。

她卻沒想到幾日後，夏氏已命人仔細打點了行李，並親自到她房中告知送她返家的意思。

梅芳柔臉色慘白，她這次被踹了一腳，心中也不敢再妄想了，雖然她不是很清楚為什麼表哥會如此厭惡她，但想著或許能攀著夏氏再尋一門好親事，也總比回家不知被父親許配給什麼歪瓜劣棗好。

如今夏氏明言說要將她送回家中，她只覺腦中一片空白，若是又這樣被遣送回家，繼母還不將她往死裡折騰？

她顧不得胸口處的傷，「咚」一下跪在夏氏面前，哭著求她收留自己。

可夏氏這次卻像鐵了心一般，無論梅芳柔怎麼懇求也不鬆口，只讓她好生收拾一番，待過幾日就安排人護送她返家。

梅芳柔淚眼矇矓地望著她決絕的背影，心中升起一絲怨氣。

姨母不是總說最疼愛自己的嗎？又怎能在如今這種情況下將她送走！她早就沒有退路了，又怎能就這麼被遣送回去？

想到這裡，她追著夏氏跑出去，死死扯著夏氏的衣袖哀求。

夏氏雖心有不忍，卻知道事到如今，外甥女實是留不得了，只得狠下心來用力拉開她的手，頭也不回地走了。

自己那般懇求她了，她仍然這麼狠心，還說什麼對自己好！

身後的梅芳柔怨恨地盯著她逐漸遠去的身影，片刻之後，才走到一旁的小角落裡悲悲切切地啜泣不止。

「唉，表小姐快別哭了，這哭得真讓人聽了都不忍。」正悲慼間，一個帶著憐惜的輕柔女聲從她身後響起。

梅芳柔抬起頭淚眼汪汪地朝來人望去，見是姨丈慕國公的妾室清姨娘，又低下頭繼續哭泣。

清姨娘在她身前蹲了下來，親手替她拭去淚水。「可憐見的，怎哭成這般模樣呢？夫人也太狠心了些，這樣一個如花似玉、嬌嬌柔柔的姑娘家，怎就……」

梅芳柔聽她這般說，心中越發覺得委屈，夏氏方才的決絕實在是讓她無法接受。

清姨娘見她委屈的模樣，柔聲道：「表小姐的傷心，婢妾也是心有體會的，畢竟沒有希望，又哪會有失望。說起來夫人也是有不對之處的，往年若不是……」

她嘆息一聲又道：「若是表小姐一直在家中長大，說不定如今也早早出嫁了，以妳的容貌，想嫁什麼富貴人家不成，也不用像現在這樣了。」

梅芳柔只覺得這番話切切實實說到她心坎上了，若不是姨母之前總是向她暗示要將她許配給表哥，她怎會一心一意想著嫁到慕國公府來當世子夫人？若不是她之前又許了自己會讓表哥納自己為妾，她怎麼會走到如今這個地步？

那藥又不是她下的，如今事情敗露了就將所有的過錯推到自己頭上，這憑什麼啊！她越想越恨，神情越是陰狠。

若是她不曾到過慕國公府，而是一直老老實實地待在家中，繼母就算再不待見自己，也不敢明目張膽地作踐自己；憑父親那貪圖富貴的本性，再加上她的容貌，稍稍施些手段，她就不信找不到好人家嫁了，又何須像如今這般被人掃地出門？

清姨娘不動聲色地看了一眼她越握越緊的拳頭，又裝作不經意地道：「三小姐性子一向不怎麼好，與出嫁的大小姐、未嫁的二小姐及四小姐都相處不好，說起來自表小姐來了府上之後，三小姐倒是多了個相處得來的好姊妹。」

聞言，梅芳柔心中是一陣惱怒，慕淑穎刁蠻任性，行事霸道，毫不在乎別人的感受，她這些年也沒少受她的小姐脾氣，如今想想，說不定姨母將自己接來就是陪她寶貝女兒玩耍的！什麼世子夫人，說不定只是誆她做慕淑穎玩伴的藉口！

人的心理大概是這樣，只要存了一點懷疑，再看對方就會覺得對方是不懷好意，梅芳柔如今正是陷入到這樣的迴圈當中。夏氏這些年對她的好，如今被她以各種理由推翻了，不只如此，她甚至還覺得是夏氏害得她如今這般落魄。

清姨娘挑撥了幾句，見達到自己的目的，也不欲久留，又裝模作樣地安慰了她幾句便告辭走人了。

梅芳柔坐了一會兒，仔細擦去臉上的淚水，再整整衣裙，捂著又隱隱發痛的胸口往自己房裡去。

還未到房門前，就見慕淑穎身邊的婢女走過來朝她道：「表小姐，三小姐又不肯吃藥了，秋琴姊姊去了太夫人處，妳去勸勸三小姐吧！」

梅芳柔暗恨道：這算什麼？果真是將自己當作慕淑穎的玩伴？如今連個下人也敢命令自己做事？

「三小姐便交給妳了，奴婢還要到廚房裡吩咐一下明日三小姐要用的膳食。」婢女朝她福了福身後，急急走了。

為了表現她與慕淑穎的姊妹情深，為了讓夏氏相信她會比楚明慧更照顧慕淑穎，梅芳柔前段時間可沒少往慕淑穎身前湊，最初屢屢被失了神智的慕淑穎抓傷，但她死死咬牙忍了下來，如今好不容易讓慕淑穎肯接受她的接近了，可她的謀算卻正式落了空。

梅芳柔強自按下心中的怨恨，陰冷地望了一眼慕淑穎屋子的方向。她冷笑一聲，邁開步伐，往那處走去……

第四十六章

在屋外守著的丫鬟一見到梅芳柔，朝她行了禮，如蒙大赦般道：「表小姐，三小姐在裡面。」

梅芳柔不理會她，直接推開房門往裡面而去，只見慕淑穎正躺在床上呼呼大睡。她冷笑著走到床邊，死死盯著床上的慕淑穎，眼中一片狠戾。

好表妹？姊妹情深？想到這些年對方心情不好就朝她大發脾氣，最初的幾年甚至還動不動就要她滾，梅芳柔心中的怨恨與不甘一下子湧了出來。

這樣一個蠢笨如豬又霸道任性的女子，若不是好命出生在國公府中，她有哪裡比得上自己？如今這般瘋瘋癲癲的，居然還想讓自己如丫頭一般服侍她？簡直是欺人太甚！

梅芳柔越想越恨，臉上越是充滿瘋狂的恨意，她猛地一把掀過床上的錦被，直接朝慕淑穎蓋去，未等對方有什麼反應，隔著被子用力捂住了慕淑穎的口鼻……

睡夢中的慕淑穎用力掙扎了幾下，可梅芳柔卻被那些瘋狂的怨恨占據了理智，腦中只有一個想法，就是報復！報復毀了她一輩子的姨母，報復這個從小對她頤指氣使的表妹！

慕淑穎掙扎了一會兒，動作便慢慢緩了下來，直至最後停止……

感覺到對方的動作停了下來，梅芳柔又狠狠地用力按了幾下，這才鬆開手來。又過了片刻，她才從瘋狂當中慢慢平靜下來，怔怔地看著床上一動不動的慕淑穎，然後顫抖著雙手，慢慢地掀開將慕淑穎從頭到腳蓋住了的錦被……

錦被下的慕淑穎直直地躺著，梅芳柔壓下心頭的恐懼，顫顫巍巍地伸出手去試探她的呼吸……沒有反應！

梅芳柔嚇得一下子癱倒在地，口裡哆哆嗦嗦地喃喃著。「死……死了？怎麼辦？我、我殺人了，殺人了！」

正驚恐間，外頭響起慕淑穎的貼身婢女秋琴的聲音。「表小姐，三小姐用過藥了嗎？」

梅芳柔慌慌張張地替慕淑穎蓋好錦被，又急忙將帷幔放下來，營造出慕淑穎正在熟睡的假象，這才強作鎮靜地從裡面走出來。

「表妹已經睡著了，藥也用過了，先不要去打擾她，等她睡足了再說。」

秋琴想了想，清楚慕淑穎歇息不足會更加暴躁，點頭道：「有勞表小姐了。」

梅芳柔強扯出一個大度寬和的笑容。「我與表妹自幼一起，情同親姊妹，我自也是盼著她能早日好起來。」

兩人客套了一番，梅芳柔因心中有鬼，不敢久留，尋個理由就離開了。

回到房裡，她越想越害怕，若是姨母她們發現自己殺了慕淑穎，那她肯定吃不了兜著走，嚴重點說不定還要她替慕淑穎償命！

不，不行，慕淑穎早就應該死了，如今這般瘋瘋癲癲的樣子，活著也是受罪，可她有大好年華，怎能與那種瘋子相提並論？思及此，梅芳柔唯恐眾人察覺慕淑穎已死，於是趕緊想好一番說詞，前往夏氏院內提出返家的意思。

「妳想今日返家？」夏氏意外地望著外甥女，方才還苦苦哀求著不要送她走，如今竟主動提出要回去了？

「事到如今，阿柔也沒顏面再留在此處了，既然早走晚走都是一樣，倒不如早點回去，也不好讓您難做不是？」梅芳柔哀哀地道。

夏氏有點過意不去。「也不必那麼急，過兩日再走也不遲，姨母還有些東西要替妳收拾一下，畢竟妳歸家後快要嫁人了，就當是姨母給妳的添妝。」

梅芳柔暗暗心急，她哪還敢逗留下去，自然是盼著趁還沒有人發現慕淑穎已經死了，早點走人比較好！

當她再次開口欲請求離去時，外頭傳來一陣陣的嘈雜聲。

夏氏擰眉不悅地朝外頭問了聲。「何人在此喧譁，還有沒有規矩了？」

片刻，便見屋外的小丫鬟臉色慘白地進來稟報。「夫……夫人，三小姐出事了！」

「什麼？出什麼事了？」事關女兒，夏氏哪還顧得上其他人。

梅芳柔臉色一變，心中更是忐忑不安，莫非被發現了？

「三……三小姐死了！」

「混帳！誰准妳詛咒三小姐的，拖下去給我狠狠地打！」夏氏勃然大怒，厲聲喝道。

「夫人饒命！奴婢真的不是詛咒三小姐，三小姐真是死了！」小丫鬟大急，忍不住大聲辯白。

夏氏身子一晃，勉強扶住椅上的扶手才穩住。

「不，不可能的！我方才還與她說話來著……還愣著做什麼？還不趕緊帶我前去。」

夏氏又驚又怕，渾身顫慄不止，試了幾次都站不起來，急得眼淚一下子流了下來，還是聽到消息走進來的綠屏用力將她從椅上扶了起來，親自扶她往慕淑穎屋裡去。

站在原地的梅芳柔驚恐萬分，怎麼辦，怎麼辦？

當夏氏流著淚顫顫巍巍地走進慕淑穎的屋裡時，屋裡的丫鬟、婆子跪了滿地，而太夫人、喬氏、楚明慧等人也滿臉震驚地愣在床邊，不敢置信地盯著床上毫無生氣的慕淑穎。

夏氏一把推開綠屏扶著她的手，跌跌撞撞地撲到床邊，一雙手顫啊顫的，好不容易才碰著慕淑穎的臉。

觸手微溫，她顫聲喚了句。「阿穎……」

毫無回應。

她又提高音量喚了聲。「阿穎！」

依然是沒有任何回應。

夏氏終於相信她的女兒真的離她而去了，猛地抱著漸漸冷卻的慕淑穎放聲大哭。

太夫人抹了抹眼角的淚水，哆哆嗦嗦地指著跪在地上泣不成聲的秋琴大罵。「妳是怎麼照顧主子？明明早上人還好好的，怎麼一轉眼就沒了？」

秋琴嚇得「咚咚咚」地直磕頭。「太夫人饒命，奴婢方才奉命去了您屋裡，去之前三小姐還好好的，奴婢臨走之前還吩咐了秋霜讓她記得伺候三小姐用藥。」

「秋霜人呢？」

「奴……奴婢在！」聽到太夫人問起她，秋霜也顧不上擦眼淚，急忙跪爬了過來。

「三小姐生前，妳是最後一個和她待在一起的？」太夫人冷靜地問。

「不，不……不是，奴婢原本是要伺候三小姐用藥，可她一直不肯用，奴婢沒辦法，又正好見到表小姐回來了，請表小姐幫忙後，奴婢就到廚房裡吩咐之前大夫說過的藥膳。」

「也就是說，妳走之前是表小姐在屋裡了？」

「是，奴婢不敢欺瞞太夫人，奴婢走之前的的確確是看著表小姐進了三小姐的房門才離開的。」

「去把梅家表小姐請過來。」太夫人大聲吩咐。

一會兒便有婆子領命去尋梅芳柔了。

楚明慧怔怔地望著哭得肝腸寸斷的夏氏，又看看躺在床上面無血色、一動也不動的慕淑穎，心中一時有種說不出來的感覺。

慕淑穎就這樣死了？

過了半炷香時間，去尋梅芳柔的婆子尚未回來覆命，屋外又進來一個婆子。

「太夫人，梅家表小姐帶著包袱偷偷從西角門那邊而去，守門的婆子攔住她，她說是得了家人的來信欲返家，夫人也同意了的，守門的王大嬸著人來問問，應不應該放她離去？」

太夫人一愣，狐疑地打量了一下撲在慕淑穎身上哭得上氣不接下氣的夏氏，於是轉頭問一直站在夏氏身邊的綠屏。「妳家主子可曾說過讓她一個人回去的事？」

綠屏拭了一下眼角的淚水，朝她福了福回道：「不曾。」

太夫人思量了一下，一個荒唐的想法突然從她腦中冒出來，她不由打了個冷顫，沈聲吩咐。「替我截住梅家表小姐，將她帶到這裡來。記住，不管她是否願意，就算是綁，也要將她綁過來！」

楚明慧心中一跳，也想到了一個可怕的可能。

梅芳柔還是被幾個婆子架著過來了，她拚命掙扎，但哪裡抵得過孔武有力的婆子，眼看慕淑穎的房間越來越近，她心中的恐懼越來越強烈。

「放開我，妳們快放開我！」她絕望地尖叫，可任她再怎麼掙扎，也最終被婆子們架到了太夫人面前。

「梅小姐，有幾句話老身想問問妳。」太夫人望著她被撕扯得有些凌亂的衣服、鬢髮，雙眼幽深。

梅芳柔極力按下心中驚懼，壓抑住不停顫抖的雙腳。「太夫人有話便問，又何須如此勞師動眾，阿柔出身雖及不上國公府，但好歹也是好人家的女兒，府上如此待客，實在是聞所未聞！」

太夫人不動聲色地打量了一下她僵直的身子，然後淡淡地道：「這倒是老身失禮了。只是，方才三丫頭身邊的婢女秋霜說她去廚房之前曾請妳勸三丫頭用藥，不知是否有這回事？」

梅芳柔整顆心急速亂跳，幾滴冷汗從她額角流了下來，她勉強扯出一個笑容道：「是，是有這回事，我本欲勸表妹用藥的，可進來時卻發覺她躺在床上，我想著她大概是睡著了，也不敢打擾便離開了，實不知她已經去世了。」

「梅小姐從何處得知三姪女是躺在床上離世的？」喬氏突然出聲。

梅芳柔嚇了一跳，心中暗叫不好，慌忙道：「我……我也是在姨母處聽到婢女回稟的。」

「放屁！丫鬟們何時說過阿穎是躺在床上去的！」夏氏突然跳出來，咬牙切齒地瞪著梅芳柔。

她原本痛哭女兒的逝去，可太夫人命人將梅芳柔強架過來的陣勢實在太大了，她也不得不收斂哭聲，待聽到太夫人及喬氏問出那些話時，夏氏心中也是一陣惶恐，直到聽到梅芳柔最後那句話……

「妳說，是不是妳？是不是妳害了我的女兒？」夏氏雙眼發紅，一步一步逼近梅芳柔。

梅芳柔被她逼得步步後退。「不，不是我，不是我捂死她的！」

「妳又怎知她是被捂死的？」夏氏難得聰明了一回，直接抓住了她話中的漏洞。

「我也是猜的，猜的！」梅芳柔開始方寸大亂。

「猜的？妳怎不猜她是被毒藥毒死、被刀刺死？」夏氏惡狠狠地瞪著她，眼中是一片滔天的恨意。

「我，我……」梅芳柔結結巴巴地不知如何反駁。

太夫人冷冷地觀察了片刻，才出聲道：「梅小姐既然不願意說，那請官府出面吧，老身的孫女死得不明不白，若不能替她討個公道，他日九泉之下老身又有何面目見她！」

「不不不，不要官府，不要！」梅芳柔驚懼更甚。

「三妹妹就是妳殺的！是妳，活生生捂死了她！她從小與妳親近，待妳比親姊妹還要好，妳竟然也下得了手？」一個沈痛的男聲從門外響起。

梅芳柔下意識地朝門外望去，見慕錦毅兄弟三人出現在門前，正森然地盯著她，方才出聲的正是慕錦毅。

「她對妳的好，遠遠將血緣至親的姊妹們拋到了後頭，如今她又是那般模樣，妳到底是何等惡毒心腸，怎做得出這等喪盡天良之事來！」慕錦毅殺意頓現，一步步朝她走過去。

「她對我好？簡直是天大的笑話！把我當丫鬟一般使喚，動不動就頤指氣使，甚至大聲吼著讓我滾！這便是她對我的好？」慕錦毅的聲聲質問、步步緊逼，讓她心頭的怨恨又冒了出來。

「心情好時便扔點不要的珠釵給我，心情不好就恨不得將我掃地出門，還有妳！」梅芳柔突然將矛頭對準了一旁的夏氏。

「若不是妳一直在我耳邊絮絮叨叨著要聘我為國公府世子夫人，我怎會被耽誤至今？那些藥明明是妳下的，出事後又將一切的過錯推到我頭上，憑什麼?!憑什麼妳們就可以那般頤指氣使，憑什麼我就得伏低做小！」她越說越恨，越說越覺得上天待她實在太不公。

夏氏愣愣地望著她，不可置信地指指自己。「妳竟然怪我？」

「難道我有說錯嗎？妳明知自己無法作主兒子的親事，卻又屢屢向我許諾，讓我滿心期待，亦一次又一次失望，我曾經抱有多大的希望，後來的失望便有多大。還有妳的好女兒，若不是為了替妳女兒尋個玩伴，妳會記得我？什麼疼愛外甥女、什麼姊妹情深，都是假的、假的！」梅芳柔如同瘋魔了一般，將心頭所有的不甘一股腦兒倒了出來。

夏氏踉蹌了一下，抖著嘴唇想痛罵她幾句，可話卻像是被堵在了喉嚨一般。

「妳那寶貝女兒是我殺的，妳毀了我一輩子，我便毀了妳的心頭肉！」梅芳柔滿目怨毒，句句帶刀。

夏氏身子不停地顫抖著，梅芳柔的聲聲指控實在讓她料想不到自己寵愛的外甥女，竟殺了她最寶貝的女兒，這個事實狠狠地抽了她一個耳光。

楚明慧震驚地望著這齣鬧劇，慕淑穎竟是死在她兩輩子都一心維護的梅芳柔手上？她怔怔地望著滿臉扭曲的梅芳柔，不敢相信看來嬌柔的她，竟會下得了那樣的狠手去殺人。

「妳自己貪圖富貴、癡心妄想、不知廉恥，反倒要怪別人？自古兒女親事皆是父母之命，媒妁之言，我倒是第一次聽說姨母與外甥女能商定親事的。」喬氏在一旁聽了半晌，這才露出個諷刺的笑容。

未等她再說上幾句，便見夏氏突然衝上前去扯住梅芳柔的頭髮死命地打。「妳這個狼心狗肺的，還我女兒性命來！」

梅芳柔一時不察被她又抓又打的，痛得雙眼飆淚，但很快地她反應了過來，立馬開始還擊，兩人一時扭打成一團。

四周的人愣愣地望著往日融洽和樂的兩人，眨眼之間就反目成仇，內心的震撼自不必說。

「反了反了，這成什麼樣子，還不把她們兩個拉開！」太夫人氣得渾身發抖，右手哆哆嗦嗦地指著拚命扯打的兩人。

夏氏初時憑著出其不意及心中那股強烈的恨意占了上風，可待梅芳柔反應過來後，兩人又不相上下了，她們一個痛恨對方殺了自己的女兒，一個痛恨對方毀了自己的一輩子，如今都是被憤怒與怨恨占據了理智，哪還有半分平日的端莊優雅。

丫鬟、婆子們被太夫人一陣斥罵後，一窩蜂地圍上來欲拉開夏氏與梅芳柔，只可惜這種毫無章法的圍堵，只讓場面陷入更大的混亂當中。

楚明慧目瞪口呆，簡直是大開眼界了。

慕錦毅額上青筋隱隱跳動，猛然一掌朝身側的圓木桌上拍去。「都給我住手！」

只聽「砰」的一聲，厚實的圓木桌子應聲倒下，桌上擺放著的茶壺、茶杯嘩啦啦地掉到地上，發出一陣陣清脆的響聲。

丫鬟、婆子們聽到聲音嚇得停下了動作，連忙鬆開扭打著的兩人跪到一旁去。

感覺到之前死拉著她不讓她還手的下人鬆開了手，梅芳柔乘機拔下插在頭上的簪子，用力朝夏氏刺去……

慕錦毅察覺到她的動作，一腳踢飛一截斷裂的桌腳。

下一刻，同時響起兩聲女子的慘叫，眾人應聲望去，只見夏氏胸前插著一支銀簪，鮮血直流，而梅芳柔則是單手抱著左邊肩膀，躺在地上慘叫不已。

太夫人臉色大變，急命人速去請大夫。

慕錦毅上前幾步接住就要倒地的夏氏，眼中亦是一片慌亂，待幾位婆子從他手上接過了夏氏，一路送往夏氏屋裡去。

慕錦毅死死地盯著在地上打滾的梅芳柔，眼中殺意頓現，突然一掌朝她拍去……

「住手！」未等他的掌落到梅芳柔身上，太夫人便厲聲喝止住了。

慕錦毅恨恨地收回掌勢。

「她不能死在我們府上！」太夫人拉著他的手，沈聲道。

「你派人去將梅家長輩請來，不管用什麼方法，務必盡快讓他們到達國公府，絕不能耽擱。」太夫人又吩咐。

慕錦毅紅著眼咬著下唇，最終點點頭。「孫兒立即去辦，只是母親那裡……還望祖母多看顧著點。」

「你放心。」

慕錦毅朝她躬了躬身子後，匆匆走了出去。

「妳還我三姊姊命來！」

一直呆呆地站在原處不作聲的慕錦康，突然衝上前去，一拳又一拳地砸在梅芳柔身上，驚得眾人急聲制止，太夫人更是氣得渾身顫抖。

「孽障，給我住手！」

慕錦鴻聞聲急忙上前，死死抱著發狂的慕錦康，半抱半拖地將他拉了出去。

待那兄弟兩人離開後，太夫人才大聲吩咐道：「來人，將梅小姐捆起來，送到柴房關起來，沒有我的命令，任何人不得靠近柴房半步！」

之後，楚明慧跟著太夫人、喬氏坐在夏氏房裡等候，隨著裡屋突然響起夏氏一聲尖銳的慘叫聲，不一會兒，便見丫鬟托著放置血跡斑斑的銀簪、白布條等物的盤子走了出來。

「拔出來了？妳家夫人現在如何？」太夫人問。

「已經拔出來了，大夫說未傷到要害，現正指點醫女替夫人上藥。」小丫鬟躬了躬身，得到太夫人的示意後就捧著東西出去了。

太夫人發出一陣長嘆聲，今日這些混亂場面，實在是大大出乎她的意料，她的孫女兒竟然死在她口口聲聲稱呼的「梅表姊」手上。

喬氏沈默地坐在太夫人身邊，面無表情。慕淑穎死便死了，她覺得沒什麼，這個姪女向來看她們母女不順眼，往年夫君死後也沒少給女兒氣受，如今死在她親表姊手中，她覺得實在是報應！自家血緣至親的姊妹，她當成下人似地動不動就打打罵罵，偏將那所謂的表姊捧著，今時今日的枉死，實在是讓人覺得諷刺！

至於夏氏，為了這種上不得檯面的外甥女，處處挑嫡親兒媳婦的不是，如今不只兒子、媳婦與她不親，連她最親的女兒也死了，還死在她一心一意想娶進來當兒媳婦的外甥女手上。喬氏不由勾起一個不屑的笑容，真真是愚蠢至極、有眼無珠！

楚明慧垂眸一言不發地坐到一旁，心中竟是出奇平靜，彷彿今日這些混亂她從來不曾親眼見到一般。她定定地坐著，看著丫頭們進進出出，裡頭的夏氏偶爾又會發出一陣痛苦的呻吟，可這些並無法在她心中激起半點漣漪。

又過了半盞茶時間，大夫終於出來了，後頭跟著穿著青色衣裙的醫女。

「王大夫，情況怎樣？」太夫人忙問。

頭髮花白的大夫道：「無礙，沒有傷到要害，只要休養一段時日即可，只是這幾日不要讓傷口碰水，在下已經將敷藥應該注意的事項交代了國公夫人身邊的綠屏姑娘，藥方也一併給了她，太夫人不必擔憂。」

太夫人鬆了口氣。既然答應了慕錦毅要看顧夏氏，自然不希望她出事。吩咐了下人送大夫離去，太夫人帶著喬氏與楚明慧進到裡間去。

夏氏一動也不動地躺在床上，綠屏正細心地替她拭著額頭上的汗水，一見到太夫人等人進來，綠屏急忙起身行禮。

太夫人擺擺手示意免禮，便朝那張寬大的花梨木床走近了幾步，細細打量了一下夏氏的神色。

夏氏神情呆滯，見到她出現後嘴唇動了動，太夫人急忙阻止她。「妳受了傷，那些禮節暫且不必多理會了。」

楚明慧亦走上幾步，定定地望著臉色蒼白、毫無生氣的夏氏。這還是她第一次見到這般孱弱的夏氏，哪一次對方不是張牙舞爪、盛氣凌人的？如今這般弱不禁風的模樣，實在太違和了。

即使知道前世她或許並非死在夏氏手上，但她對這個婆婆仍然無法喜歡，雖沒有了最初那種恨不得她死的想法，但也無多少好感。她怎麼可能會對一個動不動就對她指桑罵槐，甚至將來說不定又會對自己下絆子的人有好感？
只是如今對方這般模樣，她是不是要侍疾了？想到這個可能，楚明慧蹙眉。
楚明慧剛想到侍疾的可能性，就聽見太夫人對著床上的夏氏道：「如今妳受了傷，理應讓孫媳婦侍疾的，只是三丫頭的後事、二丫頭與鴻兒的親事，這些都得靠孫媳婦忙活；我想就讓幾位姨娘及綠屏等人在妳身邊伺候，孫媳婦則如往日那般晨昏定省，妳意下如何？」
楚明慧一怔，倒不曾料到太夫人會替她解決這個難題。
夏氏點點頭，氣若游絲地道：「一切聽從母親安排。」
「妳好好養傷吧，三丫頭的事，我一定會替她討個公道的，妳放心。」
提到枉死的女兒，夏氏心頭又是一陣劇痛，眼中淚光閃閃。
太夫人又囑咐綠屏等人好生照顧夏氏後，帶著喬氏與楚明慧離開了。
稍晚，楚明慧回到文慶院梳洗過後，就見慕錦毅臉色陰沈地走了進來。
楚明慧愣了一下，迎上前去替他脫下外袍，輕聲問：「可派人去請梅家長輩了？」
慕錦毅點點頭。
「那可去見過母親了？」
慕錦毅再次點點頭。
換過乾淨的衣袍後，慕錦毅定定地望著一臉平靜的楚明慧，突然用力將她抱在懷中，頭擱在她頸窩處，沙啞著聲音道：「三妹妹死了，母親……大概這一生都不好過了。」
楚明慧僵著身子任他抱著，半晌，才安慰似地拍拍他的後背，可此時此刻她實在無法感同身受。

夏氏與慕淑穎再不好，也是他的親生母親、同胞妹妹，他就算再惱、再怨，也隔斷不了這層血緣關係。子不嫌母醜，若是他因為對自己深感愧疚而出手對付生母與胞妹，她才要懷疑他的個人品格。

但，那是他的親人，並不是她的，若是她們對自己並無惡意，出於本分，她也會盡己所能善待她們，只可惜……

慕錦毅也清楚這些恩怨是非，只是慕淑穎的死及夏氏的自責，給他的震撼實在過於強烈，他只能抱著最親近的人發洩內心的悲傷，儘管這個最親近的人也不能體會他的感受。

兩人靜靜抱了一會兒，慕錦毅才鬆開她，一隻手輕輕撫著她的臉龐，啞聲道：「妳一定要好好保重自己，絕不能……不能再比我先離去。」

楚明慧微微一笑，拉下他撫著自己臉的手，故意不滿地道：「你也太自私了吧？自己不願經歷死別的哀痛，就讓我去經歷？」

慕錦毅一怔，片刻才試探著問：「倘若我先離去，妳……妳會心中哀痛嗎？」

楚明慧定定地望了他一會兒，才嘆息著道：「你我已是夫妻，榮辱與共，這一生早已綁到了一塊兒，我又怎會願意看到你……」

慕錦毅張口想問她是不是對自己再無怨恨了，只是，終究還是沒有那個勇氣。

半晌，楚明慧才輕聲建議。「慕淑穎死亡的真相，我覺得你還是向官府報備一下比較好，雖然國公府可能會一時處於議論指點當中，但好歹也避免了日後有人以此事發難。梅芳柔既然殺了人，自然得償命，但若這般靜悄悄地死去……如今你又陷入太子與五皇子的爭鬥當中，說不定會有人以此事為由多生事端，這世上，顛倒是非黑白之事，你也不是沒有遇到過，倒不如現在便絕了後患。」

慕錦毅靜靜地望著她。「我知道，我已經私下將此事告知馬大人，他也向我承諾不會公開審理，方才他派了衙役進府取證了，待梅家父母到來之後，馬大人就會將梅芳柔提走，到時她是生是死，與國公府再無瓜葛。」他頓了一下。「至於祖母那裡，她暫且不知，妳也要裝作不知此事，這都是我一個人的主意，嗯？」

楚明慧明白他的言下之意，也是怕將來國公府陷入流言當中，太夫人會怪罪到她身上來。

說起慕淑穎的死，最開懷的莫過於成功挑撥梅芳柔的清姨娘了，她得知梅芳柔殺了慕淑穎後，就伏在床上無聲大笑。夏氏害了她的孩子，如今她最寶貝的女兒被外甥女殺死了，報應啊！真是令人痛快至極的報應啊！

她越笑越開懷，直笑得眼角滲出淚水來，忍了這麼多年，今日總算是大仇得報！

「姨娘，太夫人那邊傳話來，讓妳去伺候國公夫人。」小丫鬟在外頭喚。

清姨娘連忙起身，拭淨淚水，又對著銅鏡整理了一番，這才應了聲。「知道了，這便去。」

侍疾？很好，她不介意再往夏氏心口上多刺幾刀。

第四十七章

太夫人、慕錦毅是怎樣處治梅芳柔的，楚明慧並不大清楚，她其實並不想多關注此事。無論是枉死的慕淑穎，或是夏氏、梅芳柔，她都沒有什麼好感，只是如今她畢竟是國公府的世子夫人、慕淑穎的親嫂子，所以她還得忙活著她的喪事，儘管慕淑穎是未嫁女，且是遇害喪命，喪事從簡，但也有不少要她忙的事。

原本計劃著半年後出嫁的二小姐慕淑琪，因慕淑穎的意外死亡，親事也不得不暫且壓後，淳親王府那邊對此亦無異議，畢竟府上剛死了人，轉頭辦喜事的確讓人有些不大適應。

四小姐慕淑怡自得知慕淑穎死去的消息後，心中偷偷鬆了口氣，不能怪她對慕淑穎沒什麼姊妹之情，不管是誰，自小活在對方的打罵之下，怎可能對她生得出感情來？

她生母早逝，又是庶女，一向只能跟在與她同病相憐的慕淑琪身後，但很多時候慕淑琪也是自身難保，難免也顧不上她，是故這些年慕淑怡的日子相當不好過。

自慕淑穎瘋了之後，她就稍鬆了口氣，至少沒有人再動不動打罵她了，只不過夏氏卻經常喚她去伺候瘋瘋癲癲的慕淑穎，她的身上也沒少被慕淑穎抓出一道道的口子來。

如今慕淑穎死了，夏氏傷了，她想著日後大概也能過些輕鬆日子，可惜二姊姊訂了親事，很快要嫁到淳親王府去，府中就剩她一個姑娘了。

想到高嫁的庶姊，又想起她親事的來源，再想想如今她的年紀，慕淑怡也不禁轉動起心思來。

祖母讓權，長嫂掌家，嫡母失勢，生父不理事，這府中還有比長嫂更靠得住的人嗎？

待楚明慧打點了慕淑穎的後事，回到文慶院時，見慕錦毅正滿身疲憊地躺在榻上閉目養神。

她輕輕走過去，輕柔地按摩著他的太陽穴。「事情辦得怎麼樣了？」

慕錦毅抓住她軟綿的手，拉著她在榻上坐了下來，然後將頭枕在她的腿上。「馬大人將人帶走了，證據確鑿，梅芳柔是逃不了的。」

「祖母呢？她可是怪你私自報官？」

「剛開始自然是有點怪責，後來我將事情的後患詳細向她稟明，她雖仍舊不大高興，但也沒有再說什麼了。」

楚明慧嗯了一聲，便轉了話題。「二妹妹的親事延後，淳親王府那邊同意了，二弟與文家小姐的庚帖也交換過了，但親事估計還得等，等府上喪事過了之後，才能商議迎親日子。」

「嗯，這段時日府中事多，辛苦妳了。」慕錦毅拉住她的手放在唇邊碰了一下，聲音低沈。

自那日他抱著楚明慧發洩過心中對妹妹逝去的哀痛後，他再也沒有在楚明慧面前表現出這種感受來。

楚明慧自然也不會主動問起，兩人亦這般有默契地避開了慕淑穎的死。只不過常言云，人死了，他生前所有的過錯會一筆勾銷，別人也只會看到他曾經的好，而慕淑穎死前的瘋癲是她造成的，如今她死了，慕錦毅會不會又想起她瘋癲的緣由，從而怪罪於她？

慕錦毅等了半晌都不見對方有什麼反應，疑惑地抬頭望了望她。「怎麼了？可是累著了？」

他爬起來，打量了楚明慧一番，見她臉色平常，也放下心來。

「你……你可有怪我？」楚明慧輕聲問。

「怪妳？為何要怪妳？」慕錦毅不明所以，疑惑地反問。

「慕淑穎，她的瘋瘋癲癲終究是我造成的，如今她這般枉死，你……」

慕錦毅怔怔地望著她，片刻才撫著她的臉龐柔聲道：「妳怎會想到這裡來了？三妹的死，怎能怪到妳身上來？就算……就算三妹妹沒有失了神智，若梅芳柔對她起了殺機，她又怎可能避得過？妳要知道，三妹妹對梅芳柔是不大可能設防的。」

「那當初慕淑穎的失常，你可有怪過我？」楚明慧還是不死心地追問。

慕錦毅嘆息一聲。「那件事，誰是誰非我也早已分不清楚，怎麼做才是對，怎麼做才是錯，我更是無從分辨。至於怪妳，更是從不曾有過，妳又怎會想到這上面來的？」

「因為……我們是要相處一輩子的，我不希望他日你想起慕淑穎，會對我生出怨恨來，倒不如現在說得清清楚楚，你若是放不下，我們就到此為止吧！總好過又像前世那般做一對怨偶。」楚明慧直直地望著他，冷靜地道。

「休想！」慕錦毅用力將她禁錮在懷中，咬牙切齒地道：「這一生，妳休想再逃離，我是不可能再放手的。」

楚明慧並不理會他的話，執著地盯著他。

慕錦毅長嘆一聲，恨恨地在她臉上咬了一口，直咬出個淡淡的牙齒印來。

楚明慧皺眉瞪了他一眼。

「我都已經說得夠清楚了，那件事，不能全怪妳，我也從未因三妹後來的遭遇而對妳生出半分責怪來，妳可明白了？」他頓了一下，又道：「至於妳方才那句到此為此，實在是讓人氣不過！」

想到對方輕描淡寫地說出「到此為止」這種決裂的話來，慕錦毅心中一陣難受，又用力在她另一邊臉上咬了一口。

「哎喲，你屬狗的？」這一口可比方才那一口狠多了，楚明慧忍不住呼痛，捂著臉蛋氣呼呼地瞪著他。

慕錦毅微微一笑。「就要妳痛，痛了才知道什麼話是不能說的。」

「你若再欺負我，我就收拾包袱走人。爹爹想來也不會介意養我一輩子的，娘親雖然會罵一陣子，但最終肯定也會收留我的。」楚明慧氣呼呼地道。

「竟然想著離家出走？果真是膽肥了！」慕錦毅又做出個咬人的樣子來。

楚明慧靈活一閃，避過他伸過來的手。「你倒是瞧瞧我的膽子肥不肥。」

兩人這樣一鬧，先前那些沈悶便散開來。

縱使馬大人答應慕錦毅不會公開審理此案，但慕國公府唯一的嫡小姐毫無預兆地死了，這哪逃得過京城眾人的閒言閒語，而這一切，估計慕錦毅也早有預料。

慕國公府陷入這指指點點中，太夫人自然臉色不大好看，連帶著對慕錦毅也沒了好臉色。

楚明慧身為未來的國公府夫人，自然有些人問到她身邊來，她一律淺笑著不回答，那些夫人、小姐們旁敲側擊了幾遍，見她油鹽不進，也逐漸歇了心思。

只是，很快又有一件大事吸引了眾人的注意力，相比之下，慕國公府小姐死亡這事就不夠看了；因為，西其出兵侵犯邊疆，戰爭一觸即發。

縱使大商國向來不怎麼瞧得起小小的西其國，尤其是這些年來西其國屢屢騷擾邊關民眾，這已激起了大商國的不滿，如今西其竟然不自量力來犯，不少人都覺得他們是自尋滅亡。

然而，事情發展卻出乎意料，西其國竟然接連攻破數城，勢如破竹，這樣一來，不少朝臣、民眾都開始慌了。

尤其是帶領西其兵馬接連砍殺了大商國幾員大將的西其將軍西爾圖，更被人傳得猶如天神下凡一般，戰無不勝，攻無不克。

楚明慧得知了此事，清楚這場戰事，正是前世慕錦毅正式踏上戰場的開端，前世他一舉砍殺了這位天神下凡般的西其將軍西爾圖，又重揚了慕國公府的赫赫威名。

這一生，若他仍想振興慕國公府，就不會放過這次大好機會。

正如她所想的這般，慕錦毅的確準備出征，太子那邊亦打算趁著這次機會將他推進武將的核心當中，若能取得部分兵權自然更好。

佑元帝經過大半個月的思量，最終決定任命大將軍柳震鋒為征西大元帥，慕錦毅則作為先鋒官。這些安排，又與前世吻合。

楚明慧默默地替慕錦毅收拾行囊，戰事刻不容緩，慕錦毅仍得在七日之後跟隨大軍出征。

太夫人又喜又憂地叮囑了孫兒一番，讓他放心出征，家中諸事一切有她。

歷經丈夫、長子先後戰死的悲劇，太夫人其實並不如她表現出來的那般鎮定，慕錦毅是整個國公府唯一的希望，若是他又如他祖父、大伯父那般一去無回，那這後果……

只不過，慕國公府要重振昔日沙場威名，孫兒這趟征戰又必不可少。

慕錦毅清楚祖母的矛盾心理，故作輕鬆地安慰了她一番。

回到房中，見楚明慧正替他整理行裝，他不禁走到她身後，輕輕環住她。「明慧。」

「嗯。」

「妳是知道的，這次我一定會平安歸來，所以家中諸事拜託妳了。」

「世事無常，你切忌大意輕敵，這世間沒有什麼會一成不變，這一輩子，不也是有許多事與前世不同了嗎？」楚明慧不大贊同地瞪了他一眼。

「妳放心，我還有許多沒有完成之事，不會這般輕易喪命。西爾圖這人是個勁敵，我不會大意的。」慕錦毅柔聲道。

七日之後，太夫人率領國公府眾人送慕錦毅出門，太夫人含淚再次叮囑他務必要謹慎，千萬別輕敵。

「嗯。」

慕錦毅用力地點點頭，再三保證會謹遵祖母之命。

慕國公睜著通紅的雙眼望著他，最終卻只是拍拍他的肩頭，一言不發。

慕錦毅朝著太夫人、慕國公行了大禮，又叮囑兩位弟弟要好生代他孝敬長輩，然後，深深望了一眼靜靜站在太夫人身邊的楚明慧，便決然轉頭，翻身上馬……

慕錦毅走了大半個月後，這日楚明慧正陪太夫人用午膳，突然覺得一陣反胃，連忙轉過身去乾嘔。

一旁的翠竹見狀不驚反喜，難道果真如她猜想的那樣？

上次她算了算，發覺楚明慧的癸水遲遲未來，最初也以為是她擔憂出征的慕錦毅，又忙府中雜務才導致癸水未至；但後來又仔細觀察，發覺她胃口變大了，而且甚為嗜睡，就隱隱猜到了幾分。

太夫人被楚明慧這般反應嚇了一跳，急忙讓人去請大夫，楚明慧想阻止，但一波難受又來襲，她只得伏在翠竹身邊嘔個不停。

待老大夫匆匆趕來，仔細把了脈，只見他露出個笑容，朝著太夫人拱手道：「恭喜太夫人，世子夫人這是喜脈！」

太夫人一怔，瞬間大喜。「果真？老身要抱重孫子了？」

「千真萬確，世子夫人有兩個月身孕了。」老大夫笑道。

太夫人喜出望外，一屋子的丫鬟、婆子亦連聲恭喜。

楚明慧怔怔地撫著肚子。她有孩子了？她要當娘親了？

兩行淚水從她眼中流了下來，兩輩子了，她終於可以擁有自己的孩子了。

太夫人瞄到她流著眼淚，走到她身邊，手忙腳亂地替她擦著淚水。「這可不能哭，萬一生下的孩子是個愛哭鬼可怎生才好。」

楚明慧露出一個帶著淚花的笑容。「好，孫媳不哭，這是大喜事，又怎能哭呢！」

太夫人定定地看了她一會兒，心中暗暗嘆口氣，猜想著是不是子嗣一事給她帶來了極大壓力，是故才在得知有孕下這般失態。

她憐惜地拍拍楚明慧的手。「妳安心養胎吧，府中的事就交給妳大伯母，如今萬事也沒有妳及肚子裡的孩子重要！」

楚明慧也不推辭，對她來說，這個孩子得來不易，她盼了兩輩子才得來這個寶貝，又怎麼會不在意？

世子夫人有孕一事很快傳開了，此事也一掃慕錦毅出征帶來的鬱結，整日府內喜氣洋洋的。

轉眼間，夏氏的傷勢已經好得七七八八了，但她整個人卻徹底蔫了，尤其是這半個月來，屢屢夢見慕淑穎指控她害了她，若不是她接梅芳柔到府上，又自作主張想將梅芳柔塞給兒子，怎麼會葬送了女兒的性命？

這晚，她又夢到了慕淑穎，夢中的慕淑穎滿眼怨恨地盯著她，聲聲控訴。「母親，都怪妳，若不是妳，我又怎麼會無辜喪命！是妳害了我，是妳！」

夏氏大汗淋漓地從夢中驚醒，怔怔地望著帳頂，突然拉起錦被捂著臉無聲大哭。

都怪她，都怪她！若不是她，又怎會害得女兒被殺，外甥女被問斬。

她不只對不住枉死的女兒，更對不起將女兒託付給她的親姊姊。

每日每夜的悔恨，折磨得夏氏越發消瘦，整個人看起來神思恍惚，彷彿什麼也不在意了一般，小兒子慕錦康每日來請安也愛理不理，就連綠屏在她耳邊恭喜她要做祖母了也沒半點反應。

綠屏見她這副失了魂般的模樣，不敢隱瞞，連忙報到了太夫人處。

太夫人長嘆一聲，猜想是不是孫女的死對她的打擊實在太大了，以致今日都走不出那陰影來。

梅芳柔最終被判了問斬，只等秋後處決，但是昨日太夫人便得到了消息，梅芳柔忍受不住獄中折磨，已經咬舌自盡了。

這些，她自然不會對夏氏她們講，梅家早就與慕國公府再無瓜葛，梅芳柔是生是死也與國公府無半點關係。

「去吧，請個大夫替她看看。」太夫人無力地擺擺手，夏氏這是心病，又哪是普通的藥能救得了，只不過是盡些人事罷了。

清姨娘看著夏氏一副人不人、鬼不鬼的模樣，心中一陣痛快，這也不枉她布置了這麼久。

楚明慧雖然不待見夏氏，但夏氏病了，於情於理她也得去探望，雖然太夫人一再要求她保重身子，但她也不願落人口實，這日就帶著燕容與紀芳到了夏氏房中。

一見到夏氏瘦弱的模樣，她不禁嚇了一跳。

見對方愣愣地坐在太師椅上，無論綠屏怎麼在她耳邊跟她說「少夫人來向您請安了」，她都沒有半點反應。

綠屏無奈，只得朝楚明慧抱歉地笑笑。「少夫人，夫人如今……」

楚明慧怔怔地望著如同木偶一般的夏氏，心中暗嘆。「不礙事。」

縱使夏氏沒有反應，她仍是依足了規矩朝她恭恭敬敬地行禮。

綠屏擔心她累著，便勸道：「少夫人一片孝心，夫人自會感覺得到的，如今少夫人還是要以肚子裡的孩子為重，千萬莫要累著了。」

楚明慧亦接受她的好意，便再朝夏氏福了福。「母親，媳婦告退了。」

回到文慶院，翠竹等人替她按摩了一下手腳後，楚明慧便揮手讓她們退下去了。

只有紀芳，有點遲疑地站在原地，欲言又止。

楚明慧疑惑地望著慕錦毅派到她身邊的這位不顯山露水的屬下，不禁出聲問道：「妳可是有事要稟？」

紀芳猶豫了一下，最終還是咬咬牙道：「奴婢的確有事要稟，是關於國公夫人的。」

楚明慧一驚，猛地坐直了身子。「她？她怎麼了？」

「奴婢不敢瞞少夫人，奴婢懷疑國公夫人被人下了藥，亂了神智。」

楚明慧大驚失色。「此事當真？」

「千真萬確！」

「妳又是怎麼發現的？可有證據？」

紀芳頓了一下，半晌才輕聲道：「奴婢是世子派來的，少夫人想必早就知曉了吧？」

楚明慧意外地望了她一眼，才點點頭道：「不錯，我確實已知道。」

紀芳鬆了口氣，果然如此，她早就懷疑其實少夫人已經識破她與燕容的身分了。

「世子爺想必也跟您說過，奴婢擅藥。」

「他確實說過。」

「奴婢自小見識各式草藥，雖不敢說識遍天下藥物，但至少比起一般人是要勝上一籌的。奴婢若是沒有聞錯的話，國公夫人身上，帶著息魂香的味道，雖然極淺，但奴婢一向對香味極其敏感，故才敢這般肯定。」

「息魂香？」

「是的，息魂香，每日只消聞上小半個時辰，整個人便會陷入內心引起的噩夢當中，長此以往，人會逐漸消瘦，最終衰竭而亡。」

楚明慧震驚。「竟然如此厲害？這香怎麼從未聽人說過？」

「前朝時，息魂香就被朝廷列為了禁藥，少夫人從未聽說過也不奇怪，奴婢也只是因為對藥物感興趣，這才四處研究。息魂香味道極淡，若不是對香味極為敏感的人也發現不了，前朝有些人便是利用它來謀殺政敵。」

楚明慧壓下心頭驚懼，夏氏竟然中了息魂香？以她今日這般模樣，應該是聞了一段時間了，若不是今日紀芳發現，她是不是很快會衰竭而亡了？

只是，是什麼人要暗害她呢？

仔細想了一下這段日子一直在夏氏身邊伺候的人，一個美豔的面容突然從她腦中冒了出來——清姨娘！

清姨娘對夏氏有仇，如今夏氏這般狀況，正是報仇的最好時機，畢竟夏氏房裡都是藥味，加上紀芳又說息魂香味道極淡，眾人也難以聞到。

但是，真的是清姨娘嗎？其他幾位姨娘有沒有可能呢？

楚明慧暗自沈思。

紀芳偷偷打量了一下她的神色，然後試探著問：「少夫人，我們要不要把這件事告訴太夫人？」

楚明慧一怔，瞬間回過神來，要不要將這事告訴太夫人？其實，換句話說就是要不要救下夏氏？

救，還是不救，只在她一念之間。

若是她堅持不救，紀芳或許不敢違抗她的命令，但她日後是不是真的能夠心安？

咐。

「妳尋個人，偷偷將這事洩漏給太夫人身邊的劉嬤嬤知道。」楚明慧低著頭，輕聲吩

紀芳鬆了口氣，她真怕楚明慧會選擇不救，若是那樣，她就覺得難做了，夏氏畢竟是她前主子的生母，她又怎能眼睜睜見她喪命？但如今她的主子變成了楚明慧，她又怎能違抗主子命令？

「奴婢這便去。」

紀芳告退後，楚明慧一動不動地低著頭，片刻，才吁口氣，就當是替孩子積福吧，畢竟，夏氏總歸是孩子的親祖母。如今她將秘密洩漏給太夫人，太夫人要怎麼做便是她的事了。

隔了幾日，府內突然傳出清姨娘衝撞了太夫人，引得太夫人勃然大怒，下令杖責了三十大板，然後直接差人送到家廟去了……

楚明慧聽到盈碧帶來的這個消息後，一言不發。太夫人終於出手了，這其實也在她的意料當中，太夫人怎麼可能會容許慕國公府出現妾室毒害主母的事呢？哪怕她一直瞧不上夏氏，但那畢竟是她的兒媳婦，如今親孫兒在前線為了國家、為了家族而戰，她又怎能讓他的生母死於非命？

只可惜了那個聰明一世的清姨娘，想來也是被仇恨蒙了眼，才做出這等糊塗事來。其實，就算她不多此一舉，夏氏也是走不出外甥女殺了親生女兒的陰影。

清姨娘被送去家廟的事只在府中激起了一點波浪，很快眾人便被前線傳來的消息吸引住

了。

大商國軍隊與西其國交鋒五次，兩勝三敗，處於下風。

縱然知道慕錦毅有著前世交戰的經驗，但楚明慧仍止不住擔憂，翠竹為了讓她開懷，想盡了辦法，但終究成效不大。

楚明雅死後，原本應該在這個月出嫁的楚明婧親事又被推後半年。

林夫人嘆氣不已，兒子娶個媳婦而已，怎就這麼一波三折的呢？

林煒均笑著安慰她。「自古好事多磨，母親不必掛心。」

林夫人嘆道：「話是這樣說沒錯，可是你已經二十有二了，連慕國公世子如今也有了後，你卻連媳婦也沒有娶進門來，這實在是……」

林煒均一怔。「慕世子夫人有孕了？」

「是啊，母親昨日到晉安侯府去，恰好遇到來報喜的國公府下人。」

「如此倒真是件大喜事。」林煒均笑道。

「是喜事，若是母親也能抱上孫兒，那更是天大的喜事了。」林夫人沒好氣地道。

林煒均呵呵乾笑了幾聲，不敢接話。

他也想早點將小米蟲娶進門來，奈何天不從人願，唉！

——未完，待續，請看文創風257《君許諾》3（完結篇）

醫嬌百媚

她堂姊不識藥材、未讀藥書，夫君卻視如珍寶，唯願娶之；
她努力辨藥、苦讀藥書，卻被棄如敝屣，話不投機。
原來，她這輩子的存在，不過是個笑話罷了……

妙手回春冠扁鵲，起死回生賽華陀／上官慕容

為了討夫君歡心，被公婆貶為妾的寇彤幾年來努力辨藥，
每當夫君需要，而她立即就拿對藥時，總會得來夫君一笑，
這個時候，她便覺得自己真是世上最幸福的女子了，
只要夫君喜歡她，願與她同房生子，她便沒什麼好擔心的。
整日盼呀盼的，終於，離家一年的夫君被她盼回來了，
但，他卻穿著大紅喜袍，還笑容滿面地與人拜堂成親！
她當場吐血身亡，幸得老天垂憐重生，回到未嫁前，
原本她是打算此生鑽研醫術，好好帶著寡母過活就好的，
偏偏，永昌侯世子關毅卻闖入了她平靜的世界，
照理說，他們這輩子應該是很難有什麼交集才對，
壞就壞在她曾一時心軟，救了身上帶傷倒地的他，
說實在的，那就是道小傷，對她來說是個微不足道的小忙，
可自此後他就看上了她，對她百般的好，還要以身相許！
若說對他沒好感是騙人的，但她實在是怕了男人的無情背叛，
面對他這份上天送來補償她的大禮，她是收還是不收啊？

文創風 248-250

芳草扶疏雁南歸

全套三冊

未來公公是上一代戰神，
親爹是這一代戰神，準夫婿是下一代戰神，
有三代戰神從旁護持，你敢惹她?!

擅寫甜寵文・深情入你心 ／月半彎

上一世的姬扶疏，作為神農山莊最後一位傳人，她受盡寵愛。
這一世重生為陸扶疏的她，成了爹和二娘認定的掃把星，
小小年紀就和大哥被送到這貧瘠得草都不長一根的小農莊，
雖然過著自己吃自己的生活，但她卻快樂似神仙！
這世她不想情情愛愛，只想低調過日，
偏偏老天爺讓她遇見前世自己救過的那個小不點兒楚雁南，
竟已長成驚天地、泣鬼神的絕世美男，還對她疼寵得不行，
意外露了一手本事也攪亂了她平靜的日子……

前世，當她是小菜一碟處理了，
這世，她教你懂得——什麼叫高人不好惹！

藥香襲人

降服城府深的腹黑男，妳可得有一顆七巧玲瓏心……

綿柔裡藏著犀利與深情／維西樂樂

上　二十一世紀的中醫師穿越成了架空時代的小姑娘，
這喬家雖然不是名門高府，卻要鬥繼祖母，救親叔叔，鬥姨娘，
幫娘親生小弟弟，還要幫爹爹賺大錢。
不過她再聰穎，還是遭人算計，
嫁了個冷酷、武功高強的腹黑大男人顧瀚揚當平妻，
她嫁的這位爺，可得打起十二分精神好好伺候呢！

下　當初她是不得不嫁，他呢可有可無地娶了。
如今，她不想他待她的只是因為應諾了師傅，
她希望他眸子裡的冷酷淡漠可以添上溫暖，
他待她的周全維護是出自於對她的喜愛……
過往那些傷害他、教他變得如此冷情寡愛的因，
可以在她的全心付出、溫柔呵疼下轉變成彼此真心相屬的果。
就算扯入朝廷權力鬥爭，甚而得拿命去搏，她也甘心相隨……

如果可以，人家不嫁！
不得不嫁，人家不做小妾！
來生再約，人家不做平妻！
你可是答應了喔，老爺！人家可不許你賴！

誘嫁小田妻

農村居，大不易，現代女的小農求生記！

田園靜好，良緣如歌／花開常在

人道是魂穿、身穿、胎穿，凡穿越女角皆身懷金手指，
出外總有發家致富的兩把刷子，還不忘攜手如意郎君……
可穿越成七歲農村娃的田箏卻趕不上這等際遇，
眼看日子只能得過且過，數著米粒下鍋圖個溫飽，
沒想到，後世風行的手工皂，竟成了她在古代的開源良機！
好不容易以香皂生意熬過苦日子，孰不知這財富竟引來禍事；
幸好她和青梅竹馬魏琅急中生智，方逃出人口販子的毒手，
而這一路共患難的經歷，讓兩小無猜的喜歡似乎也有不同了……
時光荏苒，當年舉家遷京的魏琅再次返村，
如今搖身一變成了高富帥！
且不說這「士別三日，刮目相看」的男大十八變，
前程似錦的他會對她這鄉下姑娘情有獨鍾就已不尋常，
更讓人詫異的是，自己的心還不受控制，
對這昔日以欺她為樂的鄰家男孩動了情……

文創風
256

君許諾 2

國家圖書館出版品預行編目資料

君許諾 / 陸戚月著. --
初版. -- 臺北市 : 狗屋, 2015.01
冊 ; 公分. --（文創風）
ISBN 978-986-328-399-7（第2冊：平裝）. --

857.7 103025060

著作者 陸戚月
編輯 黃鈺菁
校對 沈毓萍 蔡佾岑
發行所 狗屋出版社有限公司
地址 台北市104中山區龍江路71巷15號1樓
電話 02-2776-5889～0
發行字號 局版台業字845號
法律顧問 蕭雄淋律師
總經銷 知遠文化事業有限公司
電話 02-2664-8800
初版 2015年1月
國際書碼 ISBN-13 978-986-328-399-7
原著書名 **《重生之明慧》**，由北京晉江原創網絡科技有限公司授權出版

定價250元
狗屋劃撥帳號：19001626
網址：love.doghouse.com.tw E-mail：love@doghouse.com.tw